ET Biblioteca
60

www.einaudi.it

ISBN 978-88-06-21119-6

Quello che le donne
Storie di coraggio e passione

A cura di Fabiano Massimi

Einaudi

Prefazione

Chi dice donna dice molte cose: madre, figlia, moglie, amante, ma anche balia, maestra, serva, governante... Curioso come si sia perso nei secoli il senso originale della parola, che viene dal latino *domina*, «padrona», e dall'uso dei poeti duecenteschi di dichiararsi schiavi dell'amata. Raramente la letteratura, e solo recentemente la società, ha considerato le donne pari agli uomini, figurarsi superiori. Eppure.

Eppure già nel mito e nelle narrazioni classiche la donna era dipinta a tratti piú forti dell'uomo, nel bene come nel male: piú saggia, piú pia, piú pronta al sacrificio; piú fiera, piú maliziosa, piú ambiziosa, piú crudele. Se non una superiorità, poeti e novellisti hanno sempre attribuito all'altra metà del cielo una maggior chiarezza d'intenti, una moralità piú sviluppata, e una determinazione assoluta. È a Enea che si intitola il poema fondativo della storia romana, ma è Didone a rimanere nella memoria per il suo abbandono. Se Dante può attraversare gli Inferi e il Purgatorio, è grazie all'ispirazione e alla protezione di tre sante donne piú che alla guida incerta di Virgilio. Macbeth, l'eroe della tragedia eponima, non si sarebbe innalzato alla sua grandezza (o inabissato nella propria abiezione) senza l'insistenza della sua Lady. E anche il grande Tolstoj era piú grande quando raccontava di Nataša, di Kitty, di Anna.

Questo non toglie che le donne della letteratura appaiano spesso un po' estreme, un po' stilizzate, e leggendo questa raccolta si capirà forse meglio perché: ci vuole una donna, per raccontare una donna. Pochissimi uomini si sono dimostrati in grado di penetrare e soprattutto rendere per iscritto la fitta trama di pensieri della mente femminile, la complessa fabbrica di motivazioni e considerazioni che sovrintende al suo comportamento, sia quando è piú rassicurante, conformandosi alle attese della società patriarcale e borghese, sia quando prende vie originali e scandalose.

Ecco il perché di una raccolta sulle donne composta esclusivamente da donne: volevamo fornire una carrellata di voci che raccontassero cosa significa davvero essere donna, coprendo i due secoli cruciali per la presa di coscienza e la liberazione femminili. I temi scelti sono quelli classici associati alle protagoniste della tradizione letteraria: la compassione, lo spirito di sacrificio, il senso materno; la capacità di amare; la violenza della passione; la fragilità fisica e psichica; il coraggio inatteso (dagli uomini, certo) che risolve con un gesto improvviso qualsiasi difficoltà. Per ognuno di essi, abbiamo selezionato nella produzione otto e novecentesca italiana due o tre racconti esemplari che spiccassero per l'idea o per la resa stilistica. Disporli in ordine cronologico doveva mostrare l'evoluzione storica dei temi e delle psicologie di autrici e personaggi, ma subito si sono prodotte alcune sorprese: se l'Ottocento, per esempio, aveva cara la donna che si sacrifica per amore – qui rappresentata dalla classica giovane che va in sposa al bieco riccastro per salvare la madre ammalata e da una sartina gobba e solitaria che si immola ai capricci della bellissima amica (con sorprendenti tinte omoerotiche) – che dire quando la poveretta che rinuncia a tutto con pacata rassegnazione appare in un racconto di Fausta Cialente, in pieno Novecento?

Forse non è vero che c'è sempre un'evoluzione. Forse si approfondisce lo sguardo e si affina lo stile, ma i tipi umani e i loro casi rimangono gli stessi. Se Contessa Lara mette in scena un monte di pietà e una madre disposta a tutto per il bene del suo bambino, cent'anni dopo Clara Sereni racconta un amore materno non meno straziato e totale, e la differenza sta solo nella complessità della narrazione – che rispecchia la complessità dei tempi e le pene del figlio – non nei modi di quell'amore. Così, la passione infranta nel racconto di Regina di Luanto produce un'amara invettiva contro l'insensibilità degli uomini, che ritorna con piú ironia ma non minor forza nella lettera all'amante del marito scritta decenni dopo da Franca Valeri.

Naturalmente è l'amore a far la parte del leone in questi racconti, ma un amore piú vario e articolato di quanto suggerirebbe l'immagine stereotipata che abbiamo delle nostre scrittrici. La novella di Caterina Percoto, nella sua apparenza conciliante ed esemplare, mostra sí la capacità tutta femminile di cambiare per l'amato, ma non risparmia la stolidità di quest'ultimo, tutto compiaciuto di essere la causa di tanto cambiamento, con un egocentrismo molto maschile. Non fa figura migliore l'unico uomo del racconto di Neera, circondato da donne i cui sentimenti, purissimi, gli saranno chiari troppo tardi; ne esce meglio il «lui» di Natalia Ginzburg, ma solo perché filtrato dall'affetto dell'autrice, che accetta con ironia e modestia le differenze tra i due sessi. A questo proposito, la vituperata Carolina Invernizio confeziona un raccontino semplice semplice che apre a un interrogativo acuto: quale uomo di mondo acconsentirebbe a un matrimonio fuori classe con la facilità della sua principessa? Ma del resto, quale uomo sarebbe in grado di una rinuncia lucida come quella raccontata da Matilde Serao, o del fermo orgoglio ritratto da Amalia Guglielminetti?

Coraggio, il tuo nome è donna. Sembrano rispondere cosí al Bardo molti dei nostri racconti: le donne al centro della narrazione sono abbozzate meglio o peggio a seconda della perizia dell'autrice, e sono prese in trame diverse, appartengono ad ambienti disparati, ma dimostrano sempre la rara capacità di rompere con le pretese del loro ruolo e con le convenzioni del tempo in cui vivono, motivate da sentimenti piú alti o primordiali di quelli maschili. È cosí che trova la forza di reagire alla sventura la povera *mennulara* di Maria Messina; è cosí che riesce a rivoltarsi alla tirannia del marito la nobildonna di Anna Banti. E se la debolezza è da sempre considerata il tratto principale della femminilità, le popolane in guerra di Renata Viganò e le bambine di Marchesa Colombi mostrano ai maschi tronfi e prevaricatori un futuro nuovo, una prospettiva di riscatto, affermata e rilanciata come via di salvezza generale dai due testi-manifesto di Sibilla Aleramo posti in apertura e chiusura della raccolta.

Venti scrittrici, venti stili, venti sguardi alternativi: un campione crediamo rappresentativo della grande varietà che la penna femminile ha espresso anche in Italia. Ognuno poi avrà le proprie preferenze – ce le abbiamo anche noi, ma per cavalleria non le esprimeremo. Privilegio del curatore è infatti non dover scegliere, oltre l'inevitabile prima scelta, ma poter amare allo stesso modo le sue autrici, dalla meno alla piú famosa, dalla piú alla meno celebrata, ognuna per le proprie caratteristiche. L'importante è riportarle tutte alla luce. L'importante è che ricevano tutte la stessa luce. Perché festeggiare la donna significa anche restituire alla sua immagine quella ricchezza che spesso le viene negata: chi dice donna dice sempre troppo poco.

FABIANO MASSIMI

Quello che le donne

SIBILLA ALERAMO

Giornata internazionale della donna

8 marzo. Giornata internazionale della donna. Questo avvicinamento, della femminilità e della internazionalità, ha qualcosa che commuove in modo singolare, oggi. Non per nulla, forse, questa data si decretò lassú in Danimarca, paese delle nuvole argentee e delle favole incantevoli, ma con profonda radice umana. Era, lassú, in quel lontano 8 marzo 1910, un gruppo di donne d'ogni paese che si riunivano a congresso per la prima volta. Chiedevano il voto. E che significava, in mano alla donna, il voto, sopra ogni altra cosa? Il mezzo per affermare che non debbono piú accadere guerre, il mezzo per opporsi alla guerra. Sopra ogni altra cosa, questo: un patto di intesa perenne di là da tutte le frontiere. Perciò la Giornata della Donna si denominò «internazionale».

Fu festeggiata, e commemorata, da allora ogni anni, un po' dovunque sulla terra, e frattanto le guerre riapparivano, qui, là, con un loro vermiglio sogghigno, poi cessavano, poi ancora riprendevano.

E nuovamente il flagello minaccia il mondo, e uno sconforto terribile assale l'animo femminile. Ma non forse, nello stesso tempo, viene offerto, a noi italiane, un motivo di non cedere – qualcosa da cui trarre una volontà tenace di credere nella possibile salvezza del genere umano?

Per la prima volta a noi italiane viene conferita la dignità di cittadine. Siamo chiamate ad assumere parte della responsabilità che finora hanno avuto solo gli uomini nello svolgersi degli eventi pubblici. Eravamo delle escluse, delle eterne assenti, non avevamo colpa alcuna degli errori e delle follie che accadevano fra popoli e popoli, né delle ingiustizie che si perpetuavano. Oppure ne avevamo soltanto indirettamente, perché potevamo comunque tentar di influire sullo spirito degli uomini.

Era una responsabilità negativa, la nostra. Oggi, non piú. Oggi che il voto ci è stato largito, prendiamo sulle spalle per il futuro metà del peso che grava sui nostri compagni, padri, sposi, figli, amici. Immenso peso. Ma l'orizzonte della vita si estende cosí, anch'esso, in misura immensa. La passione per tutto quanto soffrimmo si trasforma, acquista un volto di luce, mentre prima era opaca.

Il mondo ha bisogno di noi, perché noi sole ancora siamo capaci di amarlo, mentre gli uomini sembra non tengano piú molto a vivere, e si lasciano nella gran maggioranza andare alla deriva, miseramente, come condannati. Ha bisogno, il mondo, della nostra azione illuminata e di bontà, di quella bontà che può fiorire nel cuore femminile, anche di là dalle piú crudeli delusioni. Non piú soltanto per la famiglia, ma per tutta quanta la specie umana, noi donne esistiamo e dobbiamo aver coscienza di essere necessarie, perché sentiamo che nell'esercizio del diritto finalmente concessoci, occorre la massima vigilanza e la massima lucidità spirituale: non è un gioco eleggere coloro da cui dipenderà la sorte dei nostri figli e del nostro popolo e delle idee in cui crediamo: non è un gioco scegliere e mettere in un'urna una lista di nomi, ora che conosciamo quanta tragedia può derivare da un governo di criminali e di mentecatti.

E oltre questa suprema preoccupazione di dare il voto a chi assolutamente non voglia mai piú guerre, altre ed altre ne abbiamo, minori ma pur ben forti: guai a sbagliarci per ciò che concerne la tutela del lavoro, la tutela della salute, e quella della educazione e di tutta la vita spirituale. Guai se non considereremo, se trascureremo di meditare i problemi brucianti della nostra ricostruzione materiale e morale, in questa nostra Italia mutilata, affamata e umiliata. Siamo uscite di minorità, siamo «persone» nel senso piú esteso della parola.

Gli uomini, che han cominciato col prendere lievemente in ischerzo la nostra assunzione al titolo di elettrici, hanno poi presto cambiato atteggiamento, ben comprendendo l'importanza estrema della novità. Ora già ci guardano con maggior considerazione, anche se non lo dichiarano. I nostri rapporti già si coloriscono di un rispetto piú sincero, piú meritato, e di cordialità fraterna, cosí rara nell'uomo latino, anche in questi ultimi anni che tanta libertà s'è instaurata nei costumi e con tanta facilità.

In questo dopoguerra, la nostra anima, che non si è ancora del tutto riavuta dalla lunga angoscia, accetta di allietarsi, di sorridere. Non incomincia a realizzarsi anche tra noi, quella che auspicarono, tanti anni fa, tante donne nella nordica città delle nuvole argentee e delle favole incantate? L'unione cioè di tutte le volontà ed energie femminili per la fondazione in terra di un'èra di pace e di armonia. Il mondo non sarà piú allora un povero bimbo derelitto, sarà un adulto, degno del miracolo d'esistere. E noi donne, non l'avremo invano per tanto tempo difeso, e amato.

CATERINA PERCOTO

L'amore che educa

Cresceva come il fumo; ieri bambina, oggi ragazza e fresca e di bella forma, l'Annetta era una rosa ogni dí piú splendida e piú brillante; ma l'anima non andava del pari; spensierata, chiassosa, piena il capo di fanciullaggini, non era verso di metterla in giudizio. Sua madre ci perdeva la pazienza e vergognavasi a vederla già cosí grande, senza saper fare due punti di seguito, senza che filasse un fuso, e che volesse accudire con un po' di senno alle faccenduole domestiche. Sua madre era rimasta vedova assai giovane e de' tre figliuoletti che le aveva lasciati il marito, quest'era l'ultima, per cui troppi baci e troppe carezze le aveva ella prodigate quand'era piccina e adesso non si sentiva l'autorità che bastasse a farla stare in dovere. Scappava via per il villaggio, era tutto il dí a zonzo e in giochi come un vero folletto e spesso capitavano richiami di qualche malefatto o di qualche gherminella di cui veniva incolpata. Il capo della famiglia era uno zio assai severo che intendeva di far prosperare la colonia a forza di risparmi e di lavoro indefesso. Ed erano pochi ai lavori dei campi che tenevano in affitto. Egli non aveva nessun figlio maschio; la moglie era mancata lasciandogli quattro ragazze; mancato il fratello e i suoi tre orfani, un fanciullo e due bambine, si può dire ancora in fasce. Egli si alzava ogni dí avanti giorno, recavasi nei campi con quanti della famiglia potevano seguirlo; si contentava di poco cibo, ammannito in fretta e senza nessuna cura; teneva chiuso il granaio, economizzava sul fieno che mangiavano i suoi poveri e magheri buoi, non voleva saperne di spendere un soldo; e riducendo cosí sempre piú meschina la forza impiegata nei suoi campi, assottigliava e immeschiniva di necessità anche il loro prodotto, di modo che con tutto il suo lavorare ed economizzare, essi erano ogni anno piú poveri e piú indebitati. Ma queste cose ch'erano patimento ed afflizione alla vedova, l'Annetta certo non le comprendeva e cercava solo ad indennizzarsi della penuria che spesso pativa in casa, coi giochi, ed anche talvolta colle picciole rapinerie suggerite non sempre dalla gola. Nel villaggio la odiavano, perché non c'era né un fiore né un frutto che si potesse dir sicuro dalle sue mani. Pietro poi, il vecchio sagrestano della chiesa, l'aveva con lei in modo particolare. Vicino alla sua casupola, nella spalliera dell'orticello ch'egli coltiva con gran cura, ci sono alcuni aspersici che fanno capolino sulla via. Appena cominciavano a colorire, ei faceva loro la guardia con una specie di accanimento. Pareva che ci fosse una tacita sfida tra quel vecchio burbero e la troppo vivace giovinetta; ma ogni anno o in un modo o nell'altro, ella arrivava a portarglieli via. L'ultima volta ei s'era messo a custodirli con tanto impegno che pareva impossibile che la ci potesse riuscire. Si alzava cosí mattiniero che quando andava a suonar giorno e ad aprire la chiesa, la finestra dell'Annetta era tuttavia chiusa. Poi mettevasi a lavorare nell'orticello finché era ben sicuro ch'ella fosse ita al pascolo pei prati; e quando sospettava ch'ella fosse di ritorno, lo vedevi immobile sulla porta della cucina, cogli occhi fisi ai suoi persici determinato a vendicare in modo terribile qualunque tentativo d'assalto. E la sera sulla finestra della sua camera stava attento al piú piccolo rumore, né si coricava prima d'aver veduto il lume nella camera di lei, e di essersi bene assicurato ch'ella piú non poteva uscire. Un dí peraltro la fanciulla che da lungo tempo li aveva adocchiati, colse il momento ch'egli credendola ancora al pascolo sui prati, s'era fidato ad andare in persona a suonar l'Avemaria; ed ella che aveva fatto il giro del villaggio, gli passò trionfante dinanzi colla frutta nel grembiale. Sorpreso di vederla capitare dalla parte di sinistra, quando doveva venire da quella di destra, corse alla sua povera spalliera e come glien'era entrato il dubbio, la trovò diffatti devastata. Bisognava vedere che viso arcigno e che occhiacci ei le faceva dappoi tutte le volte che la incontrava. Se non fosse stato per fare uno scandalo, l'avrebbe assai volentieri schiaffeggiata, ma Pietro era uomo di pace e per amore della pace sopportò: non peraltro che in suo cuore gliel'avesse perdonato. Poteva crescere, farsi bella, farsi giudiziosa, ma sul suo libro, oibò, l'Annetta piú non tornava. Soleva chiamarla Satanella, e oramai quest'era il nome sotto cui veniva generalmente conosciuta nel villaggio e nei dintorni. – E Satanella ad onta dei severi giudizi e della manifesta disapprovazione delle comari e della gente di proposito del villaggio, ad onta della miseria che pativa in casa e dei continui rimbrottoli, veniva su rigogliosa e si faceva ognor piú appariscente; e se non si poteva dire che crescesse in senno, ben ogni giorno aumentava in grazia ed in bellezza. Due occhi di fuoco, una ricca e finissima capigliatura, le labbra come un bocciuolo di rosa, un non so che di capriccioso e d'ingenuo che le animava la cara fisonomia candida e rosata, e la bella e slanciata figura che traspariva nelle sue giuste proporzioni anche di sotto ai cenci che miseramente la coprivano. Poiché ella non filava, non cuciva, e sua madre, a fargliene sentire il danno, la lasciava colle vesti sdruscite. Pure l'istinto femminile la faceva anch'ella amante degli ornamenti, e in mancanza d'altro, pettinavasi con gran cura, mettendosi nelle treccie i fiori piú belli che poteva trovare, e ogni stranezza aggiungeva grazia a quel suo veramente amabile visino. I giovinotti avevano cominciato a notarla, ma ella aveva fama di tanto stordita che nessuno, lí in paese, si arrischiava di farle all'amore sul serio. La trattavano come una fanciulla, ed era infatti assai piú bambina di quel che portassero gli anni e la figura, oramai cotanto vistosa. Tre delle sue cugine s'erano intanto maritate, s'era maritata la sua sorella maggiore: e questi matrimoni in famiglia di tanta ristrettezza di mezzi avevano portato un vero sconquasso. Particolarmente l'ultimo, quello della sorella, era stato un gran pensiero per la povera madre, che non sapeva dove dare il capo onde provvedere il necessario corredo.

Per non lasciarle perdere un'occasione fortunata aveva dato il suo assenso, ma lo zio che aveva dovuto pensare per le proprie figlie, non teneva piú mezzi di sorte, e non voleva saperne di questa nipote; che a lui pareva potesse bene aspettare ancora qualche paio di anni. La madre invece e la figlia filavano indefesse giorno e notte, tessevano, s'ingegnavano in tutte le maniere, ricorsero ai congiunti, e tanto fecero che alla perfine giunsero ad apparecchiare l'armadio, il letto, la coltrice, un po' di biancheria, l'abito nuziale e il fazzoletto ricamato! Fu in questa occasione che piú che mai la povera donna sentí com'era deplorabile la storditaggine dell'Annetta. Nessun costrutto potevasi ricavare da colei. S'accorsero per altro che aveva buon cuore perché vedendole cosí affaccendate, le doleva adesso di non sapere colle sue mani aiutare; e guardava attenta e avrebbe voluto poter imparare in un istante tutti quei lavori muliebri che nella sua spensierataggine aveva sempre fino allora disprezzati. Prendeva in mano una camicia, si metteva anch'ella per cucire, ma l'ago le fuggiva o pungevasi le dita, o le si aggrovigliava il filo, sicché, dopo due o tre punti, la sua inesperienza l'obbligava a smettere. A torsela dai piedi, ché pur troppo ella non sapeva che servire d'impaccio, e a contentare cotesta sua buona volontà, che pur finalmente l'era data fuori, la mandavano in diverse commissioni, ora a Palma, ora in uno od in altro dei vicini villaggi. A Palma, oltre che è la piazza dove le nostre contadine barattano in soldi le uova, il pollame, gli erbaggi, e fanno le loro piccole provviste, si avevano a tingere i filati per la copertina nuziale. A Manzano c'era maritata la cugina Giustina, la quale aveva assunto di tessere un paio di lenzuola, a Percotto, una zia che cuciva alquante camicie e ai ronchi di Paperiacco, la famiglia della madre, gente nel loro stato di contadini abbastanza agiata, che conoscendo le strettezze in cui versava la sorella, sovvenivano del loro meglio a' suoi piú urgenti bisogni. Ora fu in casa di questi congiunti di sua madre, che l'Annetta fece conoscenza con un giovane di Persereano, appartenente a una numerosa e ricca famiglia di contadini. Quand'era in casa agli zii l'Annetta pareva per solito una tutt'altra persona. Lí non aveva il nome di Satanella, non c'erano testimonii delle sue abituali storditaggini, a costo di prestarle il proprio grembiale e il fazzoletto da capo, la madre e la sorella non la lasciavano comparire sudicia e cenciosa, e la soggezione che naturalmente le inspirava quella famiglia bene ordinata, mettevala nell'impegno di non lasciarsi scorgere e di non far cattiva figura. Basilio fu colpito dalla rara avvenenza di quella giovinetta, e la sera nella stalla, dove le donne della famiglia ed altre lí del paese si erano raccolte a filare, egli trovò il destro di sedersi vicino all'Annetta e di mettersi in discorso con lei. Le donne lavoravano tutte, e l'Annetta, a non iscomparire, aveva trovato fuori un arcolaio e andava dipanando alcune matasse di filati. Se il filo le s'intricava, se le cadeva il gomitolo, Basilio era pronto a prestarle il suo aiuto, e colla voce carezzevole e coi modi riguardosi e gentili, visibilmente lasciava travedere l'interesse che ella gli aveva destato.

Nel dimani mattina, prima che albeggiasse, l'Annetta tornava al suo villaggio. Era carica di diversi fardelli, parte collocati in un cesto che portava sull'avambraccio, ed altri nel grembiule rimboccato alla cintola. Oltre diversi capi di biancheria che le sue buone zie e cugine avevano cucito per sua sorella, la padrona di casa aveva voluto aggiugnere una focaccia di fior di farina ed altri regalucci per le prossime feste pasquali.

Giunse al torrente sullo spuntare del sole, e prima di attraversarne le ghiaie si sedette a riposo a piedi dell'argine che la repubblica di Venezia fece in antico costruire dal Ferracina a riparo della strada postale e a salvamento del villaggio di Percotto, in allora minacciato dalla furia delle acque. La fanciulla appoggiata al suo cesto teneva gli occhi a quel lembo del paese che al di là del torrente si distende in aprica ed assai ridente prospettiva lungo le colline del Buttrio fino a Rosazzo, fino alla piú eminente di tutte che porta in cima il castello di Cormons e ai piccioli dorsi che proseguono gentilmente digradando, e finiscono nella linea prolungata di Medea. La luce dorata dei primi raggi solari cominciava a diffondersi e ad imporporare il creato, un soffio gentile commoveva le piante non ancora vestite di foglie, ma già gonfie e pronte a rinverdire, e il vapore proveniente dall'Italia, a guisa d'immane serpente che col suo muso basso tenti di forare la terra, veniva via a piedi delle colline, mandando buffi di fumo che il vento arrovesciava all'indietro come una lunga ed ondeggiante criniera. La fanciulla pareva intenta a quella scena pittoresca e forse esisteva una misteriosa analogia fra l'anima di lei e quanto le stava dinanzi. Cosí per lei, come per la natura ch'ella contemplava, era il momento solenne che precede il dischiudersi della vita; era la dolce stagione imminente. L'aura e il sole di primavera preparavano già nel creato il verde, i fiori, i colori, gli olezzi e le armonie dell'amore, e quel cuore di vergine, inconscio fino allora di se stesso, avevane accolto il sentimento e si preparava anch'egli ai suoi destini. Ma i pensieri che le passavano allora per la mente e che dovevano operare in lei cotesta trasformazione, erano di lor natura assai umili e piani. Riandava tutte le parole che nella sera le aveva dette Basilio, la se lo vedeva dinanzi, sentiva l'impressione della sua mano, quando nel ridarle il gomitolo che l'era caduto, ei l'aveva inavvertentemente toccata; sentiva la carezza ineffabile di que' suoi occhi benigni che piú d'una volta s'erano fisati nei suoi; sentiva l'alito di quelle labbra che mandavano un suono di voce cosí mite e cosí dolce al suo orecchio. «O guarda! – ella diceva dentro a sé, – quel giovane mi trattava come se fossi stata una ragazza. Pareva che avesse suggezione in me... Gli è un bel giovane! un giovane assai garbato: meglio piú d'un poco del fidanzato di mia sorella, che non sa far altro che darmi la baia e dirmi Satanella... Ma questo Basilio ha detto che vuol venirmi a trovare a Soleschiano! E se venisse si accorgerà che questa roba che ho intorno non è mia... Vedrà sul capo di mia sorella questo fazzoletto ch'ei diceva ieri sera cosí bellino! gli diranno ch'io non so filare, che l'ago in mano io non lo so tenere!... Gli racconteranno...» E qui la povera fanciulla diventò rossa come il fuoco, gli si fecero grossi gli occhi, e il sangue corso tutto alla testa, gli faceva tintinnire negli orecchi questa sinistra parola: Satanella! Satanella...! Vide sua madre e sua sorella che si vergognavano di lei, sentí il sagrestano che la rimbrottava, le comari del paese che la dileggiavano..., e pregò il Signore che Basilio non venisse. Per altro nella domenica susseguente all'ottava di Pasqua, Basilio ci venne. Era in compagnia d'un dei fratelli della madre di lei. Chiese formalmente la licenza di *camminare per casa*. La vedova trasecolata non sapeva credere a se stessa, non poteva credere che dicessero sul serio. – L'Annetta? Ma non c'era fondamento a trattare di queste cose con una ragazza cosí giovane. Bisognava almeno aspettare che facesse giudizio! e poi la famiglia non avrebbe potuto cosí presto sottostare al peso di un altro matrimonio. Diaccine! Erano appena pochi giorni che avevano mandata a marito la sorella maggiore! Che mai volevano fare dell'Annetta? – E le veniva da ridere alla sola idea che quella storditella dovesse cosí in un subito assumere la gravità di una donna e pensare alle faccende di casa, e mettersi a nutrire figliuoli. «Oh sí! – ella diceva in suo cuore, – proprio a proposito ch'ella mi vada a far scandalo in un'altra casa; in un altro villaggio! La non sa né filare, né cucire, la non sa ancora neanche se è viva!... Vogliono forse vederla col bimbo in grembo a giocare alle piastrelle, o ad arrampicarsi su per gli alberi, che Dio ne liberi? Eh per l'Annetta c'è tempo!»

Ma intanto la giovinetta aveva accettato da Basilio il *mazzolino della promessa*, la se lo aveva messo nella cintura dalla parte del cuore, e con un garbo che a sua madre pareva un sogno, rispondeva contegnosa e gentile ai propositi ch'ei le andava tenendo, e veniva via pel villaggio al suo fianco, senza mostrare di addarsi dello stupore dei curiosi, che si erano affollati a vederla passare; ma che colpiti dalla sua singolare disinvoltura, non ardivano né ridere né far celie di sorte. La Caterina stupefatta teneva lor dietro discorrendo col fratello, e questi, colto il destro di parlarle a quattr'occhi, le disse delle ottime qualità del giovane, dell'ordine e dell'agiatezza della sua famiglia; e come quell'era una veramente insperata fortuna, e che bisognava ben guardarsi dal contrariare: ma che anzi era dovere far il possibile perché quella povera fanciulla non la perdesse; e che egli e tutti i suoi di casa ne erano lietissimi, e che come meglio potevano avrebbero anche aiutato. – Quest'avvenimento nel villaggio fu causa di gran commenti. I giovinotti celiavano, le comari scotevano la testa, Pietro il vecchio sagrestano faceva negri pronostici, ma dopo tutto era lieto che l'abborrita Satanella se ne andasse, e lontana, e per la pace delle sue pesche, magari già andata e mai piú veduta in eterno! E l'Annetta? Ti sei tu mai affacciato di notte a una finestra che guardi sovra un giardino? Il velo di tenebre che si stende uniforme sul creato non ti lascia rilevare né i suoi confini, né i suoi varii scompartimenti, il laghetto del suo mezzo giace come spento in seno all'erba e si confonde con essa; gli alberi che sorgono sulle sue sponde ti fanno l'effetto di oscuri ed indistinti fantasmi, i viali, i chioschi di verzura, gli edifizi delle serre non son altro che negre masse che chiudono l'orizzonte e si mescono all'occhio in maniera indicifrabile coi dorsi delle lontane colline. Ma surge un istante la luna e superato il culmine dei casamenti, surge tutto ad un tratto ad illuminarlo co' suoi sereni splendori: ecco subito un'altra scena. Escono dalla confusione tutti gli oggetti, le acque del laghetto si fanno vive e lucenti, e riflettono come specchio la volta celeste e le gronde gremite di fiori; balzano alla vista i diversi rialzi, i leggiadri sentieri, i cespugli seminati nel prato, vedi corruscare le frondi degli alberi, senti gli usignuoli che si svegliano e che tornano ai loro canti; i confini si dilatano, ogni forma si distacca dal suolo e assume rilievo, tutto s'incolora, si rianima. È la comparsa di quell'astro luminoso che ha cavato dalle tenebre lo spazio che ti stava dinanzi muto e come sepolto in se stesso. Cosí l'amore nell'anima della giovinetta. Quel dolce sentimento capitato improvviso a farle caro Basilio, le diede come coscienza di se stessa e il cuore le si aprí, le si svegliò l'intelletto ed uscirono tosto alla luce tutte le buone qualità e tutta l'energia di che pur l'aveva dotata la natura. Fu d'allora ch'ella incominciò a mostrare un'attività e una intelligenza di cui nessuno l'avrebbe creduta capace. Alzavasi due, tre ore prima del consueto. Si metteva ella a sbrigare le faccende di casa e docile come un agnello faceva suo pro di tutti gli insegnamenti che le venivano dati. Se sua madre o sua cugina Rosa s'assidevano a cucire, ella in piedi, senza muover palpebra stava a riguardarle; poi di nascosto prendeva un pezzo di tela e ritiratasi in qualche cantuccio, tentava da sola tutti quei diversi punti. Spesso la sua inesperienza le era d'impaccio e non sapeva far riuscir l'ago, dove la mente aveva designato; spesso dalle mani indocili le scappava il lavoro e aggrovigliava il filo e pungevasi le dita: ma ella s'era punta tante volte per carpire un frutto vietato, per trapassare da una siepe di spini, che la non ci badava, e con quella istessa volontà risoluta che nessuno aveva mai potuto domare, adesso perdurava nel suo intento a dispetto di ogni difficoltà, di modo che in breve tempo ella venne a capo di superarle e cuciva e filava e faceva la calzetta come qualunque altra ragazza del villaggio. – Ogni domenica dopo i vesperi Basilio veniva a trovarla. Quel bel giovane costumato e gentile che tutti sapevano appartenere ad una famiglia assai comoda, oltrecché in certuni aveva destato un tantino d'invidia, cominciò a rendere notabile l'Annetta e i piú trincati ragazzi dei dintorni venivano adesso a vederla e a farle la corte uno a dispetto dell'altro. Non era piú la Satanella di cui solevano burlarsi e punzecchiare coi loro scherzi; le portavano invece in dono dei bei fiori, intonavano nel suo nome le loro canzoni, anzi fu allora ch'ella divenne la regina dei canti, mentr'era sotto la sua finestra che si fermavano in numerose compagnie a far echeggiare le nuove villotte e le arie piú recenti e di moda del circondario.

Ella nella sua vivacità fanciullesca accoglieva ridendo tutti quegli omaggi, aveva sempre qualche motto arguto ed impensato da rispondere alle tante corbellerie che le venivano lanciate: raccontava ingenua ogni cosa a Basilio, e Basilio, che aveva conosciuto il candore di quell'anima, l'amava ogni dí piú, senza sospetto di sorte, benché per la distanza non avesse potuto venire piú spesso. Ci fu anche chi si credette in dovere di narrargli le passate storditaggini dell'Annetta e di farne avvertita la famiglia. Ma il capo di essa, ch'era il fratello maggiore di Basilio, un uomo positivo e di un vero buon senso, per tutta risposta, venne in persona a trovar la madre della ragazza: si mostrò lietissimo che dovessero succeder presto quelle nozze, e alla povera donna che timidamente si scusava di non poter cosí in un subito provvedere il necessario corredo, diede coraggio dicendo che le facesse quel che credeva piú indispensabile, perché già in casa ei l'avrebbe messa al pari di ogni altra delle cognate, né certo per questo doveva temere d'esser guardata di mal'occhio, essendo egli quel che penava per tutti e, grazie al cielo, poteva bene supplire a coteste picciole disuguaglianze di fortuna. Coll'Annetta poi, quasi avesse voluto dimostrare al fratello in che conto si dovevano tenere le chiacchere udite, fu non solo cortese, ma col suo fare pieno di dignitosa benevolenza e quasi di rispetto, le rassicurò l'anima che già tutta le tremava per paura di qualche sinistra rivelazione. Passato cosí questo scoglio, la povera fanciulla piú che mai si mise all'impegno di farsi degna della fortuna che il Signore le aveva mandato. Prima peraltro che spuntasse il giorno prefisso per coteste nozze, ella doveva subire un'altra gran prova. Sua madre si ammalò. Sua sorella andata a marito nel villaggio di Percotto, aveva proprio in quei giorni dato alla luce il suo primo bambino e non poteva neanche venire a vedere di loro. Allora sí ch'ella si trovò bene imbrogliata. Bisognava assistere l'inferma, supplire per essa in famiglia, e priva d'ogni aiuto e senza mezzi di sorte pensare da sola alle tante cose ch'erano ancora da provvedersi. Inutile ricorrere allo zio. A causa dei precedenti dispendi e piú ancora della sua mal intesa economia, non aveva piú un soldo da poter disporre. E poi quell'uomo, persuaso che quel matrimonio cosí precoce fosse una vera pazzia, mostravasi su tal proposito affatto apatico. Continuava a star tutto il giorno nei campi: per sé e per la famiglia contentavasi della polenta: del resto se ne sbrighi pure chi vuole. Ma l'Annetta non si avvilí, non si perdette di coraggio. Prima di tutto pensò a provvedere per la sua povera madre. Ricorse alla famiglia degli zii, ricorse all'amicizia delle altre giovanette del villaggio. Quelle anime ingenue che avevano veduto con gioia il gran mutamento ch'essa aveva fatto, si sentirono adesso commosse dalla sua disgrazia e tutte a gara procuravano di consolarla e di prestarle assistenza. Or l'una or l'altra venivano al letto dell'ammalata, aiutavano l'Annetta nelle faccende di casa, cucivano, tessevano per lei: erano diventate per lei altrettante sorelle. Spesso facevano insieme dei gran consigli, e preso il partito, pronte eseguivano. Si trattava del materasso e della coltre nuziale? C'erano alcuni paperi che la Caterina aveva nutrito pel dí delle nozze. – Passa parte a Basilio, – diceva una risoluta, – che la mamma è a letto e che qui in casa non è conveniente far nozze. Cosí puoi disporre dei paperi, e io dimani te li vado a vendere, a Palma. Col denaro si compra la lana per la materassa, la canepa per la fodera, il cambriche per la coltre. – Noi tre fileremo. – Io tesserò. – Mia sorella cucirà, – gridavano alcune altre, – e io, – diceva una bionda dagli occhi pietosi, – verrò qui a tener le tue veci e ad assistere la mamma, onde tu possa andar a Palma colla Giuditta.

Detto fatto, pel dimani era tutto disposto. L'Annetta alzatasi prima di giorno, aveva ammazzato una gallina, poi venuta l'amica correva a Manzano a prendere una medicina per sua madre, indi via a Palma coi paperi. Sulle undici tornavano, si dava insieme un'occhiata alle provviste e in un attimo venivano distribuite secondo il concertato. Cosí continuarono quando si trattò dell'abito nuziale, dell'armadio, degli altri oggetti indispensabili. Quelle buone figliuole l'avevano presa sotto la loro protezione ed alla casa di lei era un continuo andirivieni. Parevano tanti uccellini affaccendati a fare il nido. Questa premura affettuosa, quest'assistenza da sorelle, il parlare dell'Annetta e il compassionarla e il raccontare ch'esse facevano nelle loro case dei tanti impicci e delle tante faccende a cui doveva la poverina accudire in quella sorte di momento cosí solenne e cosí pieno di pensieri, finí col toccare il cuore anche alle vecchie comari e in grazia delle figliuole anch'esse perdonavano alla Satanella che avevano cotanto astiata. Venuta la vigilia delle nozze tutto il villaggio era nei prati ad aspettare il carro che doveva venire a levar l'*arca* nuziale. La Caterina aveva cominciato ad alzarsi, ma era ancora tanto debole da non si fidare a discender le scale. Supplivano bene per lei la Giuditta, la Celestina, la Silvia, l'Annunziata. Su d'una tavola in cucina andavano apparecchiando con bell'ordine la biancheria della sposa ch'esse stesse avevano in gran parte filata, tessuta, cucita ed ora pulitamente piegata. Trasportavano abbasso la materassa coi guanciali e colle coltrici, vi stennevano sopra una bella copertina a righe bianche ed azzurre, riponevano nell'armadio i vestiti, i grembiali, mettevano in pronto ogni cosa, quando alcuni spari di pistola le fecero correr fuori incontro anch'esse al carro che veniva dalla parte dei prati. L'Annetta rimase in cucina colla Rosa che in qualità di sua prossima parente era destinata alla consegna della roba e doveva accompagnarla in casa allo sposo seduta sull'arca. Allegri e reiterati scoppi annunziavano che già erano vicini. Diffatti il carro entrava nel cortile guidato da un fratello e da un cugino di Basilio e seguito da parecchi curiosi che gli si erano fatti d'attorno per ammirare le veramente magnifiche giovenche che vi stavano aggiogate. Pelame color frumento, pariglia perfetta, ben pasciute, ben lisciate, pomellate e lucenti come specchi. Dal collo maestoso e dal largo petto pendeva l'ampia giogaia fin quasi a terra, e nette le gambe e la coda sottile e brevi le corna; e le corna avevano inghirlandate di fiori. Anche la cima del timone era adorna di mortelle e di rose del bengala strette in mazzo da una fettuccia scarlatta le cui code pendevano innanzi a guisa di bandiera. Era l'ora del tramonto e la gente che tornava dai campi si affollava nella piazza e dinanzi al cortile dove caricavano e taluni davano anche una mano. Nuovi spari, accompagnati questa volta da saluti ed auguri diedero il segno della partenza.

In quella sera in ogni casa si parlava della fortuna dell'Annetta. Andava in una famiglia che non si poteva dir meglio. Buona gente, tutti uniti per un filo. Gente di polso che avevano diciasette animali nella stalla e sul granaio la biada un anno per l'altro. Il Capocchia, un bravo e buon galantuomo che sapeva pensare e provvedere per tutti. Suo un terreno di benedizione e i lavori comodi, perché numerose le braccia. E tutti godevano di cotesto avvenimento quasi avesse interessato l'intero villaggio. – Ma come mai aveva ella potuto cattivarsi tutta questa simpatia? Da un anno ella non era piú quella di prima. L'amore l'aveva talmente trasformata da non poter piú credere vere quelle tante storditaggini ed infantili bricconerie che si raccontavano di lei; e nel vederla adesso cosí assennata, cosí pulitina e buona e gentile con tutti, gliele avevano perdonate: perfino il vecchio sagrestano pareva che se ne fosse dimenticato.

Ma bene l'Annetta si ricordò di lui proprio in quella sera e prima di coricarsi andò alla sua casupola. Egli aveva cenato, e seduto in un angolo del focolare, stava con un coltellino rinettando il mestone della polenta, mentre un bel gatto fulvo colle zampine anteriori puntate sul suo ginocchio gli faceva le moine per ottenere quei truccioli. Intento al miagolio della carezzevole bestiola, egli non aveva avvertito lo strepito del saliscendi e il comparire della ragazza. Gli fu in cospetto come una visione: – Pietro, – diss'ella, – perdonate se vi disturbo, ma domani vado via per sempre e non mi posso risolvere, capite, a lasciar questi luoghi, senza una buona parola anche da voi... – e cosí dicendo s'inginocchiava a lui dinanzi. Il vecchio burbero balzò in piedi, aggrottò le ciglia, stava per dire qualche cosa di sinistro, ma poi tutto ad un tratto commosso da quella bella creatura che in atto cosí umile implorava il suo perdono, col dorso della mano si terse una lagrima e quasi vergognandosi esclamava borbottando: – Ma che scene son codeste? Vattene in nome di Dio, che io non ho nulla con te e ti auguro ogni bene! – Dovete benedirmi, – diss'ella. – Voi siete stato amico del mio povero padre; mia madre mi ha benedetta, e anche voi Pietro...! – E Pietro che, come sagrestano, era stato presente agli ultimi momenti di suo padre, nel sentirlo adesso nominare e nel fissare quei lineamenti che tanto gli rassomigliavano, gli parve di rivederlo com'era allora sul suo letto di morte nell'angoscia di lasciare senza appoggio quella misera vedova e quelle tre meschine creature, e rimescolato tutto quanto, la sollevò da terra, la prese fra le sue braccia come se fosse stata sua figlia e ripeteva lagrimando: – Non dir piú di queste cose! Non voglio piú sentir altro!... Che bel gusto quello di farmi piangere!

Poi posata la destra sulla bionda testa della fanciulla la benediva con tutta l'espansione del suo cuore. L'anno innanzi ei non si sarebbe certo mai immaginato di provar tutta questa commozione per la partenza dell'abborrita Satanella. – Nel dimani assai per tempo in camera della Caterina, che giaceva tuttavia a letto, le compagne della sposa stavano pettinandola. L'Annetta era muta, era pensierosa: seduta dirimpetto a sua madre, cogli occhi fisi negli occhi di lei, che ogni qual tratto versavano una lagrima, ella si lasciava fare come se fosse stata una bambina. Le avevano disciolte le trecce e quella ricchezza di capelli tutti eguali che le scendevano fin quasi a terra, era un velo magnifico da cui trasparivano assai piú leggiadre le sue belle forme e l'intatta freschezza delle candide spalle. Per vedere se la discriminatura riusciva giusta in mezzo alla fronte, la Celestina colla mano le sollevò la faccia. Guardarsi e scoppiare tutte due in lagrime fu come un lampo. Le avevano a lungo trattenute ed ora il cuore le vinceva. Quel pianto si propagò in un attimo e ci fu un istante che in quella camera non udivi altro che un ripetuto singhiozzare. Quando si furono quietate un poco, fu l'Annetta che ruppe il silenzio: – Io vi ho dato tanti mali esempi, vi ho fatto dispiaceri di ogni sorte e voi tutte adesso cosí buone con me!...

E volle baciarle ad una ad una e ringraziarle e raccomandava che assistessero la sua povera madre. Intanto abbasso in cucina erano capitate a salutarla diverse comari, c'era il fratello, il cognato ed altri dei piú prossimi congiunti che invitati alle nozze dovevano accompagnarla, c'era lo zio, e sulla tavola avevano apparecchiato alcune piccie di pane e due fiasche di vin bianco. Comparve la sposa e dietro a lei aiutata dalla Celestina e dalla Giuditta scendeva la Caterina. La povera donna che usciva da una lunga malattia si perdeva negli abiti ed era tanto sparuta e pallida da non poterla a prima vista ravvisare; pur si forzava a sorridere ed accettava lieta le congratulazioni delle amiche. Perdeva la figlia, e proprio quando l'era diventata piú cara; pure trattandosi della sua fortuna si rassegnava: solo in quegli ultimi istanti i suoi occhi non potevano distaccarsi da quella bella creatura a cui le vesti nuziali e la solennità del momento davano tanto risalto e sentiva tutto l'orgoglio d'esserne la madre. Perfin lo zio pareva uscito dalla sua abituale apatia, e quando la nipote nel suo vistoso abito di seta gli passava dinnanzi tutta sfolgorante, s'ingegnava dirle anch'egli qualche bella parola e cavata la scatola ne annusava a lungo una presa con certi grotteschi sorrisi che palesavano la sua singolare compiacenza. Fra i tanti che lí venivano a salutarla, un giovane di circa diciotto anni stava da alcuni minuti affacciato ai cancelli della porta di cucina. Colto alla perfine l'istante che la sposa guardava a quella parte: – Annetta, – disse egli, – puoi uscire un attimo in cortile, che t'ho a dire una parola a quattr'occhi? – Vengo, – rispose la giovinetta e di mezzo alla folla degli astanti, uscí fuori in cortile. Ei si cavò il cappello e dentro c'era un bel mazzolino di viole mammole. – Te lo manda Beppe di S. Lorenzo, – disse egli. – Il povero giovane non ha cuore di venirti a salutare adesso che vai via, perché egli ti ha voluto sempre bene; ma non s'è fidato a dirtelo... non credeva che ti dovessi maritare cosí presto, e ha capito come tu lo avresti fatto felice, soltanto dopo ch'è venuto Basilio... Allora non era piú tempo! ed e' non ti venne piú per i piedi... Adesso poi ti manda a dire che egli ti augura ogni bene!... – Grazie Liso, – balbettava la fanciulla prendendo dalle sue mani l'odoroso mazzolino ed appressandolo alle nari in aria commossa. – Di' a Beppe che anch'io gli ho voluto sempre bene; ma che era destino ch'io dovessi essere di Basilio! Digli che quando si sarà fidanzato ce lo faccia sapere e che venga a trovarci a Persereano.

E tornava in cucina col mazzolino che tutti lo potevano vedere. Erano le dieci e mezza; un fanciulletto attraversò correndo il cortile e venne alla porta ad annunziare che in fondo ai prati si vedeva il corteo nuziale. L'Annetta col cuore in trambusto corse per un'ultima volta dissopra nella sua camera; era salita a prendere il suo mazzolino nuziale, voleva inserirvi il ramicello dell'ulivo benedetto, tentava di puntarsi in capo il fazzoletto di tulle, si mise a cercare il mocicchino, gli anelli, ma era tanta la sua confusione, forti i battiti del suo cuore e le mani le tremavano cosí fattamente ch'ella non seppe far altro che inginocchiarsi a' piedi del suo letticciuolo. La Celestina e la Giuditta capitarono a vedere di lei, le davano coraggio, le appuntavano presto presto le ultime spille. Dalla rama dell'ulivo pasquale scelsero esse il ramicello simbolico e lo misero fra i fiori del mazzetto. Intanto abbasso apparecchiavano le pistole per essere pronti a rispondere al primo sparo che si fosse udito. Infatti di lí a qualche momento rimbombarono parecchie esplosioni. Appostati nella siepe del cortile resero subito il contraccambio e dopo varie altre salve che si facevano sempre piú vicine, apparve la compagnia. Era assai numerosa; le donne entrarono in cucina ad abbracciare la sposa, Basilio faceva i complimenti d'uso: bevettero un bicchierino, poi subito si organizzavano per la partenza; mentre la Messa nuziale doveva celebrarsi nella parrocchia, quattro buone miglia distante. Prima la sposa con al fianco il fratello Isaia, poi Basilio con la Rosa, cugina di lei, indi i due che dicono *donzelli* di *scambio*, e sono per solito un giovane ed una fanciulla appartenenti alla famiglia del marito, i quali, dopo la benedizione nuziale, devono essi accompagnare gli sposi in luogo dei precedenti paraninfi, ultimo il sartore e il sacrestano. Nei villaggi di passaggio si annunziavano con una salve di spari e subito fuori la gente e tutti ammiravano quella veramente bella compagnia, di cui la prima e piú splendida figura era, senza contrasto, la sposa. Arrivarono a P... sul mezzogiorno, ed in chiesa c'erano tre altre comitive nuziali; ma anche qui chi piú attirava gli sguardi della folla era l'Annetta; sicché Basilio non poté a meno di non sentirsi un tantino inorgoglire. Non era già che la sua infinita tenerezza per lei avesse a solo fondamento cotesti pregi esterni. Da prima erano essi è vero che lo avevano fatto avvicinare alla fanciulla; ma in seguito, quando il suo amore ebbe creato tutta la bellezza di quell'anima, egli se ne innamorò sempre piú, perché senza saperlo amava in lei la sua propria creatura, e nel vederla adesso universalmente ammirata, sentiva quella intima compiacenza che, senza accorgersi, proviamo tutti dinanzi al successo delle cose nostre.

Dopo la Messa, cambiato l'ordine dei paraninfi, ripresero la via per Percotto a Persereano, oltre quattro miglia all'incirca. A Percotto, dov'ella aveva una zia ed era andata a marito sua sorella Teresa che per essere tuttavia nei giorni del puerperio non aveva potuto intervenire alle nozze, i giovani di queste due famiglie coi loro amici stavano aspettando la comitiva e quando la videro comparire, salve di schioppi, di canti, di grida rimbombarono improvvise e tutte d'un fiato a farle festa mentre dalla finestrella della sua camera, la Teresa col sorriso sulle labbra e colle lagrime agli occhi faceva anch'ella i suoi saluti. A Persereano, dinanzi alla casa dello sposo trovarono diversi archi di verdura da cui pendevano festoni e ghirlande e tutta la via seminata di petali di rose e di foglioline d'issopo, mentre ai lati facevano spalliera una quantità di gente e rimbombavano nuove salve, e questa volta vi si mescevano anche alcune arcate di violino. Entrati nel cortile, la comitiva sostò dinnanzi alla porta di casa, ch'era chiusa perché ad onta dell'ora di già avanzata, nella famiglia di Basilio, gente all'antica e di costumi quasi patriarcali, non intendevano di ommettere nessuno dei riti e delle consuetudini del paese.

In capo dunque al corteo, mentre s'era fatto il silenzio dell'aspettativa passarono i due paraninfi della sposa cioè sua cugina Rosa e suo fratello Isaia. Quest'ultimo picchiò prima adagino, poi piú forte e la terza volta con quanto aveva di lena. Una voce di dentro chiese:

– Chi siete? – Amici! – rispondeva la turba.

– Che cosa portate? – tornava a dimandare quella voce:

– La pace! – diceva la sposa, e poi tutti in coro per tre volte replicavano: – La pace!

– E la pace troverete! – e a questa parola si spalancavano i battenti, tuonavano le salve, i suonatori davan nei violini, gli spettatori rompevano in mille voci d'applauso, mentre ritta sulla soglia s'era presentata una donna, maestosa nel portamento, ma di un'aria di volto assai soave benché alquanto innanzi cogli anni. Era la matrigna di Basilio, che l'aveva trovato in fasce e nutrito come se fosse stato suo proprio figliuolo; e adesso era essa che insieme col primo dei fratelli di lui teneva il governo di quella numerosa famiglia e quindi come padrona di casa le toccava di accogliere la sposa. Comparirono due ragazzette che portavano su d'un vassoio un capace boccale di vino. Di mezzo ai fiori del mazzetto nuziale che l'Annetta allora riverente le proferse, ella ne cavò la simbolica fronda dell'ulivo, la pose col peduncolo nel liquore, sollevò il boccale alla vista di tutti, lo appressò alle prime labbra libandone alcune goccie, indi lo porse alla sposa, e questa lo passava al vicino e cosí di mano in mano a tutta la compagnia. Intanto che compivasi questa cerimonia, le due ragazzette portarono alla padrona di casa una mestola nuova e una granata entrambe adorne di nastri di vari colori. Il loro significato pare che sia, comando ad un tempo ed obbedienza. Distribuire il cibo e spazzare la casa, la mestola e la granata riepilogano il piú alto e il piú umile degli uffizi che la brava massaia deve del pari esercitare, e l'Annetta, in segno della sua buona volontà nel sobbarcarsi ai doveri del nuovo stato, ricevette dalle mani della suocera e baciò ossequiosa questi due singolari arnesi. Allora la vecchia abbracciò la sposa e fattala entrare, la guidò ella stessa nella camera nuziale. Finalmente si assisero tutti ad una lunga tavola carica di ogni sorte di vivande e terminarono allegramente fra i suoni e i balli quella giornata che fu per la nostra Annetta il principio di una vita operosa, ma consolata dall'affetto; ma per quanto può venir consentita in questo povero mondo serena e pienamente felice.

GRAZIA PIERANTONI MANCINI

Cristina

I.

L'anno scorso io cercavo una cucitrice che venisse a lavorare in casa, a giornata. Un'amica mi propose Cristina, raccomandata a lei da una vecchia portinaia di via della Croce:

– La poveretta è gobba, sai, per cui quando va a lavorare teme sempre di essere canzonata. Dovrai provvedere a che le si rechi la colazione nella stanza da lavoro; ella preferisce non trovarsi in contatto con le persone di servizio... e la lascerai libera sull'imbrunire, perché vuole cenare a casa sua...

– Quante pretese!

– Ma è cosí abile e sollecita! Io me ne trovo contentissima; se la cedo a te è soltanto perché sono in procinto di partire da Roma...

Venne Cristina e mi piacque a prima vista, né tardai a volerle bene. Ogni giorno entravo nella stanza da lavoro e mi piaceva di conversare con lei benché non fosse facile strapparle molte parole. Non mangiava quasi nulla di quanto le veniva recato per la colazione, ma chiedeva il permesso di serbare per la *pupetta* che aveva in casa la miglior parte. Lavorava bene, con gusto, senza mai riposare, e gli occhi le brillavano dalla gioia quando alla fine della settimana l'avvertivo che l'avrei occupata ancora per molti giorni.

– Aveva una famiglia? La mamma, la sorellina?

No, no; era sola al mondo! E un giorno finalmente, vinta dalla mia sollecitudine, mi narrò una sua storia con grande semplicità. Dal suo dire e da altri particolari raccolti dalla vecchia portinaia trassi questa narrazione, che continuerò forse un giorno...

II.

Le ultime carrozze in un pomeriggio di giugno scendendo dal Pincio scantonavano per le vie laterali del Corso conducendo le signore ai loro sontuosi palazzi, alle adorne dimore, agli alberghi in voga.

Imbruniva lentamente; una donna seduta presso la finestretta del suo mezzanino, sull'angolo di via della Croce, faceva girare stridente e rapida la ruota della macchina da cucire.

Un bel raggio dorato, l'ultimo, guizzò improvviso e lieto nella umile stanza, mise in luce una oleografia della Madonna del Carmine a capo del letto bianco, colorò di carminio un mazzo di garofani, dono dell'ortolana, tenuti in fresco in un bicchiere; poi venne a posarsi su i folti capelli biondi della cucitrice come una carezza.

I monelli della via intanto si affollavano intorno all'ometto gobbo che, una larga cesta infilata al braccio, faceva l'apparizione consueta, gridando: – Panini caldi, panini al burro!

Un ragazzo, fra i grandicelli, si mise a urlare: – Ohè, gobbo, guarda la tua sposa, che ti saluta! Affacciati, affacciati, gobbetta.

– Affacciati, affacciati, ragazza! – E tutti a guardare su, verso la finestra. Cristina, si chiamava Cristina la poveretta, martire di quel coro di piccoli diavoli crudeli e incoscienti, ormai avvezza all'insulto serale, si alzò per scostarsi dalla finestra, senza fretta, senza dar segno di collera.

Il venditore ambulante invece coprí di contumelie i monelli, che raddoppiarono gli urli e le beffe. Poi, a poco a poco, mancando la lena all'offeso e ai suoi nemici, il chiasso si affievolí prima, poi ebbe fine. Le mamme uscirono sull'uscio a redarguire i piccoli malvagi; corsero alcuni scappellotti! Contentate le pratiche della via, il gobbo si allontanò strisciando i piedi, ripetendo da lunge il verso: – Panini caldi! Panini al burro!

Cristina accese una lampadina a petrolio, tirò la macchina da cucire nell'interno della stanza e si rimise a lavorare. Quella veste di mussolina doveva essere terminata per il giorno seguente: era una veste candida, tutta gale e merletti, destinata alla figlia del carbonaro di faccia, che andava sposa al tintore, abitante della stessa strada.

Le lunghe dita di Cristina piegavano in varie foggie la stoffa delicata, mentre la ruota, mossa dai piccoli piedi, girava con un rumore monotono e quasi doloroso. La cucitrice scuoteva la testa troppo grande per l'esile collo, socchiudeva i grandi occhi cilestri, occhi bellissimi, in disaccordo col colore terreo del volto dai lineamenti angolosi; e lo sforzo del lavoro l'obbligava a curvare anche piú la spalla già contorta dalla natura.

Intanto pensava: «Potrebbero almeno lasciarmi in pace... Ieri ho diviso l'ultima lira con la madre di quel ragazzo che mi chiama sempre gobbetta... A quegli altri non ho forse dato spesso una cucchiaiata di zuppa, un pezzo di pane? Ma quelle povere creature non lo dicono per male... credono di scherzare e non pensano alla pena che mi fanno... A farlo apposta, quel disgraziato doveva proprio scegliere questa via per vendere i suoi panini! E come si risente quando gli dicono che sono la sua sposa! Neanche lui mi piglierebbe!...» Sospirò, ma senza amarezza.

Era consapevole della propria disgrazia e familiarizzata al dispregio dei piú, riconoscente ai pochi che le volevano bene, apprezzandola quale era: buona, intelligente e lavoratrice. Ma anche fra questi, non tutti sapevano celare quel senso di ribrezzo involontario che desta la creatura umana brutta e contorta. Perciò Cristina, orfana e negletta, preferiva di vivere sola sola. Ella usciva di casa soltanto per le magre provviste o per prendere e riportare il lavoro.

Pure, una volta, aveva avuta un'amica, o almeno cosí le era parso. Quello era un dolce ricordo, il romanzo della misera esistenza.

Adesso, come una cagnolina smarrita, si stropicciava ai piú miseri cercando di farsi perdonare la gobba, le braccia sterminate, il mento aguzzo, la bocca grande dai denti neri e torti, in grazia dell'espressione dolcissima degli occhi chiari velati dalle lunghe e morbide ciglia: occhi di angelo, occhi sprecati sotto quella fronte depressa: occhi simili a lembi di cielo azzurro riflettuti dalle acque di un pantano.

Lavora, lavora!

Cristina era digiuna, ma non poteva pensare alla cena, se prima non terminava la veste.

Lavora, lavora; affretta il moto delle abili dita, dei piedi e della ruota! Manca l'arricciatura di tulle attorno al collo, mancano i fiocchi di seta bianca alla cintura, alle maniche...

Rosetta, la figlia del carbonaro, doveva venire a vestirsi alla mattina seguente in casa di Cristina, poiché quella veste nitida non avrebbe potuto penetrare nella nera bottega neanche per attraversarla; eppure, dopo la benedizione nuziale, sia tra il carbone, sia tra le tinte era destinata a macchiarsi...

E Cristina rideva, ma senza cattiveria, sul destino della veste bianca che le costava tanto lavoro.

«Di nero doveva vestire Rosetta, – pensava; – ma già, ognuno desidera e vuole ciò che non gli conviene! Rosetta, nata fra il carbone, ha sognato sempre la veste bianca da sposa e finalmente l'avrà. Anch'io spesso ho sognato... ma sempre cose che non avrò mai e poi mai!»

Ancora un altro lungo sospiro, ma senza amarezza neanche questa volta: Cristina era troppo buona e rassegnata per insorgere contro la propria sorte.

La veste è terminata; la cucitrice la solleva, la scuote, l'ammira, soddisfatta dell'opera propria, poi la depone con infinite precauzioni sul letto. Ora può pensare alla cena.

Toglie una grossa scodella di terra bruna, ricolma di latte, tenuta in fresco sotto la cannella dell'acqua Marcia, e si accosta alla credenza per prendervi la metà di un pane messo in serbo dal mattino.

– Sora Cristina, sora Cristina!

Alla voce della portinaia, ella va ad aprire l'uscio. Subito sul pianerottolo buio una forma indistinta le appare: è una donna, una mendicante... tiene una bambina per mano... Aguzza gli occhi in cerca della portinaia; meravigliata poi di vedere invece una poverella a cui nulla può dare si affretta a richiudere...

Ma le mani scarne si stendono verso di lei in atto supplichevole e dal fondo della scala la vecchia portinaia torna a gridare:

– Sora Cristina! Non volevo lasciarla salire a quest'ora, ma pretende che la conoscete da tanto, che è, come si direbbe, vostra sorella...

– Meno la gobba! – aggiunse a voce bassa la figlia della portinaia, anch'essa sbucata dal sottoscala, piena di curiosità. – Se si è ricordata di Cristina in quell'arnese è certo per carpirle quei pochi... È cosí bonacciona la nostra gobbetta!

Cristina intanto manteneva l'uscio socchiuso, aspettando. Ne aveva conosciute delle poverette! Ne' giorni migliori le aveva aiutate del suo meglio, ma non poteva dare piú nulla. E se ne rammaricava, pur ripetendo l'atto di spingere la porta, quando una voce flebile, eco di una voce cara non sentita piú da tanti anni, mormorò:

– Per carità, Cristina, non mi scacciare; sono io, non mi riconosci?

La giovane spalancò l'uscio e le braccia:

– Lei, lei! La signora Maria!

Tenendola stretta l'attirò nella stanza: – Quella? – e indicò la bambina.

– Mia figlia! – e staccandosi da Cristina, Maria spinse verso di lei la sua creatura.

Ora le nuove arrivate, madre e figlia, erano nel cerchio luminoso che la lampadina proiettava sul pavimento di mattoni rossi. Quale squallore!

Maria coperta di una veste nericcia altra volta elegante, ora cosparsa di polvere, con le scarpe deformate dal lungo cammino, un cappello incolore e senza piú forma alcuna, sembrava nella sua magrezza l'ombra di una signora sbucata dalla fossa dopo aver sopportato per lunghi anni gli oltraggi di umida sepoltura; la sua bambina pallidissima e smunta eppur graziosa narrava tacitamente con gli occhietti arrossiti e le labbruzze dissanguate una storia di patimenti infantili, e perciò piú crudeli.

– Signora Maria! – ripeté Cristina accostandole una delle due seggiole della stanza e adagiando sull'altra la bimba.

– Ho stentato a riconoscerla! Che ha mai fatto! Oh povera signora Maria, pensi, io la credevo troppo ricca, troppo in alto per ricordarsi piú di me! Ma come ha potuto ritrovarmi in questa Roma tanto grande, e malgrado le case che ho mutato in questi dieci anni?

– Fu la provvidenza! – e Maria congiunse le mani: – Poi ti dirò...

– Ma, e il suo meraviglioso talento? Non recita piú? Non è sempre con la compagnia di allora? Quante volte l'ho rivista nella mente vestita da regina o da zingara, da contadinella o da guerriera! L'ultima volta per la sua beneficiata, ella rappresentò la Francesca da Rimini..., io...

– Sono stata tanto, ma tanto malata, Cristina mia!

– Oh poveretta! Dio sa che avrei voluto incontrarla in altra posizione... Lei, la prima attrice del teatro Manzoni, sempre acclamata dal pubblico! E cosí buona con me... Come ricordo quei tempi!

Maria intanto aveva adocchiata la scodella di latte sull'angolo della tavola, e mentre le si rianimavano gli occhi a mezzo spenti, si passava la lingua sulle povere labbra avvizzite. Non osava per altro stendere la mano... A un tratto la bambina scoppiò in pianto lamentevolmente.

– Ha fame! – balbettò Maria con accento cupo.

– Prendi, prendi, *pupetta* cara! – E Cristina tutta commossa attirò presso la tavola la bambina, che subito consolata prese a due mani la scodella, e in un attimo ne vide il fondo; poi con la bocca bianca di latte si mise a mordere avidamente il pezzo di pane.

La madre la guardava contenta e invidiosa; alla fine, non sapendo piú resistere agli stimoli dello stomaco: – Ho fame anch'io, – mormorò, – siamo digiune da ventiquattr'ore!

La cucitrice non aveva altro cibo in casa; senza proferir parola aprí la porta e scese nella scala.

Maria, rimasta sola con la figlia, che, divorato il pane, ora ne raccattava quasi devotamente le briciole cascate sul pavimento, si diede a osservare la stanzetta pulita, ma assai misera. Finita la rapida e non soddisfacente ispezione allungò le labbra con disprezzo: in dieci anni la sorte di Cristina non era migliorata, tutt'altro! Proprio vero che la gobba alle donne non porta fortuna!

Quando Maria l'aveva conosciuta, Cristina era la sarta della modesta compagnia drammatica nella quale ella aveva esordito nel teatro piú popolare di Roma, come prima attrice. In quel tempo, sia per compassione, sia per corrispondere in qualche modo all'adorazione che la gobbetta provava per la sua bellezza e per la sua bontà, ella si era compiaciuta in quella strana amicizia. Ogni volta che le toccava apprendere qualche nuova tirata commovente soleva prendere la gobba quale pubblico, lusingata da quell'entusiasmo eccessivo per il suo talento; e le tornavano a mente i grandi occhi lagrimosi, il volto gramo, privo di bellezza, trasfigurato dall'interna commozione.

Con quale trasporto quasi di amante Cristina le provava le vesti belle chiedendo timidamente il permesso di baciarla sulle spalle candide, sulle braccia ben tornite! In quel tempo era sembrato a Maria di avere d'attorno un grosso cane fedele al quale si prodiga qualche carezza distratta in ricambio di sconfinata devozione. La giovanetta pur di esserle vicina, pur di vederla sorridere, non si rifiutava a nulla: portava lettere, ambasciate, l'aiutava ad acconciarsi per ricevere i suoi adoratori, e comprava con i modesti risparmi i fiori, i gingilli di cui l'attrice mostrava desiderio...

Ogni anima deve amare; l'anima di Cristina, solitaria e appassionata, aveva sentito per Maria quel sentimento indefinibile che è piú dell'amicizia e piú dell'amore, perché scevro nella sua violenza di qualunque egoismo, di qualunque impuro desiderio. Vederla sempre, udirne la voce vibrante, riceverne una buona parola a fior di labbro, era quanto bastava; e i due anni che la giovane cucitrice aveva trascorso vicino alla sua deità erano stati gli unici anni felici della misera vita.

Poi la compagnia drammatica si era divisa; una parte aveva lasciato l'Italia per l'America e con questa era partita Maria. In quel tempo Cristina giaceva gravemente ammalata in un ospedale di Roma, e non solo non poté seguirla ma neppure prender commiato da lei.

Appena convalescente si rimise al lavoro con l'angoscia nell'anima, sostenuta dalla vaga speranza di rivedere Maria, che immaginava sempre piú in voga, divenuta la stella di qualche compagnia primaria, e che presto l'avrebbe chiamata presso di sé, in paesi lontani.

E le scriveva lettere umili e appassionate alle quali l'attrice rispose per un anno intero: erano risposte brevi su cartoline, biglietti di visita, gazzette con l'indirizzo di sua mano sulla fascia, e qualche parola segnata; ma ancora se ne gloriava come di grande prova di bontà, di degnazione... Un anno intero!

Poi incalzarono gli avvenimenti, vennero i giorni del trionfo... quelli della sventura; infine la miseria...

L'attrice rammentò a un tratto l'ultima lettera di Cristina. Le era giunta a San Francisco mentre viveva maritalmente con l'amoroso della compagnia, Matteo De Matteis; e costui appunto in quell'occasione e per quella lettera l'aveva coperta di contumelie credendola di un amante che nascondesse il proprio nome sotto quello di una donna. Infatti quali tenere espressioni, e come supplicava per una parola, un segno di ricordo!...

Da quel momento per non eccitare la collera del furfante al quale aveva tanto sagrificato, Maria non scrisse piú; non mandò il suo nuovo indirizzo... Il ricordo della gobbetta si cancellò quasi dalla sua memoria.

Ed ora era caduta cosí in basso da doverle chiedere protezione ed asilo con la sua bambina!... Dopo tanto tempo di silenzio e di oblio un mero caso l'aveva fatta incontrare, in un momento di suprema desolazione, con un vecchio portiere del teatro, che le aveva dato l'indirizzo di Cristina.

In preda a questi pensieri si accostò al letto su cui era distesa la veste bianca della sposa. Non aveva piú visto un vestito nuovo da mesi e mesi e le brillarono gli occhi. Ah! poter gittare i sordidi cenci e adattare alle membra quell'acconciatura, che sembrava fatta per lei! Sarebbe stata proprio adatta per recitare una scena di Frou Frou...

Se in quell'istante non fosse rientrata Cristina tutta stanca per la corsa fino in fondo alla strada, all'osteria, poiché le botteghe erano già chiuse, l'attrice avrebbe ubbidito all'istinto piú forte della stessa miseria, e si sarebbe adornata di quella veste obliando gli stimoli della fame per quelli della vanità.

Ma alla vista della cesta con le provviste si slanciò verso la tavola e si mise a divorare il pane e la carne con avidità, a bere il vino del fiaschetto a colmi bicchieri, come se fosse acqua.

Cristina distolse gli occhi da quello spettacolo che degradava nel suo concetto l'idolo di un tempo, e si volse invece verso la bambina alla quale la madre non pensava: la vide addormentata sulla seggiola in grazioso atteggiamento; intorno alla boccuccia socchiusa aleggiava un sorriso tutto pace e dolcezza, che contrastava col pallore del visetto emaciato e strappava le lagrime. Nel contemplarla la buona Cristina si sentí cosí profondamente commossa che non osò pronunziare le parole già preparate salendo le scale.

Come mettere fuori dell'uscio a quell'ora le poverette, che sembravano prive di qualunque aiuto e ricovero? Ma lei, povera e derelitta poco meno di quelle, che cosa doveva, che cosa poteva fare?

Mentre la madre continuava a divorare a due ganasce e a tracannare il bianco vinetto traditore dei Castelli Romani sino all'ultima goccia, ella continuava a rimanere assorta nella piccola dormente; stanca e malinconica, incerta e vicina a scoppiare in singhiozzi, anch'essa era digiuna dal mattino ma la voglia di mangiare le era passata.

Maria, finito l'abbondante pasto aveva abbandonato il capo sulla spalliera della seggiola; dal cappello sgualcito uscivano discinte le ciocche di capelli, alcune di un nero rossastro, altre grige perché in parte prive di tintura; la faccia dai pomelli rossi e sporgenti appariva tutta rughe, scavata dall'abuso della polvere di riso; e presso la tempia destra un rimasuglio di belletto sembrava una cicatrice. Tra le socchiuse labbra carminiate il posto vuoto di un incisivo superiore mancante accresceva il disgusto per quella creatura che tanti adoratori avevano trovato bella, e desiderata, alcuni anni innanzi. Se costoro avessero potuto vederla in quel miserevole stato sarebbero fuggiti con orrore, ma Cristina malgrado un certo senso inquieto si sentiva inclinata alla pietà verso l'infelice, non solo dai ricordi, ma piú dalla presente sventura, che le sembrava immeritata e troppo grande.

L'amica tanto ammirevole, l'idolo suo e del pubblico, quella? La forma, sí davvero, era diversa; ma l'anima buona, lieta, caritatevole, non poteva essere diversa, anzi erano due le anime che si offrivano al suo affetto. Ella adorava i bambini nel suo segreto, ma non osava accostarsi a loro poiché erano i suoi piú implacabili persecutori; e in un momento la Giulietta le aveva guadagnato il cuore e avrebbe già voluto coprirla di baci.

Maria aveva riaperto gli occhi. Dopo alcuni secondi d'incertezza e di stiramenti, parve ricordarsi del luogo dove era, e si levò dritta con fare risoluto:

– Ha due materassi? – domandò, palpando il letto al quale si era accostata.

– Ha, – rispose Cristina mortificata, quasi avesse voluto scusarsi, – un solo materasso di lana... l'altro è un trapuntino di stoppa...

– Ebbene, – sospirò Maria, – mi ci adatterò!

– Ti pare? Lo piglierò io! Tu sei tanto stanca, forse anche un poco malata... Per *questa* notte occuperai il letto con la bambina...

Non osando aggiungere altro aveva marcato bene la parola: *questa*, per farle capire che la sua ospitalità non poteva prolungarsi al di là di una notte.

Tolta la veste da sposa l'appese presso la finestra, disfece le coltri, tirò di sotto il materasso buono un sottile strapunto, che gittò in un canto con le lenzuola, prese dal cassettone altre lenzuola di bucato piú fini e odorose, lenzuola della sua mamma, che ella non aveva mai adoperato, e rifece il letto con ogni cura.

Maria aveva desta Giulietta e l'andava svestendo, mentre questa con gli occhi imbambolati, il corpo cascante ora sulla spalluccia denudata, ora sul petto di Cristina che la reggeva, si lasciava docilmente togliere la veste, i calzoncini, le scarpe: quando apparvero nudi i piedi piccoli, rosei, tutta commossa la gobbetta si chinò a baciarli.

Giulietta le sorrise, poi, appena si fu distesa sotto le coltri, ben vicino al muro per far posto alla madre, tirò un lungo sospiro di soddisfazione: era tanto che non riposava in un letto come quello!

Ma lo svestirsi di Maria fu meno piacevole a osservare, e man mano che i sordidi cenci cadevano al suolo l'ospite sentiva crescere con la pietà anche il disgusto: volse altrove il volto per non darle soggezione, e rammentò il tempo in cui per la bella attrice provvista di un ricco protettore non v'era biancheria troppo fine e profumata, né v'erano scarpine o calze di seta scevre di difetti, né vesti di suo piacimento se non uscite dai primi magazzini della città.

Quando vide Maria in letto fece per spegnere la lampada, ma l'altra pregò:

– Non mi lasciare al buio! Sono avvezza al lumicino da notte e senza quello non prenderei sonno... Sono stata avvezza male male, Cristina mia! – E sospirò, ma piuttosto di orgoglio che di rimpianto.

La cucitrice mise un po' di olio in un bicchiere e con una forcina e della bambagia foggiò alla meglio un lucignolo che reggesse a galla. A far ciò le volle del tempo; e finalmente, rimessa in ordine la stanza, lavate le stoviglie, accomodata la sua cuccetta in un canto, poté spegnere la lampada e accoccolarsi: erano le due dopo la mezzanotte.

Madre e figlia dormivano e il loro respiro un po' sonoro, frammisto di sospiri e di parole tronche, turbava l'alto silenzio della notte...

Cristina tentò di mormorare l'usata preghiera, ma questa le morí sulle labbra...

III.

Quando conobbi Cristina, un anno era trascorso dalla sera primaverile in cui l'attrice con la bimba aveva bussato alla sua porta, e costei era sempre sua ospite. Rotto il ghiaccio, conscia del mio interessamento, ogni giorno mi narrava nuovi particolari. Spesso spesso si accusava innanzi a me come di una colpa dei cattivi pensieri di quella prima notte e del desiderio accarezzato per piú giorni di allontanare le inattese visitatrici.

– Che vuole, Signora, la miseria ci rende egoisti! – E mi levava in volto i grandi occhi limpidi e generosi.

Io la contemplavo tacita e commossa mentre ella senza distogliere dal lavoro le lunghe dita, che tanto abilmente foggiavano un pezzo di seta, soleva ripetermi:

– Come sono contenta di aver saputo resistere a quella cattiva tentazione... E la Madonna mi ha aiutata, né il lavoro mi è mancato mai. Da principio ho molto patito per abituarmi ad andare in giornata, in casa altrui, ma le signore sono tanto buone e caritatevoli...

– E non lavora questa Maria, non si perita di esservi di peso?

– La povera donna ammalò gravemente. In verità mi scongiurava di mandarla all'ospedale, ma non ebbi cuore. Anche oggi, che è guarita, mi minaccia sempre di partire, di lasciarmi, e passa la giornata in cerca di un lavoro adatto per lei... Io spero che non lo trovi presto. Giulietta va a scuola, impara tante cose: è un vero portento, quella creatura. E mi vuol bene... Sí, quell'angiolo non si accorge che... non sono come le altre! Mi bacia, mi dice paroline dolci, commoventi...

La cucitrice si asciugò gli occhi col fazzoletto, altrimenti le lagrime avrebbero potuto maculare il lavoro, e continuò con tuono supplichevole:

– Mi permette di condurla qui un giorno? È un ardire il mio, ma desidero tanto di mostragliela! È cosí bellina con la veste azzurra che le ho cucito di domenica... Vedrà che amore!

– E quanto ricavate dal vostro lavoro è sufficiente per tre persone?

– La buona Maria si adatta, e lavorando a giornata guadagno assai piú e risparmio il mio desinare; poi anche la sera, fino a mezzanotte, trovo qualche cosa da cucire per le donne del vicinato. Io prego ferventemente il Signore che mi dia forza e non mi faccia mancare il lavoro... Dio mio, che cosa farei se mi dovessero lasciare un giorno?...

«Cristina, – pensai, – è un'eroina; quante sarebbero capaci della sua abnegazione?» E volsi altrove la faccia per non farla accorta che piangevo anch'io.

IV.

Non m'era stato difficile capire che la cucitrice era divenuta la schiava, la bestia di lavoro dell'amica egoista, disutile, misero avanzo di una vita randagia e viziosa.

Ma le carezze di Giulietta ripagavano a mille doppi i sagrifizii, la fatica continua del giorno e della notte, ed io non ebbi il coraggio di disilludere la buona giovane.

Un giorno le diedi alcune lire di premio per un lavoro straordinario assai ben riuscito, e vedendola tanto soddisfatta e riconoscente pensai che quel denaro le giungeva a proposito per qualche compra necessaria...

Infatti alla mattina seguente giunse al lavoro con alcuni minuti di ritardo e recava un pacco legato con un nastrino rosa.

Si scusò dell'indugio perché aveva dovuto aspettare che fossero aperti i negozii, per alcuni acquisti.

Guardai il pacco con curiosità; che cosa mai poteva contenere?

Cristina si confuse, arrossí, e disfacendo il nodo del nastro mi supplicava di perdonarla con gli occhi umili:

– È vero, avrei dovuto spendere quel denaro altrimenti! Ma è tanto che Giulietta sogna i cioccolattini, che gustava spesso, una volta... E questa... questa è polvere di Cipria... per Maria... Bisogna compatirla se non sa rinunziare a certe consuetudini!... Come saranno contente questa sera in grazia sua!

E si mise di buona lena al lavoro per riguadagnare il tempo perduto.

MARCHESA COLOMBI

Quelle noiose bambine!

La signora Berti aveva preso a pigione un bel villino su quella deliziosa spiaggia di mare tra Genova e Sestri Ponente, per passarvi tutta la buona stagione. Di solito abitava a Torino, e l'estate andava a villeggiare sulle colline dei dintorni. Ma quell'anno aveva preferito andare al mare in causa de' suoi bambini.

Ne aveva due: Alfredo, il minore, aveva otto anni, ma ne dimostrava appena sei, tanto era piccino, delicato e pallido, con una vocina che pareva quella d'una bimba, ed aveva gran bisogno dei bagni di mare per rinforzarsi e per crescere. Carlo, il maggiore, che aveva compiti gli undici anni e passava tutta l'annata in collegio, era un ragazzo alto e forte, ed avrebbe potuto star bene anche senza i bagni di mare. Ma la sua mamma desiderava che si esercitasse un poco al nuoto, a remare, a tutti quegli esercizi che giovano tanto allo sviluppo fisico dei bambini. Le mamme pensano a tutto pel bene dei loro figlioli. E quella poi, che era vedova, ci pensava per due; per sé e pel povero babbo, che quei due bambini avevano perduto tanto presto.

Aveva scelto il villino accanto ad un piccolo stabilimento di bagni, dove non c'era lusso né affluenza di bagnanti, perché amava la pace, e voleva che i bambini potessero godere tutti i vantaggi del mare, senza averne le soggezioni.

Partí da Torino con Alfredo e colle persone di servizio alla metà di luglio, per disporre ogni cosa in ordine. Poi, alla fine del mese, terminate le scuole e gli esami e tutto, mandò Lorenzo, un vecchio servitore di casa, a prendere Carlo a Torino, per condurlo a passare le vacanze alla spiaggia.

Carlo era un buon ragazzo schietto, generoso, affettuosissimo. Ma aveva un difetto, assai comune ai collegiali: era fanfarone: parlava sempre di battersi, di superare difficoltà, di sfidare pericoli. Non poteva soffrire la compagnia delle bambine, che, diceva lui, sono smorfiosette, non sanno né correre, né saltare, hanno paura di tutto, piangono per ogni inezia, e non osano giocare per paura di sciuparsi il vestito.

Alfredo, invece, conosceva parecchie bambine a Torino e si trovava meglio con loro che coi maschi, perché non si burlavano della sua statura piccina, della sua gracilità, che lo obbligava ad usarsi mille cure, a guardarsi dall'aria, dalla pioggia, dal sudare, dal raffreddarsi. Badavano anzi a dirgli:

«Togliti di lí, Alfredo, che c'è riscontro. Smetti di correre, ti farà male. Non mangiare di questo. Non bere di quello...»

Lui dunque non poteva capire quell'avversione di Carlo, e gli diceva:

– Se tu le conoscessi davvicino, vedresti che non sono come tu credi, le bambine. Piangono facilmente piú dei maschi; ma sono anche piú gentili, ed a suo tempo sanno ridere e giocare, e saltano la corda meglio dei ragazzi...

– Oh! saltare la corda è la sola ginnastica che sanno fare le bambine; una sciocchezza. Ma se avessero da fare la ginnastica che facciamo noi, vedresti che paura! Noi sí, che facciamo la vera ginnastica. Abbiamo il trampolino, il trapezio, il cavalletto, e questo e quest'altro...

Alfredo restava a bocca aperta, udendo quelle fanfaronate del fratello, e pensava che, infatti, i maschi dovevano valer meglio delle bambine, dacché sapevano fare tante belle cose, e soprattutto, dacché non avevano paura di nulla.

Soltanto lui non era stato fortunato. I pochi che aveva conosciuti l'avevano trattato con asprezza, e s'erano fatto beffe della sua mal ferma salute.

Era circa una settimana che Carlo era alla spiaggia, quando una mattina, scendendo a colazione, la signora Berti trovò una lettera che era venuta colla posta; e, dopo averla letta, disse:

– Volete sapere una nuova, ragazzi?

– Che cosa, mamma? Che cosa? – domandarono tutti e due, messi in gran curiosità.

– Fra qualche giorno avrete una compagna di giochi. La zia Emma, di Livorno, deve andare in Inghilterra per vedere il babbo di suo marito, che è gravemente ammalato, e mi scrive, che non vuol condurre la sua Elly laggiú in questa circostanza, e che la lascierà con noi tutto l'autunno. Fra pochi giorni manderemo Lorenzo a pigliarla.

– Oh Dio! una bambina! – esclamò Carlo. – Non posso soffrirle quelle noiose bambine; bisognerà sempre star quieti per non farle paura, non esporsi a nessun pericolo e sempre giocare alla bambola, e sempre raccontare storie di fate, e sfogliar libri illustrati e giornali da bambini...

– Ed i libri ed i giornali fanno paura a te, come alle bambine i tuoi giochi rumorosi, nevvero? – disse la signora Berti, sorridendo.

– No, ma io amo i libri che parlano di guerre, di armi e di eroi, e le bambine non sanno neppure cosa siano gli eroi, non li capiscono. Amano le storie che fanno piangere e che hanno la morale in fondo.

Diceva questo con molto disprezzo, il piccolo collegiale, tal quale l'aveva udito dire da' suoi compagni piú grandi, e credeva che quei discorsi fieri dovessero dargli l'importanza d'un uomo fatto.

La sua mamma gli dava sulla voce; ma Alfredo, che aveva una grande ammirazione pel fratello, si struggeva di conoscere quei ragazzi coraggiosi e prodi che Carlo nominava a dozzine, e che lui non avvicinava mai, perché la sua salute cagionevole lo obbligava a stare un po' isolato e sempre accanto alla mamma. Deplorava che la Elly fosse una ragazza.

Intanto ogni mattina i due fratelli andavano al mare. La signora Berti li accompagnava quando poteva; ma spesso doveva rimanere in casa o nella casetta del marinaio, perché soffriva d'emicrania, e l'esporsi al sole le faceva male.

Il marinaio accompagnava i fanciulli in mare, tenendoli per mano finché non perdevano piede, poi li faceva attaccare in un cerchio di sughero e li ammoniva di non abbandonarlo; ma di non appoggiarvisi di troppo, poi li tirava avanti in alto mare.

Per alcuni giorni Carlo fu contento di dire che era stato lontano tanti metri dalla spiaggia, e che sapeva tenersi al *salvagente* con una mano sola, e che lo toccava appena, mentre Alfredo ci si aggrappava coi gomiti dentro, come uno che stesse per annegare...

Ma ben presto quelle glorie meschine non gli bastarono piú, e si mise di proposito ad imparare il nuoto.

Il marinaio gli dava lezione tenendolo prima per le mani ed insegnandogli i movimenti, poi reggendolo solo con una mano sotto il mento; ed in meno d'una settimana, Carlo aveva imparato a tenersi a galla da sé per qualche minuto. Faceva un tratto di dieci o dodici metri e raggiungeva, a nuoto, il *salvagente* d'Alfredo. Bisognava sentirlo allora canzonare il fratellino dall'alto della sua superiorità!

– Non so come fai a star qui sempre appeso a questo cerchio. *Io* mi vergognerei. *Io* sono stato a nuoto fin laggiú alla corda. *Io* ho nuotato un momento con una mano sola; hai visto? *Io*, se volessi, potrei fare il salto dal trampolino. *Io*... *Io*...

Appena giunse la Elly le raccontò subito le sue prodezze, e soggiunse:

– Quando andrai in mare *io* ti starò vicino, cosí non avrai paura...

La Elly diceva sorridendo:

– Bene!... Bene!... Sei molto bravo!

Però era cosí afflitta della partenza del suo babbo e della sua mamma, che non aveva voglia di nulla, ed ogni mattina, quando gli altri andavano in mare, diceva:

– Verrò domani; – e sedeva sulla sabbia della spiaggia sola o colla signora Berti, pensando melanconicamente a' suoi genitori lontani. Carlo, che la vedeva qualche volta asciugarsi le lacrime, diceva ad Alfredo:

– Ecco; la Elly piange. Quelle noiose bambine! Non fanno che piagnucolare per nulla.

– Oh, nulla! – rispondeva Alfredo. – Non piangeresti tu se la mamma andasse in Inghilterra per quattro mesi?

– Mi dispiacerebbe; ma non piangerei. Vedi bene se piango quando vado in collegio per tutto l'anno...

– Sfido! Vai in collegio a Torino, ti si viene a vedere ogni settimana ed hai un giorno per venire a casa ogni mese... – osservava ingenuamente Alfredo.

Carlo allora si metteva a nuotare; ed era una buona scusa per non rispondere, perché aveva bisogno di tutta la sua attenzione per non andare a fondo, e gli batteva il cuore come un martello.

Una mattina, che la signora Berti s'era messa all'ombra nella casetta del marinaio, ed i ragazzi erano andati al bagno colla cameriera, Carlo domandò alla Elly, con aria derisoria:

– Vieni in mare finalmente quest'oggi, o hai ancora paura?

– Non ho voglia, – rispose la Elly. – Non ho nuove della mia mamma; appena sarete spogliati voi, manderò la cameriera alla posta a Sestri, e starò ad aspettare alla spiaggia se mi porta una lettera.

Quel giorno Carlo fa piú audace del solito, e, dopo aver percorso un bel tratto a nuoto, arrivò, tutto ansimante, al *salvagente* d'Alfredo, ed afferrandolo gloriosamente, disse:

– Hai visto che sono arrivato fino al galleggiante? Ora so nuotare benissimo.

Dalla spiaggia qualcuno chiamò il marinaio che accompagnava Alfredo, ed il marinaio domandò a Carlo:

– Ci bada lei al bambino? Posso andare un momento?

– Sí, sí, vai pure, sono qui io, – rispose Carlo con sussiego.

– Si tenga bene al salvagente e non abbia paura, – disse ad Alfredo il marinaio, il quale aveva piú fede nel cerchio di sughero che nell'abilità di Carlo.

E se ne andò.

Carlo si appoggiò con aria protettrice al cerchio, e tornò a dire, guardando verso la spiaggia:

– Non aver paura, sono qua io. Hai visto come nuoto? La Elly sarà stupita.

– La Elly sa nuotare, – rispose Alfredo.

– Che! – disse l'altro, crollando le spalle.

– Ma sí; l'ha detto la mamma. Suo padre è marinaio; e poi, nelle famiglie inglesi non trascurano mai questi esercizi. Sa nuotare e cavalcare...

– Se sapesse nuotare, in cinque giorni dacché è qui, sarebbe venuta in mare. Se non viene è perché ha paura; le bambine hanno paura di tutto; e poi, si vergogna di non saper fare quello che so far io.

– Non ci sarebbe da vergognarsi, – ripeté Alfredo. – Io non mi vergogno...

– Oh, tu non capisci quanto sei ridicolo appeso a quel salvagente.

– Ma perché son ridicolo?

– Perché gli uomini debbono saper sfidare tutti i pericoli, come ho fatto io qui. Un altr'anno imparerò anche a cavalcare, e poi andrò in guerra. Tu sarai sempre come un pulcino bagnato, come una bambina.

Alfredo si sentí umiliato e desiderò ardentemente di rassomigliare al suo coraggioso fratello. Questi si staccò un momento dal cerchio e fece un trattino a nuoto.

Quando tornò, Alfredo gli domandò:

– È difficile nuotare?

– No, punto, – rispose l'altro coll'aria d'un uomo che disprezza le difficoltà. – Basta aver coraggio. Guarda come si fa.

E cominciò a sporgere le mani riunite, ad allargarle con un bel giro ed a ristringerle di nuovo, dicendo: – Uno, due, tre; uno, due, tre...

Poi soggiunse:

– E nel medesimo tempo si fanno gli stessi movimenti colle gambe; próvati.

Alfredo si provò a muovere le gambe nel modo indicato, e sentí che si portava innanzi. Questo gli fece un gran piacere e lo incoraggiò. Continuò ad avanzarsi in mare fin sotto al trampolino, dal quale i nuotatori spiccavano il salto, ma senza mai staccare le mani dal cerchio di sughero. Carlo l'aveva seguito a nuoto e volle far valere la sua superiorità.

– Ma io son venuto senza il *salvagente*, – disse appoggiandovisi. – Non so come resisti a tener sempre quest'impiccio.

– Se lo lascio vado sotto, – sospirò Alfredo.

– Che paure! – esclamò Carlo ridendo. – Via, próvati; dammi le mani, ti reggo io.

Respinse il cerchio, prese le mani del bambino e cominciò a farlo nuotare, dicendo: – Uno, due, tre; uno, due, tre...

Alfredo gongolava di gioia al sentirsi galleggiare, ed ebbe la dolce illusione di saper nuotare. Diede un'occhiata alla Elly e gli parve che fosse lontana lontana la spiaggia; cercò collo sguardo il *salvagente* e vide che non era piú a portata delle sue mani. Allora la paura lo vinse, mise un grido, spinse le gambe in giú, come per prender piede e scomparve sott'acqua.

Carlo, spaurito, pazzo di terrore, quando si sentí tirare in giú, lasciò andare il bambino, e si spinse contro il *salvagente*. Appena l'ebbe afferrato, tornò in sé e si diresse rapidamente verso il punto dove Alfredo era scomparso, gridando come uno spiritato, ma non sapeva tuffarsi, non osava neppur piú nuotare.

Tutto questo era accaduto in pochi secondi, e subito Carlo sentí un gran tonfo e ricevette una spruzzata d'acqua nel viso che lo acciecò. Quando poté riaprire gli occhi, vide la Elly colle scarpe, i vestiti e tutto, che nuotava con un braccio solo verso la riva, mentre coll'altra mano reggeva, pei capelli, il piccolo Alfredo fuori dall'acqua.

Il marinaio, attirato dalle grida di Carlo, corse ad incontrarla, ma ella gli disse in fretta:

– Non badate a me; portate subito il bambino in cabina dove c'è la cameriera; che la zia non s'avveda di nulla.

E, grondante com'era, seguí il fanciullo, aiutò la cameriera e Carlo, che li aveva raggiunti, a stropicciarlo tutto;

mandò il marinaio a prendere del rum, che fece ingoiare al ragazzo, e seppe curarlo cosí bene, senza mai perdere la testa, che in un quarto d'ora Alfredo era ristabilito e poteva andare alla casa del marinaio a raggiungere la sua mamma.

– Come sei pallido! – disse la signora Berti, appena lo vide giungere condotto per mano da Carlo.

– Ho avuto un po' freddo in mare... – balbettò Alfredo, al quale la Elly aveva fatto promettere di non dir nulla dell'accaduto, per non ispaventare la mamma.

– E tu, Carlo, non hai pensato a farlo uscire dall'acqua appena sentí freddo? – osservò la signora con accento di rimprovero.

– Oh, io... io non so nulla... – rispose Carlo colla voce strozzata.

E si voltò con un garbaccio, perché si sentiva il pianto alla gola.

– Ma cosa c'è? Cos'è accaduto? – domandò la mamma, stupita da quel contegno insolito, e sopratutto dall'insolita commozione dell'*uomo forte*, che non le era sfuggita.

– Nulla è accaduto, – rispose Alfredo, facendosi rosso per la bugia che ripeteva. – Ho avuto freddo in mare...

– Ha avuto freddo... – ripeté Carlo come un'eco.

– Di certo, c'è qualche cosa che non volete dire, – insisté la signora alzandosi. – Non vi ho mai veduti a questo modo. Avrete fatto qualche monellata. Dov'è la Elly? Domanderò a lei.

Ma la Elly non poteva comparire, perché i suoi abiti erano tutti fradici; e, soltanto quando Alfredo era stato guarito, aveva pensato a mandare la cameriera a casa a pigliarne degli altri. Allora Carlo, che non poteva piú frenarsi, tanto si sentiva il cuore gonfio, disse, con uno scoppio di voce che finí in un singhiozzo convulso:

– Sono io che ho fatto una cattiveria, che ho fatto una crudeltà. Ho annegato mio fratello!

Per grazia di Dio suo fratello era lí presente, altrimenti la povera mamma sarebbe morta a quell'annuncio. Alfredo si gettò nelle sue braccia, e disse sorridendo dolcemente:

– «I fratelli hanno ucciso i fratelli. | Quest'orrenda novella ti dò». Vedi bene che non è vero, mamma, dacché sono qui.

– Perché la Elly l'ha salvato, – singhiozzò Carlo, che, nell'onestà del suo giovine cuore, riconosceva lealmente i proprii torti. – È lei che è coraggiosa. Io sono uno stupido, un vanaglorioso, un fanfarone buono a nulla...

E, se il pianto non gli avesse strozzato la voce in gola, chissà a che atroci accuse non si sarebbe spinto contro se stesso, nell'indignazione generosa di quel momento.

Però aveva due buoni difensori nel fratellino e nella Elly, che non gli permisero mai, presenti loro, di tornare su quell'argomento. Carlo tuttavia trovò modo di narrar tutto, tutto alla mamma; e non disse mai piú nulla contro le bambine; e, quando i suoi compagni le chiamavano smorfiossette, piagnolose, vanerelle, diceva:

– Che! Quando una bambina ha un bel cuore ed una buona educazione, vale quanto un maschio, e sa fare delle cose eroiche, senza confondersi se si sciupa il vestito.

Si ricordava i begli abiti inzuppati della Elly.

NEERA

Nora

> Ma chi di noi sul proprio cammino
> Non calpestò, rimpiangendolo, un fiore?

Quanto ero lieto in quel mattino di maggio!

Il trotto moderato della mia cavalla saura mi portava attraverso la campagna romana come sull'ali del vento incontro all'orizzonte azzurro. La mia felicità tuttavia era piú vicina dell'orizzonte ed anche piú azzurra – se con questo colore si vuol dipingere i sogni della giovinezza...

Possedevo la prima delle ricchezze – venticinque anni – né mi mancavano le altre. Tutti i fiori della vita spuntavano sul mio sentiero; non avevo che a chinarmi per raccoglierli; ed uno... quel bel fiore, Elisa, tu lo sai, un angelo me lo aveva gettato dal cielo! Esso solo sarebbe bastato per farmi pienamente felice.

Però, ne ringrazio vivamente Iddio, l'esuberanza della gioia non mi ha mai reso egoista. L'anima mia si alzava pura e lieta verso un ideale di bene; la pietà traboccava dal mio cuore gonfio d'amore. Avrei voluto abbracciare con una immensa stretta tutti i miei simili, farli buoni e felici come me; seminare nel mondo la mia gioventú, il mio oro e il mio amore. Cristo senza Golgota sognavo una nuova redenzione.

La virtú, in quell'ora, mi sembrava tanto facile! Vedevo ogni cosa piú grande del vero; Fede e Bellezza mi stavano davanti, splendide. Sentivo dai campi lontani le cornamuse dei pastori e tra le siepi vedevo volteggiare colle farfalle i capelli d'oro delle ninfe.

Pensai a lungo un verso che mi rendesse nelle soavi cadenze della poesia quello che io avevo nell'anima; ma non lo trovai. I miei poeti prediletti sfilarono, evocati dall'ardente desiderio, ed io li contemplai con profonda compassione. O vati, correte, voglio farvi l'elemosina di una scintilla; io lo posso – amo.

Hop! Hop! mia dolce cavalla. Hop!

Roma, ch'io mi lasciava indietro, si bagnava voluttuosa nei vapori del mattino. Una nebbia rosea la cingea tutta – pareva un rossore sui bianchi veli della vestale. Ma il rossore scompariva a poco a poco. Il sole le metteva sulla testa un diadema di raggi; alzando la fronte in mezzo a quel fulgore, la gran colpevole diceva: Perdonatemi, ho tanto amato.

Il cielo, il bel cielo di Raffaello e della Fornarina, si illuminava di tinte accese. Una colonna spezzata, un arco coperto di musco mi facevano balzare il cuore; in quella armonia d'ombre e di luce il passato si mesceva al presente; io fondevo il pensiero dei secoli in un unico pensiero. Avevo sulle labbra Clelia e Veturia – e nell'anima Elisa.

Oh! tutti coloro che hanno amato nella calda primavera della vita, conosceranno queste ore di immensa ebbrezza in cui pare che le forze si raddoppino e che il nostro essere sia riscaldato da una fiamma soprannaturale. Ore divine in cui siamo volte a volte poeti ed eroi, apostoli e soldati.

Avanti Roberto duca di Niscemi... Sí, io sarò duca un giorno; e frattanto quale piú brillante carriera che questa mia di giovine diplomatico? È una parola che piace alle signore. Elisa deve pronunciarla con orgoglio, arrossendo un poco nella sua bella verecondia.

Avanti. Hop! Hop! Hop!

Ecco la villa. Mi batte il cuore.

Veramente è la prima volta che faccio il mio ingresso in famiglia col titolo di fidanzato.

Un servitore in piccola livrea mi apre il cancello; mi inoltro sotto una doppia fila di melagrani fioriti.

In fondo al viale un fiocco di neve svolazza in mezzo agli alberi – il sole mi sta davanti e non posso veder bene. Ah! ora distinguo perfettamente; è una fanciulla che si dondola sull'altalena. Ha un vestito di lana bianca con guarnizioni di velluto verde.

Al mio apparire ferma l'altalena puntando sulla sabbia l'estremità del suo stivaletto di pelle bronzata – e cosí, in quella positura un po' eccezionale, colle braccia allargate intorno al canape, colla testina sporgente, mi guarda – ed io la guardo.

È di una bellezza rara; penso subito che non può avere piú di dodici anni. Elisa mi ha parlato di una sorellina; potrebbe bene esser lei; tuttavia non le assomiglia.

Il casto volto della mia fidanzata non si ritrova in questa fanciulla dal tipo di zingara, dai grandi occhi audaci, pieni di scintille. Ha i capelli neri, come Elisa, ma corti e un po' ricciuti – non le oltrepassano l'orecchio. Un cerchio d'oro le stringe la testa come una corona... o come una catena. I lineamenti accentuati, eppure gentili, vestono una grazia tutta muliebre dalla carnagione pallida senz'ombra di rosa; la si direbbe anzi leggermente bruna. La passione e l'orgoglio prestano l'espressione piú rilevante alla sua fisionomia, ma le ultime incertezze dell'adolescenza la adombrano ancora; a vent'anni questa creatura sarebbe forse poco simpatica: a dodici è adorabile.

La saluto sorridendo ed ella mi risponde seria, accompagnandomi col suo sguardo indagatore.

Fatti pochi passi mi pento di non averle diretta la parola; mi volto indietro – l'altalena è vuota.

– È la signorina?... – domando al servitore.

– La signorina Eleonora.

Ma già non penso piú a lei. Da una finestra m'è apparso l'angelico volto di Elisa. Affretto il passo, salgo lo scalone, m'inchino alla principessa e con Elisa ricambio uno sguardo che valeva un abbraccio d'amore, intanto che l'etichetta mi costringeva alla solita banale stretta di mano.

La principessa è una buona donna e una tenera madre. Ella si accorge del nostro imbarazzo e per darci agio a rimetterci parla in fretta di cento cose. Mi chiede notizie della città e della Corte – non per saperle, almeno – perché subito dopo mi tesse l'elogio del suo pappagallo e del *cactus* della sua serra.

La mamma parla e noi ci guardiamo; il tempo scorre deliziosamente.

– Oh, ma, – dice la principessa, – e Nora che non si vede?

– Vado a cercarla? – domanda Elisa, alzandosi.

– Sí, figlia mia, va.

Elisa esce. I miei occhi e il mio cuore la seguono.

– Andiamo, – dice la mamma ridendo, – signor diplomatico!

Dopo un tempo abbastanza lungo, occupato dalla principessa a intrattenermi in quel modo piacevole delle matrone che non sono cascate nel bigottismo, Elisa ritorna sola.

– E Nora?

La mia fidanzata si dava una pena immensa per nascondere una viva contraddizione.

– Nora... sai, ha la lezione d'inglese...

– Come, ancora? – esclamò la principessa.

Io – povero diplomatico affascinato dai begli occhi di Elisa – ebbi la dabbenaggine di dire:

– Madamigella Eleonora stava sull'altalena quando sono arrivato.

La principessa diede una crollatina di spalle:

– Bimba mia, a *lui* si può dire la verità. Tanto un giorno o l'altro la scoprirebbe.

Elisa non rispose nulla e la mamma continuò volgendomi direttamente la parola:

– La mia piccola Nora è capricciosetta.

– Ne ha la fisionomia.

– Buona, veh? Ma santo Dio, una testina che farebbe ammattire mezzo mondo. Quando fissa un chiodo, è inutile; novanta volte su cento la guadagna lei. Spesso si impuntisce a non voler venire in sala; le persone nuove la infastidiscono, piange, si dispera, grida in modo da passar l'anima. Noi siamo d'accordo di chiamare tutto ciò *la sua lezione d'inglese*... per gli estranei, s'intende; voi avete il diritto di conoscere la verità. Usatele un po' di compatimento, caro Roberto, è una ragazzetta!

Il cieco amore materno traboccava da ogni espressione. Ella amava questa sua bella fantastica, questa seconda ed ultima figlia, non piú dell'altra, ma certamente con una dose maggiore di indulgenza; con una specie di civetteria retrospettiva che la faceva rivivere in quel vispo demonietto.

– Spero che sarò abbastanza fortunato per poter distruggere le cattive prevenzioni della signorina Eleonora. L'ho forse spaventata mentre era sull'altalena?

– No, no, – si affrettò a soggiungere Elisa, – mia sorella è tanto nervosa che non può mai dar ragione de' suoi capricci. Il medico dice che è un isterismo precoce; lei non ne ha colpa.

Ho capito. Erano tutti infatuati della piccola zingara. Il caso d'altronde non mi riusciva nuovo; solo mi rallegrai che le due sorelle non si somigliassero punto punto.

Come passasse poi il resto del giorno, non saprei dire veramente. L'ora del pranzo mi giunse inaspettata; la campana della villa echeggiando in squilli prolungati sotto i melagrani mi riduceva a un solo pensiero: Ricordati, fratello, che devi partire.

– Mi permettete di tornar presto, Elisa?

Inchinandomi verso la mia fidanzata per raccogliere il dolce *sí* che spuntava sulle sue labbra, vidi due occhi neri che mi guardavano intensamente. Nora era entrata allora.

La principessa, disinvolta sempre, sorvolò l'impaccio di una presentazione ufficiale. Disse appena:

– Dà la mano, bimba, a questo signore. È un caro amico.

La fanciulla mi presentò in silenzio la sua manina; ardeva in modo singolare.

Durante il pranzo io la guardai poco, ma quelle poche volte incontravo immancabilmente il suo sguardo fisso e scintillante. Il cerchietto d'oro che le tratteneva i brevi capelli era meno lucente dei suoi occhi. Non parlò quasi mai e finito il pranzo scappò via.

Partii senza rivederla.

Le visite ch'io feci poi, molto frequentemente, alla villa indussero un po' di dimestichezza fra me e la mia futura cognatina. Elisa, felice di questo buon successo, ci lasciava volentieri insieme; io mi ingegnavo di piacere alla zingarella poiché era un modo indiretto di piacere a lei.

La cosa tuttavia non sembrava molto facile.

In quel caratterino di dodici anni si manifestavano geroglifici complicatissimi, abissi profondi. Molte volte si era tentati di credere che una vera donna si nascondesse sotto quell'abitino di lana bianca – una donna appassionata e fantastica – tanto lo sguardo era carico di scintille e la fronte di pensieri. Aveva dei sorrisi da civetta consumata; ma sorrideva cosí anche alla sua bambola.

Non era molto alta, né molto complessa; la struttura fisica era proprio da bambina, le mosse no.

Salutava come una signora, piegando la testa; sedeva con una grazia somma; si alzava con dignità. Camminando, non si vedeva in lei quel portamento dinoccolato oppure ligneo delle altre fanciulle. Un'armonia seducente la dominava tutta. Qualche cosa della mollezza orientale piegava il suo agile fianco e dietro il tessuto dell'abito, il disegno delle spalle si presentava già con una finezza da scalpello greco.

Che braccini delicati uscivano dalle sue maniche un po' corte! Le mani erano un portento.

Io domandavo molte volte a me stesso che meraviglia sarebbe diventata e quale uomo mai avrebbe avuto la presunzione di amarla. Per me, una bellezza tanto singolare mi faceva quasi paura.

Assolutamente la principessa era troppo indulgente colla sua ultima figlia; si lasciava affascinare e le perdonava qualsiasi capriccio. Nora cresceva libera e superba come un palmizio del deserto.

– Io so, – le dissi un giorno, – perché non vi sono mai venuti i capelli lunghi come alle altre ragazzine.

– E perché dunque?

– Perché avete troppi capricci. Guardate un po' vostra sorella Elisa...

Ella mi interruppe:

– Oh! Elisa...

Ma con tale accento curioso che non potei raccapezzarci nulla.

Un momento dopo mi disse:

– Volete vedere il lago verde?

– Cos'è questo?

– È un lago che papà fece fare appositamente per me; un altro *capriccio*!

Appoggiò vivamente il sostantivo, guardandomi con tutta la malizia dei suoi occhi neri.

– Non sono punto sorpreso, – risposi serio.

Pensavo tra me e me: Se potessi educare questo cervellino bizzarro? Tutta la famiglia dovrebbe essermi riconoscente e non sarebbe poi fatica sprecata... È un modo di fare esperienza per il futuro!

Sorrisi all'immagine di quel futuro.

Nora intanto s'era mutata. Cogli occhi bassi, malinconici, strappava punto per punto i merletti del suo fazzolettino.

– E dunque?

Rispose senza guardarmi:

– Ho riflettuto che forse non siete degno della mia confidenza.

– Davvero, madamigella Eleonora? Non vi ispiro abbastanza fiducia? Ne sono proprio mortificato; credete, è la prima volta che mi capita di ascoltare una frase simile. È ben vero che il senno che la detta non è che il senno di una bambina.

– Non voglio che vi facciate beffe di me, capite, signore? Sono ben libera di pensare e di dire quello che mi pare e piace.

– Fin troppo! Non v'è alcuno che lo ignori. Quando il pappagallo di vostra madre dice qualche sciocchezza si indovina subito che gliel'avete insegnata voi.

Mi venne incontro furente. Sulla sua pallidezza di donna il rossore della bimba mortificata faceva un contrasto nuovo. Ho creduto per un momento che volesse graffiarmi; invece si fermò di botto lanciandomi dal fondo delle sue pupille uno sguardo di regina offesa.

Feci l'atto di accarezzarla, ma era già fuggita.

In quel momento entrò Elisa.

– Che cosa avete fatto a Nora? Piange lagrime grosse come nocciuole; la mamma, che era con me, si è fermata a consolarla.

– La consolerà, non dubitate. Voi potreste ben fare altrettanto col vostro tenero adoratore...

Eravamo soli e non volevo perdere l'occasione.

– Siete cosí infelice? – domandò Elisa timidamente.

– Infelice no, perché vi vedo, ma ho bisogno che mi aiutiate a portar pazienza...

Pensavo che m'aiuterebbe assai un qualche cosa che vedevo volteggiare intorno ai freschi labbri di Elisa – parola, sorriso, bacio, non so – stavo per accertarmene quando entrò la principessa.

Rimasi un po' stizzito.

– Ebbene, – esclamai, – è finita la *lezione d'inglese*?

– Povera piccina! – disse la principessa con commozione. – Voi non la conoscete ancora. O che credete che piangesse per capriccio? S'è punta, m'ha detto, con un lungo spillo e il dolore fu piú forte di lei.

Una bugia! certo; una bugia di Rosina senza l'attenuante di Almaviva. Ma perché quella bugia? Oh che testina romanzesca! Per fortuna Elisa non le somiglia.

I fanciulli viziati non mi piacciono proprio; non vedevo nessuna ragione perché avessi a sopportare le stranezze della mia cognatina.

Ero disposto alla guerra.

Con mia sorpresa Nora si mostrò discretamente buona nei giorni che seguirono. Evitava di parlarmi, questo sí, ma siccome a rigor di termine potevo farne a meno, non pensai a rammaricarmene.

I buffetti sulle guance non le piacevano, le carezze sotto al mento neppure; m'ero messo a levarle il cappello e a dirle con gravità: «Buon giorno, signorina». Ella mi rispondeva sullo stesso tono. Voleva essere trattata come una persona grande.

Passò circa un mese a questo modo. Tuttavia io non

l'osservavo attentamente perché Nora subiva un cangiamento notevole e fui l'ultimo ad accorgermene. E però naturale; non pensavo che ad Elisa.

– Vedete come la mia sorellina mette giudizio?

– Hum! Ne mette troppo; finirà col diventare giudiziosa al pari di voi..

Queste parole io le scambiavo ridendo colla mia fidanzata in uno di quei brevi momenti che la mamma ci lasciava soli.

Elisa ricamava, seduta nel vano della finestra aperta. A' suoi piedi, sulla gradinata di marmo, si intrecciavano i rami del caprifoglio e sopra la sua testa una bruna ed esile pianticella di gelsomini imbalsamava l'aria intorno a lei.

Questa figlia di príncipi aveva nel suo insieme, nell'espressione dolcissima della fisonomia, una grazia pura, direi quasi villereccia. Il diadema di brillanti che le regalerò per le nozze non la renderà piú bella; non è adatto per la sua fronte verginale troppo timida e troppo modesta.

Cosí, com'eri in quel giorno, seduta sotto i gelsomini vorrei dipingerti o Elisa, cara metà dell'anima mia!

Il suo sguardo sereno, innocente, errava su di me avvolgendomi in un fluido soave tutto amore e poesia.

Non mi ero mai sentito tanto vicino al cielo.

– Elisa, tralasciate di lavorare; sono geloso di questo ricamo che vi occupa troppo.

– Oh! non mi occupa; anche lavorando penso a...

– Ebbene, cara fanciulla, perché vi interrompete?

Le presi le belle mani candide:

– A che pensate?

– Lo sapete bene! – rispose, tingendosi di un rosa vivo e tremando sotto la stretta della mia mano.

– Cara, cara!

Non potevo dirle altro; cioè, avrei potuto benissimo, solamente a lasciar parlare intero il mio cuore; ma davanti a quel pudore ombroso mi sentivo timido anch'io; i desiderî piú cocenti sotto i suoi occhi si vestivano di verecondia.

Osai, nondimeno, baciarle le mani.

– Oh! Roberto, lasciatemi.

Non ne feci nulla. Ella aveva il polso piú delicato che si possa imaginare, morbido, con una adorabile pozzetta dove incomincia il palmo della mano; la mia bocca l'aveva scoperta e le apparteneva per diritto di conquista. Insensibilmente l'ebbrezza mi saliva al cervello; di seduto che ero scivolai ai suoi ginocchi; la mano non mi bastava piú; la cinsi colle mie braccia e la baciai sugli occhi bellissimi.

Un grido acuto mi svegliò dall'estasi. Elisa giaceva immobile, col petto oppresso per l'emozione, colla testa rovesciata sulla spalliera, quasi svenuta – ma il grido non lo aveva gettato lei.

La camera era vuota; guardai ansiosamente in giardino. A venti passi da noi, l'abito bianco di Nora correva sotto i melagrani ed il suo cerchietto d'oro luccicava tra le foglie come un fuoco fatuo.

...

L'osservazione che facevano tutti e che alla lunga dovetti fare anch'io, è che Nora soffriva.

Il suo visino, già pallido, aveva acquistato delle trasparenze di camelia. Intorno agli occhi, cosí neri e profondi, un cerchio bruno ne accresceva lo splendore febbrile; la bocca era mesta e la fronte preoccupata.

Cambiamenti dell'età; diceva qualcuno.

La principessa non si contentava di questa spiegazione. Il suo istinto di madre la metteva in allarme; taceva, ma osservava.

Elisa mi confidò che sua sorella piangeva spesso e che nessuno poteva strapparle il segreto di quelle lagrime. La si vedeva malinconica e sola passeggiare in giardino; oppure accovacciata in una poltrona del salotto, mentre gli altri stavano riuniti a parlare, sfogliando degli album che i suoi occhi non guardavano.

La principessa, unica fra tutti, riusciva qualche volta a farla sorridere e a farsi abbracciare. Con Elisa affettava un contegno freddo, quasi sarcastico; se la buona giovinetta tentava di intenerirla con parole o con baci, la respingeva duramente schermendosi.

Eranle venuti a noia i trastulli: sull'altalena non saliva piú; suonava, certe sere, sul pianoforte le romanze piú tristi e piú disperate. Faceva pietà il sentirla.

Il principe che si vedeva di rado alla villa perché infinite occupazioni lo trattenevano in Roma, restò colpito dal cambiamento della sua giovane figlia e le mandò dalla città un medico famoso.

Ero presente anch'io quando venne.

Nora si lasciò guardare e riguardare, rispondendo con svogliatezza alle domande di quel signore e mostrando chiaramente nello sguardo distratto la sua poca venerazione per la scienza.

– La signorina mi sorprende, – disse il dottore, – il suo sviluppo morale è cosí... cosí... come dire?... avanzato... che non vidi mai l'eguale. Ciò spiega d'altronde i fenomeni che la signora principessa ha osservati. L'equilibrio essendo il perno della salute induce naturalmente quando viene a mancare i piú deplorevoli sconcerti. La signorina legge romanzi?

Questa domanda fatta a bruciapelo mi fece sorridere; la mamma rispose:

– Oh! Dio, Manzoni, De Amicis, che vuol mai che legga questa bimba?

Guardai Nora. L'attitudine superba e sprezzante del suo labbro, diceva netto: Che bon'uomo quel dottore!

Infatti, se non ci fossero romanzi al mondo la testina di Nora li avrebbe inventati.

Quando il medico se ne andò la principessa volle accompagnarlo fuori del salotto. Parlarono ancora per dieci minuti a bassa voce. Nora intanto aveva presa un'attitudine di sfinge; sprofondata sulla poltrona di sua madre, collo sguardo fisso, intento, pareva affascinata da abissi misteriosi.

La principessa comparve sulla soglia e chiamò Elisa colla mano.

– Ditele qualche cosa, – mi sussurrò all'orecchio la mia fidanzata prima di uscire. – Da me non vuole ascoltar nulla. Ditele voi che l'amo tanto, che mi fa pena vederla cosí!

La fanciulla non si era mossa; non aveva visto né udito nulla. Aveva l'immobilità di una statua.

– Nora! – chiamai ad alta voce.

Si scosse, volse attorno una rapida occhiata e fermò sopra di me le sue pupille scintillanti.

Presi uno sgabello e sedetti vicino a lei; restavo molto piú basso; la mia testa era a livello delle sue spalle.

– Nora, – continuai, – perché fate tante stranezze? Non amate piú vostra madre e vostra sorella? Sapete che ci addolorate molto?

Un lieve rossore le passò sulle guance, ma non rispose.

– Siete una bella ragazzina, cara, intelligente; potreste essere anche buona... come vi si amerebbe allora! Rispondete dunque, volete essere buona?

Uno scoppio di pianto altissimo, irrefrenabile, l'agitò tutta. Mi buttò le braccia al collo, premendo sulla mia bocca la sua faccia inondata di lagrime e mormorando:

– Non posso, non posso!

Mi era quasi sui ginocchi.

Le presi la vita con una mano e la sollevai, ricomponendola sulla poltrona, rifacendole intorno ai piedi le pieghe della veste, agitato io pure e commosso da quell'impeto selvaggio.

– Da brava, non piangete piú.

– Parlatemi ancora!

– Avete visto lo scacchiere nuovo che mandò vostro padre?

– Non cosí, no, parlatemi come prima!

Si era appoggiata con un braccio sulla mia spalla e mi guardava dentro gli occhi.

– Che dicevo prima? Vi ho esortato ad essere buona, ma questo vi fece piangere... Ho detto che siete una bella ragazzina, cara, intelligente, vi piacciono i complimenti? Oh! ve ne farò ancora. Avete i piú begli occhi del mondo. Sorridete? Ecco dunque le figlie d'Eva. Madamigella, siete troppo civetta!

Ero deciso a rabbonirla a qualunque costo e vidi con piacere che il sistema camminava.

Da vero diplomatico poi mi ripromettevo di cavarne tutto il profitto possibile, rappresentando ad Elisa i miei sforzi eroici, la mia pazienza e il mio trionfo.

– Vorrei sapere una cosa da voi, Roberto!

La mia cognatina pronunciò queste parole con una grazia incantevole, tirandomi dolcemente il baffo sinistro che si trovava dalla sua parte.

– Eccomi pronto. Desiderate che vi spieghi un quesito d'alta politica, un capitolo di filosofia della storia o la teoria di star bene a cavallo? Ah! Ah! indovino; volete sapere qual è la molla che fa camminare e parlare le bambole.

La fronte di Nora si corrugò all'improvviso, mi privò dell'onore di tirarmi i baffi e rispose seria seria:

– Sapete che non mi piacciono gli scherzi; non sono piú una bambina.

– Perdonatemi, donna Eleonora.

Le presi gravemente una mano e l'accostai alle labbra con tutta la cortesia di un paladino.

Ella parve placata. Strinse nella mia la sua piccola manina e mi disse:

– Vorrei sapere se gli uomini amano allo stesso modo delle donne.

Confesso che rimasi di sasso e fui lí lí per rispondere che sua madre avrebbe potuto informarla meglio di me. Ma capii che era un prendere la cosa troppo sul serio. Certe birichinate da ragazzi non bisogna toglierle dalla loro sfera di ingenuità – si sciupano. Mi accontentai dunque di ridere, affermando che non conoscevo l'argomento.

Nora si morse le labbra con un dispettuccio tanto comico che non potei resistere al desiderio di baciarla, cosa che feci immediatamente, alla presenza della principessa che ritornava in quel punto battendomi le mani.

Il resto del giorno fummo tutti lieti. Nora non ci regalò nessuna romanza malinconica ed Elisa mi rese beato colla sua riconoscenza.

Ahimè, bel tempo d'aprile! La pioggia ci stava alle spalle; la vidi scendere in forma di lagrime dagli occhi di Elisa!

– Mia sorella non mi ama piú!

Cosí dicendo la mia fidanzata mi abbandonò le mani, con un accasciamento doloroso, come se le restassi io solo sulla terra.

– È egli possibile, Elisa, che i capricci di una bimba vi turbino a questo modo? Tutti qui dànno troppa importanza a una ragazza male educata e cattiva.

– No, cattiva; vi assicuro che Nora non è cattiva. Ci siamo sempre amate intensamente; io con eguale dolcezza: lei alla sua maniera, con impeti di passione, con gelosie, con smanie... Guardate, sono persuasa ch'ella ora è in collera con me perché... perché vi amo.

Un delizioso turbamento aveva separato quei due *perché* – ci sarebbe stato un posto per un bacio – ma Elisa continuò:

– Ieri sera m'ha fatta una scena; dice che non vuol piú dormire nella mia camera; non si lascia piú pettinare da me. Una volta, io sola toccavo i suoi bei capelli; il cerchietto d'oro glielo mettevo sempre io; mi chiamava la sua giovane mamma. Ci amavamo, Roberto, oh! ci amavamo tanto! Ed ora, mio Dio, non so resistere al pensiero di perdere quel piccolo cuore ardente...

– Calmatevi, Elisa, sono burrasche passeggiere. Vostra sorella vi amerà ancora e quando mai... sollevate gli occhi, fissateli attraverso i miei sguardi nel mio cuore, dite, non ci trovate abbastanza amore?

Un lieve sorriso rischiarò il volto d'Elisa; mi strinse la mano in silenzio e per un istante dimenticammo ogni cosa, guardandoci: indi a poco riprese:

– Le è tornata la smania del suo lago.

– Che lago?

– Non vi ha mai parlato del lago verde?

– Sí, mi pare, ma non mi disse che cosa sia.

– Ah! dovreste vederlo. È un vero lago, lungo cinque o sei metri, coll'acqua profonda e verde come lo smeraldo, circondato di grotte, d'erba, d'alberi, di fiori, che so io, non mi ricordo nemmeno piú. Da qualche mese Nora sembrava dimenticarlo, ma il gusto le è tornato perché vi passa ore ed ore, sola.

– La principessa non dovrebbe permettere queste emancipazioni.

– Che male c'è, – domandò Elisa la quale, come il resto della famiglia, non comprendeva che si potesse negare qualche cosa a Nora.

– La solitudine non fa bene ai ragazzi e i capricci poi, per quanto innocenti, non vanno tollerati.

– Ma è stato il babbo a farle la sorpresa del lago.

– Come! anche lui?

Io volevo dire: anche lui acciecato a tal punto? Ma Elisa non me ne lasciò il tempo.

– Sono già quasi due anni. Nora si destò una mattina tutta esaltata e commossa per un sogno che, al dire di lei, era durato tutta la notte e l'aveva riempita di una felicità tale che la febbre dell'ebbrezza le faceva battere ancora i polsi. Le pareva di riposare in mezzo a un lago verde, galleggiando come una naiade, sulla superficie lucente dell'acqua e mirando nel fondo uno scintillío di gemme, un bagliore profondo e misterioso, fra una quiete altissima, tra profumi ignoti di fiori strani, – io non so raccontare, Nora ci meravigliò tutti colla sua descrizione. Era cosí innamorata di quel lago visto in sogno, che babbo per il suo onomastico gliene fece il regalo.

– Che!

– Davvero. Fuori del giardino, a destra, se Nora volesse darvene la chiave... ma è gelosa del suo lago; i profani non sono ammessi all'onore di vederlo.

Scossi il capo, compassionando non so se piú le stranezze della figlia o l'indulgenza dei genitori.

– È da allora che la vostra graziosa sorella si veste di bianco e di verde?

– Ah! questa è un'altra cosa, – disse Elisa ridendo. – Nora pretende che nessuna donna osa vestirsi di verde e che lei sola può farlo.

Era orgogliosissimamente vero; al temuto confronto la bellezza straordinaria di Nora trionfava.

Quando si parla della rosa spunta il bocciolo. Stavo per fare questo complimento alla mia cognatina, ma mi accorsi ch'ella, entrando, non mi aveva veduto. Sedetti allora sulla poltroncina bassa, accanto alla finestra, nel posto favorito di Elisa; l'ampia tenda di damasco mi nascose completamente.

Nora si buttò svogliata sul divano.

Era un divano molto largo, antico, coperto di seta pavonazza a fiorami gialli, coi cuscini ornati di nappe pesanti. La figura giovanile di lei vi faceva un contrasto simpatico, stesa in un molle abbandono, privo d'arte ma non di grazia. Credendosi sola colla sorella non aveva studiato le sue solite pose di donna che la rendevano un po' ridicola e non posando, singolare a dirsi, era piú donna che mai. La morbidezza delicata del suo busto aveva un palpito sensuale, come di persona che i desideri avvampano; il suo collo bianco e pieno si piegava indietro tra le ciocche brune dei capelli quasi per respirare nell'aria la voluttà di un bacio. C'era un dolore profondo, un vero dolore sotto le sue palpebre socchiuse, attraverso le quali gli occhi nuotavano in misteriosi languori.

Mi faceva, a guardarla, un effetto nuovo. Non l'avevo mai vista cosí; la trovai interessante in sommo grado, per la prima volta ne sentii compassione.

– Elisa!

La sorella, chiamata dolcemente, corse a lei.

– Elisa... mi ami?

– Se t'amo, cara, e puoi dubitarne?

Sedette anch'ella sul divano e l'abbracciò.

– Tu piuttosto...

Nora le chiuse la bocca col dito.

– Se sapessi come soffro!

– Ma di che cosa, mio angelo? Parla. Lo vedo bene che non sei piú la mia Norina, che non mi apri piú il tuo cuore come una volta. Ho pianto tanto, sai, ieri sera...

– Perdonami, che vuoi ch'io ti dica! Sono stanca di vivere.

– Nora, alla tua età!

– Io non ho età. Capisco che non sono mai stata una bambina come le altre. Mi sento vecchia di cent'anni; mi sembra di aver veduto tutto, di saper tutto e sono sempre le medesime cose. Io, vedi, non posso ridere, né correre, né giocare, né essere felice. Ho un gruppo qui, qualche cosa che mi soffoca, che mi opprime. Non mi trovo bene in questo mondo; ne ho in mente un altro, diverso, non so come, ma diverso.

Si rizzò sul gomito. Era un po' rossa, di un rossore direi quasi interno, una fiamma chiusa in un globo d'alabastro.

– Sei ammalata, poverina!

Nora affermò col capo.

Le due sorelle stettero un bel pezzo abbracciate, confondendo in un gruppo la loro gioventú e la loro bellezza. In quel momento Elisa sembrava la minore. Elisa, colla sua fronte di vergine e i suoi occhi di bambina era l'innocenza. Nora era l'amore.

– Vorrei pregarti di un piacere, – disse la fanciulla.

– Parla, – rispose Elisa baciandole la manina.

– Dovresti cantare quella romanza che mi piace tanto... sai!

– Oh! è triste.

– Mi piace appunto per ciò.

– Ma non è da ragazzina, lo dice anche la mamma.

– Cantala egualmente!... Ti accompagnerò.

L'accento di Nora era supplichevole; Elisa cedette.

Le due sorelle si posero al piano. Elisa che ha una voce incantevole incominciò pianissimo; le piccole dita di Nora la seguivano sulla tastiera.

Io conoscevo assai bene quella romanza, tuttavia mi destò una commozione straordinaria.

Forse l'ora malinconica del tramonto, forse quelle due fanciulle biancheggianti nella penombra della sera, non so... tremavo agitato da una tenerezza nervosa.

Quando Elisa disse:

«Ma quel bacio su cui semispento
Il tuo labbro s'univa col mio,
Né tu stesso, né il tempo, né Dio
Mi potranno quel bacio rapir».

Nora mise un gemito; Elisa volle fermarsi ma la sorella ne implorò la fine con una violenza disperata.

«*Io l'ho qui sulle labbra, lo sento*
Caldo ancora dall'ultima sera:
Esso allora dicevami: spera,
Or mi dice: ti resta morir».

Non poté continuare.
Nora era caduta sul piano, piangendo e singhiozzando. Elisa, a' suoi ginocchi, l'abbracciava piena di desolazione e di sgomento.

Con un balzo fui presso a loro.
Elisa si ritrasse un poco ed io restai ritto, in piedi davanti a sua sorella.
Sulle prime non mi vide, non osavo chiamarla, poi alzò la testa e riconoscendomi, tese le braccia verso di me con un movimento rapido e angoscioso; poteva essere egualmente per attirarmi che per respingermi. Io l'interpretai nel primo senso e prendendola per le mani la strinsi contro il mio petto.
Che pensavo? Nulla. Fu un impeto istintivo; ma appena sentii la sua gracile persona appoggiata al mio cuore, ebbi come una vertigine, gli occhi mi si copersero di un velo, vacillai, la strinsi piú forte e le nostre bocche si incontrarono.
Dio santo, che rivelazione!
Cercai Elisa collo sguardo – era scomparsa.
Le ombre della sera si addensavano nel salotto, reso piú oscuro dagli ampi cortinaggi delle finestre. Fra poco sarebbe venuta la principessa; non dubitavo che Elisa fosse andata a chiamarla e Nora restava sempre immobile, singhiozzando sul mio petto.
La cinsi con un braccio, trasportandola di peso. Avevamo bisogno entrambi di ricomporci.
Fuori del verone, un'auretta deliziosa sollevava i profumi del giardino.
– Nora, venite, andiamo incontro a vostra madre.
Ella mi seguí senza parlare. Povera fanciulla!

Non sarei uomo se dicessi che io camminavo al suo fianco impassibile. No! Quell'amore di donna sbocciato come un fiore prematuro in un seno di bambina, non poteva lasciarmi indifferente. Sentivo il suo respiro caldo, affannoso e mi domandavo quali arcani nascondeva quell'angelo di dodici anni; tentazioni bizzarre mi spingevano verso l'abisso delle sue pupille nere, ardenti, piene di tenebre e di passione.

Ella era affatto cambiata per me. Ogni traccia di fanciullaggini e di capricci scompariva davanti a un sentimento di profonda pietà e di inenarrabile simpatia.

Se qualche volta un sospetto, un dubbio si era prima d'allora affacciato al mio pensiero, lo avevo respinto come una sciocca vanità; ma ora tutto mi si faceva chiaro – le sue malinconie, le stranezze, le lagrime. Non avevo mai arrischiato nulla che potesse destarle amore; ma chi semina i fiorellini sulle vette rocciose e nei burroni inaccessibili? Chi dice all'aquila: vola in alto, l'orizzonte è per te?

Erano cresciute insieme, quelle due sorelle, sotto gli occhi della madre, eppure quanto diverse!

Vicino a Nora, in quel momento, sentivo il bisogno di pensare ad Elisa – come quando si è in pericolo si pensa al cielo – ma non avevo il coraggio di vederla, cosí subito.

Ero turbato, distratto.

– Nora, sentite la voce di vostra madre sullo scalone? Da brava, correte a raggiungerla. Io vado a far sellare il cavallo. C'è una luna stupenda questa sera.

Chi sa che cosa avrei aggiunto ancora; forse nulla, forse troppo.

Ella mi stese la mano in silenzio, guardandomi col raggio investigatore de' suoi occhi dove l'innocenza si mesceva stranamente a un vago desiderio di colpa.

– Addio, Nora, addio. Dormite bene.

Fatti pochi passi, mi voltai per vedere se ella era ancora là. C'era. La luna l'avvolgeva tutta; in mezzo a' suoi capelli neri un punto d'oro brillava.

Pareva una piccola fata delle foreste d'Irminsul.

Gridai un'altra volta: Addio, Nora!

Dormii male nel mio elegante quartierino del Macao. Mi accorgevo proprio che sul principio d'agosto Roma diventa inabitabile – tuttavia l'avevo sempre abitata.

Il giorno seguente non potei recarmi alla villa. Gli affari e una quantità di occupazioni relative al matrimonio mi rubarono tutto il mio tempo – no, diciamo meglio, me lo comperarono pagandomi con un po' d'oblio. Nel mettermi a letto alla sera ero stanco ma calmo, e quando sotto i primi raggi del sole presi la strada della villa mi sentivo leggero e felice.

Le donne hanno pur ragione di dire che l'amore degli uomini è composto metà di orgoglio e l'altra metà d'egoismo – raro esempio coloro a cui sfugge qualche frazione da consacrare all'affetto puro.

Preso dalla vaghezza del paesaggio e dalla soavità de' miei pensieri, non affrettavo il passo della mia cavalla; lasciavo che le redini le ondeggiassero sul collo e lasciavo pure ondeggiare la mia fantasia nell'ignoto mare del futuro, mare sí dolce a vent'anni che tutti vorremmo annegarci.

Una sorpresa mi aspettava alla villa.

La principessa era uscita in carrozza con tutte e due le figlie, senza dire dove andava né quando sarebbe tornata.

Nessun domestico aveva ricevuto ordini speciali. Doveva essere piú ammalata del solito la signorina Eleonora perché il giorno prima non s'era vista e tutta notte la principessa aveva vegliato presso di lei.

Quella mattina poi la signora aveva ordinato la carrozza con un fare tanto serio e reciso, con quel fare proprio da «imperatrice romana», diceva la cameriera, da non permettere un tentativo di domanda qualsiasi.

L'opinione generale era che sarebbe tornata per il pranzo.

Accettai l'opinione e mi posi a passeggiare nel giardino. Non l'avevo mai visitato per intero, avendo poca simpatia per la botanica e trovando il posto migliore fra le due tende del salotto terreno presso la poltroncina d'Elisa.

Ora, poiché non mi restava di meglio a fare, percorsi quattro volte il viale dei melagrani, mi fermai davanti una siepe di rose del Bengala, ammirai col sigaro in bocca e il frustino in mano dei bellissimi tulipani d'Olanda, scambiai una peonia per un girasole, e finalmente posi il piede davanti a una misteriosa porticina, elegante, verniciata di fresco, che il giardiniere mi disse essere il terreno privato di madamigella Eleonora, il famoso lago dunque? Sí, il famoso lago.

Bisognava essere una bambina per tenersi la chiave di quel luogo incantato come fosse una fortezza inaccessibile. Aveva un muricciuolo cosí basso che io mi ricordai subito di averne scavalcati parecchi durante le odissee del collegio, e in fatti, senza quasi uno sforzo, mi trovai al di là.

Quantunque avvisato non potei frenare un moto di sorpresa scorgendomi sotto gli occhi un lago perfettamente verde, lucido, profondo, scintillante – pareva uno smeraldo vivo.

Il fondo era stato preparato apposta per dare all'acqua quel riflesso, e dalle rive l'erba vi si specchiava cosí folta e lussureggiante che l'illusione riusciva completa.

Una grotta artificiale lo cingeva per metà; era anch'essa tutta verde, coperta e tappezzata di muschio, con un tavolino rustico e una sola sedia. La capricciosa eremita non vi riceveva visite. In quel piccolo eden la donna aveva preceduto l'uomo.

Vi regnava il piú profondo silenzio; non mi venne fatto di trovare traccia alcuna di colei che soleva abitarlo.

Appena vicino molto vicino alla riva un posto, dove l'erba si mostrava alquanto calpestata, sembrava indicare che Nora vi si coricasse spesso. Quelle fitte foglie piegandosi l'una sull'altra dolcemente avevano conservato l'impronta del graziosissimo corpo; io mi vi gettai alla prima senza pensarci molto, ma poi mi parve di aver commesso un sacrilegio e me ne scostai arrossendo, mosso da un senso bizzarro di pudore.

Quell'erba coricata, quell'erba che l'aveva avvolta tutta, assorbito il suo respiro, baciato i suoi capelli, accolti forse i sospiri della sua giovane anima, aveva una fisionomia propria, una voce, un accento.

Tutto ciò che Nora non aveva detto a me, quell'erba lo sapeva.

Cara fanciulla, il mondo intero potrebbe accusarti, ma non io, non io!...

Pensai allora – come non pensarvi? – alla romanza da Nora prediletta:

«*Ma quel bacio su cui semispento*

. . . .»

Perdonami, Elisa!

Alle 5 precise la carrozza della principessa entrò nella corte.

L'aspettavo. Corsi ad aprire lo sportello, porgendo la mano alla mia futura suocera. Ella discese con una certa vivacità insolita, cosí insolita che la rammento perfettamente come era in quel giorno e in quel momento. Aveva un vestito di velluto nero e un mantello chiaro a ricami; teneva in mano un ventaglio chinese che mi picchiò sul braccio.

Elisa le venne dietro, un po' mesta, cogli occhi rossi.

– Dov'è la piccina?

– Ah! – disse la principessa appoggiandosi, anzi abbandonandosi sul mio braccio, – siamo andate a trovare mia cugina di Tersis e Nora è rimasta là.

– Non è ammalata dunque?

La principessa mi guardò in mezzo agli occhi.

– Ammalata! Perché?

– Da molto tempo non si sente troppo bene, noi tutti lo sappiamo.

– E sapete anche il motivo, voi?

L'intenzione era di mostrarsi calma, ma la voce le tremava. Risposi con sicurezza:

– So che io non ci ho colpa.

– Da uomo d'onore?

– Da uomo d'onore.

– Bene. Mostriamoci lieti; dopo quindici giorni di assenza la bambina ci tornerà guarita da tutti i suoi capricci. Intanto tenete un po' allegra quella povera Elisa... vedetela!

Elisa infatti sembrava abbattuta; me ne ero accorto subito. Ci precedeva di alcuni passi, silenziosa, senza voltarsi indietro per guardarci o prender parte ai nostri discorsi...

Giunti sulla scalinata che mette al salotto terreno, la principessa si sciolse dal mio braccio:

– Vi raggiungerò miei cari. Vado a cambiare questo abito che mi soffoca; stamattina non credevo che dovesse fare caldo.

Mi volse uno dei suoi buoni sorrisi che era questa volta anche eloquente e ci lasciò soli.

Non sono mai imbarazzato quando mi trovo solo con Elisa; nemmeno allora, quantunque una nube leggerissima alitasse sopra noi e nel sereno occhio della mia fidanzata tremolasse, indistinto, un vago dubbio.

Il primo movimento mi spinse ad aprire le braccia – se io la presi o se ella vi si gettò non muta nulla alla situazione che parve ad entrambi dolcissima – cosí che quando Elisa sedette sulla sua poltroncina, in mezzo alle tende, era tornata la solita Elisa, la mia vergine campestre.

Il gelsomino appunto la incorniciava, come sempre, e come sempre io trovavo accanto a lei una pace profonda, un senso intimo e completo di ineffabile felicità.

La principessa non parlava mai di Nora, come se non esistesse. Oh le madri!

Il pensiero di quella sua prediletta doveva occuparla da mattina a sera; cercandolo lo si sarebbe scoperto in una piega della fronte, in una distrazione dello sguardo, ma nessun altro sintomo lo tradiva.

Ella voleva che Elisa si preparasse alle nozze in una atmosfera tutta di gioie. Io stesso che, molte volte, l'avevo accusata di favoritismo per la sua ultima figlia, dovetti convincermi che se una debolezza di simpatia l'attirava maggiormente verso quella, non restava però alterato l'amore vero e santo ch'ella portava ad entrambe.

Evitava con premura l'argomento malinconico dell'assenza; se Elisa nella sua serena innocenza vi faceva allusione, subito una parola gaia, uno scherzo, troncavano le investigazioni. Una volta poi le disse in confidenza (ed io lo so per lo stesso motivo) che non s'addiceva ad una bambina svegliata come Nora la vista quotidiana di due fidanzati...

Fors'anche la principessa, compiendo questo sacrificio, si preparava la gioia purissima ed esclusiva di riprendersi la cara fanciulla e tutta in essa concentrare i suoi affetti quando Elisa non sarebbe piú là.

Elisa intanto non dubitava di nulla. Turbata, commossa, vedeva ogni cosa attraverso il velo immacolato del suo candore che l'amore appena tingeva di riflessi vermigli.

In quel periodo delizioso che si può chiamare il sonnambulismo dell'anima, una donna è troppo assorta nel celeste mistero che deve trasformarla per poter pensare lungamente ad altra cosa. È una condizione eccezionale – alta troppo per guardare sulla terra e non ancora abbastanza per spaziare in cielo.

Coloro che sono partigiani dell'amore colpevole non sanno – e se lo meritano – quante ebbrezze prepara la virtú ai suoi seguaci. Non parlo delle ebbrezze mistiche, ma pure dirò, cara fanciulla, che nessuna delle donne che si acquistano o si conquistano nel mondo della galanteria mi fece mai battere il cuore come te quando ti guardavo e tu arrossivi.

Tutti e due in quegli ultimi giorni dimenticammo un poco la povera Nora. Elisa tuttavia se ne ricordò in tempo per domandare a sua madre:

– O che Norina non verrà per il matrimonio?

– Ma! – rispose la principessa. – Ella si diverte immensamente dai nostri cugini che hanno bimbe della sua età; non so quanto bene le farei conducendola qui ad assistere alla vostra partenza e alla mia solitudine.

– Appunto per questo. Tu sarai troppo malinconica allora...

– Lasciami scegliere il sacrificio, Elisa. Mi consolerò pensando a lei ed a te.

Elisa fu molto dispiacente di questa disposizione che le teneva lontana la diletta sorella; ma la principessa seppe dipingerle cosí bene il lieto soggiorno di Nora dai Tersis, e come avrebbe cambiato male tornando a casa in quei giorni di eccessive commozioni che alla fine parve rassegnata.

Un lutto nella mia famiglia doveva togliere alle nozze ogni apparenza di festa; si era scelto il soggiorno della villa appositamente.

Sembrava dunque che tutto camminasse liscio. Un'ombra, nondimeno, offuscava e rendeva sforzato il sorriso che la principessa conservava d'obbligo sulle labbra.

– Mi nascondete qualche brutta notizia? – le chiesi una volta, dopo che la lettura di una lettera del Tersis l'aveva rabbuiata. – Nora...?

– Nulla, nulla. La bimba sta bene. Dopodomani, dunque? Siete pronto? V'accomoda l'ora scelta? Sí? grazie.

Mi strinse la mano con una gentilezza convulsa, senza darmi tempo di farle altre domande e si ritirò nella sua camera colla lettera in mano.

– Come porterete, mia dolce Elisa, quello strascico regale? Si può credere che faranno buona amicizia queste trine superbe colla vostra bellezza ingenua? Via, scommetto che sarete impacciata.

– Oh! impacciata proprio non credo; mi parrà di essere sul palco scenico; ma vedrete, signor critico, che la dilettante si farà onore.

– Sí, voi dovete essere capace di fare anche questa parte. Smanio però di vedervi al mio fianco, sulle montagne della Svizzera, col vostro abitino da viaggio e la veletta grigia.

– La veletta grigia non sta bene a tutte.

– D'accordo, quando non hanno le vostre rosee guance e i vostri occhi brillanti. Vi assicuro che sarete incantevole; oh! allora proprio dovrò ripetere:

«*Son geloso del Zeffiro amante*
Che ti scherza sul crine e sul velo».

Si parlava di veli – se ne metteva dappertutto. Io ero impaziente e affrettavo col desiderio quell'ora che doveva darmi Elisa per sempre.

Venne anch'essa. Vengono tutte «l'ore dai tetri mortali contate», le ore del delirio, le ore dello spasimo, le ore sante, le ore maledette. Venne, serena, come s'addiceva alla circostanza.

– Che bel sole! – disse Elisa. – Vuol farci festa.

– Troppo onore. Lo vedete, Elisa, il cielo si illumina per noi. Ringraziamolo con un bacio. Non è amando le creature che si dà lode al Creatore?

Eravamo beati.

La principessa incominciava a lasciar scorrere le sue lagrime: di gioia, diceva, ma non lo credetti, perché dietro al pensiero di Elisa stava quello di Nora.

Una letterina della bimba giunse appunto quel mattino, diretta alla sorella. Era molto affettuosa, piena di espressioni tenere e meste, piena di ricordi; non una sola parola per me.

Nessuno mostrò accorgersi di questa lacuna – io meno degli altri – si lasciò Elisa tutta intera al piacere di leggere e rileggere la lettera. Si parlò di quando saremmo ancora riuniti, facendo i piú lieti pronostici e i piú graziosi progetti.

Il nostro viaggio doveva compiersi per la fine di settembre; il principe promise di passare l'ottobre con noi alla villa. Soltanto per l'apertura del Parlamento egli doveva trovarsi a Roma e noi tutti insieme.

I gusti della mia sposa erano semplici e casalinghi. La fantasmagoria delle feste, dei balli, dei ricevimenti a Corte non entrava nel suo programma e neppure nel mio; noi lo avevamo limitato ai confini del nostro salottino color perla, nel crocchio geniale dei parenti e dei vecchi amici; un po' di teatro, un po' di musica, tutto intimo, tutto in casa. Il sogno piú caro non lo si diceva; ma quando i bruni occhi di Elisa si fissavano incerti e pensatori dentro i miei, forse ch'ella non vedeva al pari di me biancheggiare lontano una culla?

Molti parlano male del viaggio di nozze. Perché? Io l'ho trovato delizioso.

Si fugge, si abbandona ogni cosa, persone e abitudini; si rapisce il nostro tesoro e lo si porta via dagli occhi curiosi, tutto nostro.

Dicono: si va a seminare in terra straniera le memorie dell'amore. In terra straniera? Qual è la terra straniera per un uomo felice? Io vorrei stringerti o alma terra dalle tue cime nevose fino ai caldi mari dove si specchiano le palme; vorrei stringerti al mio cuore come donna amata e chiamarti a testimonio del mio trionfo.

Non è spazzandogli l'orizzonte davanti che si ingigantisce l'amore; albero superno gli abbisogna toccare coi piedi le viscere del suolo e colla fronte le nubi – tutto il mondo è per esso.

Tutto il mondo era mio e d'Elisa.

Due anime che s'incontrano, due corpi che si abbracciano, ecco il paradiso.

La principessa scriveva quasi ogni giorno. Ci diceva che Nora insisteva per tornarle vicina, che sembrava affatto guarita e che alla fine del nostro viaggio avremmo trovato la famiglia raccolta e in pace.

Elisa si rallegrava. Io no.

M'era occorso di vedere nel baule della mia sposa, mischiata coi libri e colle carte, una delle lettere che la signora Tersis mandava a mia suocera prima del mio matrimonio. La principessa, che si era assunta il materno impegno di disporre per il viaggio gli oggetti della figlia, l'aveva smarrita e confusa insieme a quelli.

Tremai al pensiero che Elisa potesse leggerla; me ne impadronii, e per tutto quel giorno ebbi, lo giurerei, l'aria di un colpevole.

La signora di Tersis si esprimeva cosí:

«Non so cos'abbia la nostra Nora; ammalata non è, credetemelo; ho pratica di ragazze. La studio, la sorveglio e... mi preme di non precipitare un giudizio; aspettiamo.

«È buona, sapete? Vuol tanto bene a me e alle mie figlie, ma non giuoca mai con queste; preferisce restare in camera, sfogliando libri, pestando il cembalo; oh! a proposito, scusatemi, cara cugina, avete permesse alla vostra ragazza certe romanze che mi sorprendono: se pure, può darsi anche questo, ella non le ha imparate malgrado il vostro divieto...

«Noi, è certo, abbiamo avuta un'educazione diversa; ve ne ricordate? Da bambine eravamo proprio e null'altro che bambine. Ogni sforzo è nocivo alle giovani piante; mi pare che adesso si sfruttino troppo presto, ohimè! con quanto danno, i germi delicati e fatali del pensiero.

«Il male di Nora è nella testa. Riflettete e sappiatemi dire qualche cosa per mia norma. Vengono dei giovanotti in casa vostra?... Perdono, cara cugina, la mia domanda è sconveniente – ma se sapeste, se aveste osservato voi stessa certi sintomi ai quali noi donne e mamme non possiamo ingannarci!...

«V'ho parlato di *testa*, non di *cuore*; appunto perché la credo e la spero una scappata del cervello.

«Sapete la mia compassione per i fiori di serra. Io amo le nevi immacolate dello inverno, perché dopo quel gelido squallore mi torna piú caro il bocciolo che germoglia spontaneo e profumato. State di buon animo, amica, noi manderemo fuori dalla serra il vostro fiorellino, gli diremo di dormire ancora i suoi sonni vergini sotto la neve».

Povera madre! Come doveva avere sofferto nel vedere scoperto da altri quel segreto che essa sola credeva di conoscere.

Era questa certamente la lettera che le avevo veduto fra le mani. Povera madre!

Ed io?

Settembre finiva.

Salutammo i monti, i laghi, muti e cari testimoni della nostra luna di miele.

Lasciammo i nostri nomi intrecciati sulla corteccia di pino in Savoia; due ciocche dei nostri capelli, strettamente uniti, in fondo al lago di Costanza; baciammo tutti e due al medesimo posto una roccia poetica e solitaria dell'Ercinia, e in una deliziosa vallicella presso Chamounix crescerà ancora, ai venti del nord, un eliotropio che abbiamo piantato insieme, simbolo del nostro amore?

Il viaggio del ritorno fu dolce, di una dolcezza diversa.

Si stava per riabbracciare i nostri cari. Elisa aveva sempre sulle labbra la mamma e Nora. Quale vedrebbe prima? Che accoglienza le preparava la piccola zingarella fantastica?

Per parte mia non mi sentivo tranquillo.

Un presentimento no, nemmeno un sospetto: ma un'ombra tuttavia, un cruccio insistente, un malessere mi dominava.

Capivo che la cosa non era finita. Mio malgrado mi appariva nel futuro una minaccia ignota; temevo per Elisa, temevo per Nora... Oh! sventura ch'io non potessi formare la felicità dell'una senza distruggere quella dell'altra!

Ci aspettavano alla villa. Lettere e telegrammi si erano incrociati per una settimana, facendosi interpreti delle nostre impazienze. Credevamo di trovare qualcuno che ci venisse incontro fuori del cancello.

Elisa sporse con impazienza la testa dalla carrozza:

– Non si vede la mamma?

Nessuno.

La carrozza arriva nella corte deserta. Scendo. Elisa si precipita senza aspettare la mia mano.

Sulla scalinata di marmo incontriamo un servo cogli occhi spaventati, cogli abiti in disordine; è un vecchio cameriere che ha visto nascere le signorine.

– Dov'è la mamma?

Il pover'uomo si mette davanti a noi per impedirci di entrare; la sua lingua si rifiuta a proferir parola, ma i suoi gesti sono eloquenti. Una grande disgrazia è avvenuta.

Entriamo finalmente nel salotto terreno. Sull'ampio divano, dove per l'ultima volta avevo visto Nora abbandonata cosí bella nel fascino del suo occulto amore, giaceva ancora la fanciulla, immobile, col pallore della morte.

La principessa, accasciata, col volto nascosto su quel caro corpo, non ci vide entrare; udí il grido di Elisa e sollevò la testa.

Che sguardo fu il suo! Ne sostenni la disperata angoscia con un coraggio che l'immensità stessa del dolore mi dava. Elisa si gettò nelle sue braccia.

Il principe, ritto accanto al divano, mi additò il piccolo cadavere con un gesto solenne.

Mi avvicinai, e la vidi nella sua veste bianca, cogli orli verdi, tutta intrisa d'acqua, sparsa di lunghi fili d'erba. Il cerchietto d'oro brillava ancora fra i neri capelli, ma lo splendore degli occhi era spento.

Non osai toccarla.

Sentivo lo sguardo della madre fisso su di me; era uno sguardo terribile, spietato; sembrava chiedermi: Perché mi hai rapito tutte due le mie figlie?

E che potevo io fare se non cadere in ginocchio e piangere con lei?

Nora aveva chiesto vivamente di tornare presso la madre; la principessa che non desiderava altro ne era stata oltremodo lieta.

Quei pochi giorni trascorsi insieme resteranno scolpiti eternamente nel mio cuore – diceva – Nora non si mostrò mai cosí tenera, cosí affettuosa. Era un baciarla a tutte l'ore, un venirle presso, un chiederle amore e carezze. La povera bimba si struggeva in abbracci e in proteste appassionate.

Quando le annunciarono il nostro ritorno non si mostrò né contenta, né turbata. Si fece seria e pregò la madre di dire ad Elisa che lei le voleva tanto, tanto bene. Avendole risposto: Ma non glielo dirai tu? – soggiunse: – Non si sa mai!

La mattina del nostro arrivo sembrava assai mesta; pianse in segreto – la madre se ne accorse guardandola – poi si calmò, sorrise anche.

Un po' prima dell'ora attesa, scomparve.

Dopo averla cercata trepidanti, coll'ansia nel cuore, la trovarono distesa che pareva dormisse, nel suo lago verde, e dalla pace della composta fisionomia si poté credere ch'ella era felice nella realtà del suo sogno – che in fondo a quelle acque scorgesse i misteriosi bagliori che l'avevano attirata.

Elisa singhiozzava sempre accanto alla madre; il principe pareva impietrito. Io non trovavo parole di consolazione per alcuno – Dio santo! avrei dovuto prima consolare me stesso – e mi sentivo inconsolabile.

Verso sera, una pietosa curiosità mi condusse nel recinto favorito da Nora, là dove era il suo lago verde, dove era morta, dove ogni cosa ancora doveva parlare di lei. Il silenzio vi dominava assoluto, quel silenzio materiale che lascia ascoltare cosí bene le voci del cuore. Non c'era un'eco in quella grotta solitaria? Nessun fiore, nessun sasso aveva ritenuto i sospiri della poveretta? E quelle onde immobili non lasciavano sfuggire il segreto della innamorata fanciulla che vi si era annegata?

Tutto taceva, tutto era muto.

Sedetti sull'erba e diedi libero corso alle lagrime. Un'ombra grigia, disegnandosi elegante e leggera sullo specchio dell'acqua, mi fece balzare in piedi.

– Elisa, tu qui?

La mia sposa sorrise con una dolcezza malinconica che sembrava dire: Il mio posto è vicino a te. Mi prese le mani e conducendomi pochi passi lontano, mostrommi sulla sabbia del viale alcune parole che la brezza della sera stava per cancellare.

Mi chinai, ma al debole raggio della luna non potei leggere.

– Ro-ber-to, – disse Elisa lentamente, quasi sillabando.

Elisa dunque sapeva chi aveva scritto il mio nome sulla sabbia? O inutile silenzio, o inutili precauzioni!

Eppure, meglio cosí.

Strinsi Elisa fra le braccia, tremava tutta e piangeva.

– Elisa, – proruppi con tutta la sincerità dell'anima mia, – questo segreto che forse ci avrebbe divisi ci congiungerà di piú. Ora non ho nulla da celarti.

Presi una foglia d'edera e cancellai interamente le traccie del mio nome. Elisa, curvandosi a sua volta scrisse: Nora.

– Verremo qui a pregare, amico mio. Dove altri non vedranno che una tomba noi sentiremo aleggiare lo spirito dell'amore che non muore.

MARIA SAVI-LOPEZ

Nella

I.

Era una giornata splendida! Il mare scintillava sotto i raggi ardenti del sole e le onde azzurre, appena appena spumeggianti verso la marina ligure, lambivano lentamente la lunga distesa di spiaggia sabbiosa, dalla quale, a breve distanza, ergevansi le colline dalle curve bizzarre, sparse di ville e rivestite or dal verde cupo dei pini e degli agrumi, or dalle tinte sbiadite degli ulivi.

Il terribile colosso, che può solo esser domato dalla mano di Dio, faceva per breve tempo dimenticare l'orrore delle sue tempeste, la maestà della sua collera, l'audacia delle sue minacce, e quasi cullava le barche dei pescatori; fra le quali primeggiava maestosamente la *Vittoriosa*, grossa nave a vela, da poco tempo varata e già pronta alla partenza, che alzava verso il cielo tre alberi altissimi fatti a sfida delle tempeste.

Le vele che i marinai della *Vittoriosa*, attenti alla manovra, spiegavano, non erano state ancora dal vento delle burrasche sospinte verso l'ignoto; non le avevano ancora, nella solitudine degli Oceani, irradiate i raggi di fuoco del sole tropicale; e la bandiera nuova, sollevata appena dalla brezza, non aveva ancora in terre lontane ricordato la patria ai coraggiosi marinai.

Sulla spiaggia alcuni uomini della *Vittoriosa* salutavano i parenti e gli amici; e fra essi un giovane dalla faccia abbronzata, dall'aspetto simpatico, stringeva affettuosamente la manina bruna di una cara fanciulla che piangeva in silenzio, mentre una vecchietta dal volto sofferente, guardava con affanno ed amore i due giovani addolorati, poi singhiozzava forte dicendo addio al marinaio.

– In quei paesi di selvaggi non dimenticare la tua Nella.

– Se la tempesta minaccia la nave, ricordati della Madonna del Santuario.

– E tu, Nella, non iscordarti di me.

– Mai, Antonio, mai; addio, addio.

– Addio, il Signore ti benedica e la Vergine del Santuario ti aiuti.

Passarono alcune ore, il sole tramontava dietro le colline, e sull'acqua erasi spento lo scintillío degli ultimi raggi. Le onde succedevansi piú frequenti sulla spiaggia fatta deserta, e l'incanto della giornata era cessato. L'armonia di luce splendida e di colori allegri era sparita, e il muggito del gigante, stretto fra le spiaggie e gli scogli, piú concitato e forte, parea minaccia di prossime tempeste, mentre un fremito di collera increspava l'immensa distesa dell'acqua.

Sola sulla spiaggia, cogli occhi rossi pel lungo pianto ed il petto agitato da singhiozzi convulsi, Nella guardava un punto nero dileguantesi nell'orizzonte e stringeva al petto una croce d'oro, regalo del suo fidanzato Antonio; il quale lontano, lontano, attaccato alle funi e sospeso fra cielo e mare, mandava ancora uno sguardo alla terra natía e ripeteva fervidamente la preghiera alla Vergine del Santuario, che Nella gli aveva insegnata a difesa delle tempeste future.

II.

La lampada mandava poca luce sulla bruna testa di Nella intenta al lavoro. Un assoluto silenzio regnava nella poverissima camera ove ella sedea, ed era appena rotto dal respiro affannoso della vecchia Teresa, madre della fanciulla. Povera, vedova, avea lavorato senza posa nel desiderio che la sua Nella potesse crescerle accanto, senza essere costretta a servire nella vicina città; poi col tempo, il lavoro eccessivo, il peso degli anni avevano fatta curva e sofferente la povera donna, che pur mettendo sempre la sua fiducia nella Provvidenza non lasciavasi sgomentare mai, lieta di veder che la sua Nella, cresciuta in bontà ed in bellezza, era capace di guadagnarsi il pane finché le fosse dato di essere sposa di Antonio, ottimo giovane, operoso e ricco; ed il giorno nel quale la separazione avea fatto cosí desolate Nella e sua madre, esse per confortarsi un poco avevano pensato sempre al tempo nel quale Antonio, tornato dal lungo viaggio, avrebbe sciolto colla sposa il voto fatto alla Madonna del Santuario portandole i ceri benedetti.

Ma le speranze liete erano sfumate, e Nella, lavorando con attività febbrile accanto alla madre côlta da lunghi mesi da incurabile paralisi, portava sul viso pallido e stanco la traccia del dolore e della fatica. Da due anni non erano piú giunte notizie della *Vittoriosa*, e le povere donne, le famiglie del borgo che avevano i loro cari sul bastimento, li piangevano come morti. Nel cuore di Nella restava però ancora un filo di speranza. Ella aveva raccomandato tanto il suo promesso alla Madonna, avea pregato notte e giorno per la sua salvezza, e la Vergine miracolosa non abbandona mai i suoi divoti; poi Antonio aveva al collo la medaglia benedetta e sapeva la preghiera che era stata causa di salvezza per tanti marinai in pericolo, era dunque impossibile che fosse morto; un giorno o l'altro tornerebbe sano e salvo, ed allora, oltre ai ceri, Nella darebbe un cuore d'argento alla Madonna miracolosa.

Ma che valeva l'ultima speranza della povera fanciulla? Da oltre un anno Teresa era inchiodata nel letto, e a poco a poco Nella avea consumato il danaro già raccolto con tanto stento e che dovea servire pel suo modesto corredo di sposa; quanto v'era di meglio nella povera casa era stato venduto; benché la fanciulla lavorasse giorno e notte, il suo lavoro le rendeva poco, e poi era costretta ad occupare molto tempo nel curare l'inferma! Eppure la fortuna era vicina alla fanciulla, fortuna inattesa che poteva farla andar superba fra le sue compagne; ma essa, fedele alla promessa fatta ad Antonio, non se ne dava pensiero.

Il medico del borgo, appartenente a ricca famiglia, invaghitosi di Nella che vedeva con frequenza quando visitava l'ammalata, le aveva chiesto il suo affetto. Il pensiero della povertà, dell'umile condizione e piú ancora dell'ignoranza di Nella, era stato per lungo tempo fastidioso ostacolo al suo amore; ma la bellezza mirabile della fanciulla, la sua gentilezza, la sua virtú lo ammaliarono a segno che egli decise di farla sua sposa; eppure alle sue premure, alle sue domande Nella rispondeva ingenuamente parlando del suo amore per Antonio e della promessa fatta, e piangendo pregava il dottore di non aversela a male per questo e di non abbandonare la povera inferma; né giovava ch'ei le ripetesse sempre che la *Vittoriosa* era di certo perduta, e che se Antonio fosse ancora in vita, avrebbe trovato mezzo di mandar notizie alla famiglia; Nella volgeva lo sguardo supplichevole all'immagine della Madonna, appesa alla parete screpolata, accanto al suo misero lettuccio, e pregava silenziosamente mentre sperava ancora.

La sera nella quale abbiam ritrovato la fanciulla, il mare era tempestoso e le onde altissime battevano furiosamente contro la spiaggia, mentre il vento ululando senza posa faceva tremare le umili case del borgo. Già nelle ultime ore del giorno i marinai avevano tirato lontano sulla spiaggia le barche da pesca e messo al riparo nelle case le reti; e le donne raccolte intorno ad una rozza statua della Vergine, scolpita a somiglianza di quella che si venera nel Santuario di Savona, e collocata in una nicchia circondata da verdi ghirlande, avevano recitato a voce alta il Rosario pei marinai in pericolo fra le burrasche; ed a molte che avevano lontano i mariti ed i figli, la preghiera veniva piú fervente sulle labbra, mentre lagrime frequenti solcavano le guance abbronzate dal sole e dall'aria marina. Nella aveva pregato anch'essa colle compagne, e poi ritirata in casa, dolente per l'imminenza della tempesta, che avrebbe interrotto nella notte il sonno della sua cara ammalata, erasi rimessa al lavoro, e pensieri tristissimi facevano piú mesto e piú pallido il suo bel volto.

Teresa aveva bisogno di mille cose, essa soffriva senza lamentarsi né del male né della miseria, ma a Nella si spezzava il cuore pel dolore quando non poteva dar sollievo alla povera mamma. Il fuoco era spento, mancava la carne pel brodo, l'anfora del vino era vuota, e Nella non aveva piú danari, mentre lassú verso la collina scintillavano i lumi nella casa del dottore, che racchiudeva tante cose buone che avrebbero potuto ristorare Teresa e forse ridarle la salute. Una parola sola di Nella, e la miseria della povera donna sarebbe cessata per sempre; una parola sola, e fra pochi giorni Teresa circondata da mille agi, dimentica della miseria passata, avrebbe guardato con riconoscenza ed amore la sua Nella. Al pensiero della felicità di Teresa un sorriso schiudeva le labbra pallide della fanciulla, ma uno spasimo crudele le stringeva il cuore al ricordo di Antonio. Nella sua ignoranza ella non poteva perdersi in lunghi ragionamenti, pensava solo che la mamma soffriva, che se durava ancora per pochi giorni quell'immensa miseria, essa sarebbe morta di stenti e che non v'era persona al mondo che potesse aiutarla. Per salvare la mamma era necessità farsi sposa al dottore; che nell'egoismo della sua passione aspettava con ansia il momento, nel quale l'amor filiale avrebbe vinto nell'anima di Nella l'amore pel fidanzato; e Nella piangeva, e quasi non avea piú forza di pregare. Ah! se fosse tornato Antonio. Antonio operoso e forte, che non avrebbe lasciato in quella indicibile miseria la povera Teresa!

Il vento scuoteva fortemente la vecchia porta tarlata che chiudeva la stanza di Teresa, e in quel momento una voce forte chiamò:

– Nella, Nella!

La fanciulla si fece piú smorta ancora, ma corse ad aprir l'uscio di casa, e si trovò di fronte al giovane dottore, che veniva a visitare l'ammalata.

– E cosí, Nella, come ha passato la giornata?

– Male, come sempre; soffriva tanto e non si lamentava per non darmi dispiacere, ma io indovinavo tutto.

– Ed ha potuto nutrirsi, ha preso il brodo, il vino, le minestre?

Lo sguardo scrutatore del medico osservò attentamente la povera fanciulla, che non rispose, ma represse a stento un singhiozzo angoscioso, mentre il viso le si faceva di fuoco.

Un cattivo sorriso illuminò per un istante la faccia severa del medico; egli pensò che la miseria era una preziosa alleata e che fra poco la vittoria sarebbe sua. Ancora un giorno o due, e Nella piangente, disperata, ma bella sempre, piú bella forse nel suo dolore, gli direbbe: «Salvate la mamma e dimenticherò Antonio!»

Ma era veramente spietato quel giovane che poteva con mille mezzi soccorrere le misere donne, senza torturare l'animo di una fanciulla che non poteva amarlo? No, egli era solo egoista nella sua passione.

Teresa erasi destata e colla voce debole ringraziò il medico venuto a visitarla in quella sera tempestosa. Egli le disse:

– Sarei venuto prima, ma non ho potuto. A dispetto del tempo cattivo e del vento furioso, le donne del borgo escono sulla via a parlare colle vicine, e la gente è commossa per la notizia arrivata verso sera; cosí molti mi hanno fatto perder tempo fermandomi per via, per parlarmi del caso doloroso.

Il cuore di Nella batteva forte e Teresa erasi sollevata alquanto sui guanciali; ma le due donne non osavano interrogare il medico.

– Veramente non so se debbo dirlo, ma già non può essere cosa inaspettata per voi, Teresa, che tante volte mi avete parlato dei vostri timori a quel riguardo.

E il dottore continuava a parlare fingendo di non vedere Nella, che per non cadere si attaccava colla mano convulsa ad una colonna del letto.

– Tommaso, il figlio della Nera, tornato ieri in porto colla *Maria Gloriosa*, ed arrivato qui da oltre due ore, ha portato notizie desolanti della *Vittoriosa*, perdutasi coll'equipaggio intero in una terribile tempesta presso le coste del Brasile.

Un rumore sordo interruppe il dottore; Nella, priva di sensi, era caduta accanto al letto di sua madre.

III.

Fin dalle prime ore del mattino eravi un gran discorrere fra le donne del borgo, che spesso volgevano curiosamente gli sguardi verso la meschina dimora di Teresa, e pareva che un evento straordinario mettesse in agitazione gli animi.

– E cosí, la Nella va proprio sposa al dottore? Lo dicevamo pure, che avrebbe finito per dimenticare il suo bell'Antonio!

– Povera figliuola! non è allegra nella sua fortuna; ieri, quando venne alla fontana, pareva che andasse alla sepoltura.

– Ed hai il coraggio di compiangerla, mentre le capita una cosí grossa fortuna? Se venisse tanto bene ad una figlia mia, farei voto di andare tutti gli anni a piedi scalzi fino al Santuario, a ringraziar la Madonna!

– Ed io, vedi, ho una figlia sola, e sono povera e darei gli occhi miei per vederla contenta e ricca, ma se le capitasse una fortuna come questa della Nella, che la facesse diventare smorta e disperata, non vorrei accettarla mai, anche a costo di morire di miseria, come morirebbe la povera Teresa, se Nella non facesse questo matrimonio.

– Iddio l'aiuti, e la Madonna la consoli!

E le donne continuavano a discorrere senza posa, mentre il sole rallegrava co' suoi riflessi le mura screpolate delle povere case, mentre gli uccelli cantavano su gli ulivi, e le rondini volando ai nidi attaccati ai tetti di lavagna, sfioravano i purpurei garofani ed i geranii che adornavano i balconi di legno.

Verso la spiaggia gli alcioni guizzavano a volo sull'acqua tranquilla; i pescatori, aiutati dalle donne, tiravano a riva le reti scure nelle quali rilucevano come terse lame d'acciaio i pesci prigionieri; e lontano, lontano, sulla tinta chiara della sabbia, spiccava un punto nero che avanzavasi rapidamente.

Le ore passavano e nella piccola chiesa del borgo, parata a festa, raccoglievansi i curiosi che aspettavano Nella.

Le bambine della scuola, i poveri beneficati dal medico, erano pronti coi fiori da regalare alla sposa, ed il sagrestano, vestito a festa, attentamente guardava, verso la strada maestra, per tirare a tempo la fune della campana e sonare a dovere per la grande occasione.

Solo, indifferente a tutta quella gente, un uomo dagli abiti polverosi e dalla folta barba, quel medesimo che vedemmo affrettarsi per la marina, giunto da un sentiero deserto alla nicchia della Madonna, sulla via maestra, gettò a terra il cappello, si coprí il volto colle mani ed inginocchiandosi si pose a pregare con indicibile fervore. Senza dubbio scampato da pericolo mortale, dava il suo primo saluto alla Vergine, e la gente lo guardava con rispetto e tacevano tutti non osando disturbarlo nella sua preghiera.

In quel momento il corteggio della sposa apparve all'angolo della via. Vestita in costume del contado, perché non aveva voluto indossarne altro, pallida come una morta e sorretta da un ricco zio che erasi ricordato della nipote e della povera sorella, quando avea saputo della fortuna toccata loro, Nella avanzavasi lentamente, e v'era tale sconforto, tale muta disperazione sul suo volto dolcissimo, che al suo apparire la gente taceva, niuno avendo cuore di rivolgerle parole festose e lieti augurii.

Sospinto dalle persone che si affollavano per la stretta via, l'uomo inginocchiato si alzò e poggiandosi contro il muro, accanto alla nicchia, guardò verso la via. Due grida risonarono per l'aere profumato dalle magnolie, dalle rose, ed un nome corse sulle labbra di quella gente, mettendo nella folla un fremito di meraviglia e di timore.

– Antonio! Nella! – Il forte braccio del marinaio cinse la fanciulla quasi morente, un lampo di gelosia gli balenò negli occhi, ma uno sguardo dato alla bella creatura mutò quel fremito di rabbia in un palpito di gioia. In un istante Antonio ebbe coscienza dell'amore e della disperazione di Nella, capí che non era una fidanzata lieta, ma una vittima che andava all'altare; e sollevando la fronte minacciosa trasse la fanciulla verso la statua della Madonna, scoprendosi nuovamente il capo, disse a voce alta: – È la preghiera di Nella che mi ha salvato dal naufragio; la Vergine del Santuario è per noi, chi mi toglierà la mia sposa?

La cappella sotterranea del Santuario di Savona risplendeva pei molti ceri che facevano scintillare gli argenti delle pareti e dell'altare, e le splendidissime gemme sparse con profusione sulla statua venerata della Madonna, quando tra la folla dei divoti passarono silenziosamente un marinaio ed una giovane sposa, dal bel volto illuminato dalla fede e dalla riconoscenza. Ella portava fra le mani un grosso pacco di ceri legati da un nastro azzurro, dal quale pendeva un bel cuore d'argento, ed inginocchiandosi sui gradini dell'altare, depose l'offerta sul tappeto prezioso e pregò con fervore, mentre la gente raccolta in chiesa, segnandosi con divozione, diceva sommessamente: – La Madonna del Santuario ha fatto un nuovo miracolo!

In quell'ora istessa, Teresa, felice e sorridente, nella bella casa di Antonio, mandava mille benedizioni ai giovani sposi.

CONTESSA LARA

Al Monte di Pietà

Il sole estivo della prima ora pomeridiana saettava il fitto selciato della piazza e le case dalle finestre ermeticamente chiuse al caldo, mentre il vento stracco e afoso incanalavasi a sbuffi cocenti nel vasto androne del Monte di Pietà, in cui passava di continuo, entrando e uscendo, una processione di gente la piú diversa.

In quell'androne e nei suoi pressi stanziavan, come al solito, gruppi di femmine ciarliere per cui l'aria rintronava d'un cicaleccio di note alte e stonate. Erano per la maggior parte sensale o procaccine, cosí dette, che s'intrattenevan fra loro di cose famigliari, interrompendo ogni momento il racconto delle proprie e delle altrui faccende, per rivolgere ai passanti un'offerta di servizio:

– Ci avete da fare un pegno?

– Vi servo io?

– Che cosa mi comanda? Venga, venga qua!

Molte donnicciuole con fagotti sotto il braccio, avvolti dentro un panno in cui dovrà esser segnato il numero corrispondente alla polizza, traversavan quei gruppi: facce gialle e ossute di femmine macilenti, logorate dalle privazioni e dal vizio; larghe facce chiazzate di rosso come un vecchio fazzoletto che il bucato abbia stinto a chiose, col naso violaceo per le frequenti libazioni, rotondo e lucido per il lieve gonfiore ch'esse producono.

Questi visi gialli come malati per febbre palustre o lividi d'un color di feccia di vino, s'agitavan su certi corpi scheletriti, coperti a pena d'uno strato di pelle che ha perso ogni morbidezza, o posavano su masse di carne disfatta, cascante massime al petto e ai fianchi sotto i cenci delle sottane di cotone increspate e delle vite luride e scolorite.

Le sensale, o non badavano affatto a quelle plebee, sapendo che le piú volte, per risparmiar soldi, costoro non si valgono dei loro servizi, o le guardavan di sfuggita, interrogandole a fior di labbra; ma non appena spuntava oltre il cancello nello stanzone d'ingresso una figura un po' meno miserabile, ecco subito le profferte di far esse il pegno echeggiare in coro.

La figura meno miserabile, uomo o donna che fosse, fermavasi allora con una di quelle megere, scambiando qualche parola quasi sempre sottovoce: e in fretta sparivan poi insieme su per le scale.

Passava ora un cameriere di buona famiglia dal caratteristico viso sbarbato, portando un lungo involto nelle mani, che si riconosceva a prima vista per un astuccio d'argenteria; forse depositato al Monte per sicurezza in caso di partenza del proprietario, forse per urgenza improvvisa di danaro a causa d'un banco di zecchinetto fatalmente avverso.

Sgattaiolava fra questa gente qualche moglie d'impiegato, modesta nel vestituccio nero o bigio, con le spalle leggermente curve, chiuse nella mantellina per lo piú d'una forma uscita di moda: certe spalle rivelanti le lunghe ore scorse su la macchina da cucire o su la tavola da stiro. La donna aveva in mano una scatoletta ovale di truciolo, rilasciatale altra volta dal Presto con l'oggetto d'oro ritirato: povero oggetto che ora tornava di nuovo in prigione.

E passavan vecchi dal soprabito che non avea piú colore, dal cappello con l'orlo lustro d'unto, girando gli occhi di sotto in su, in cerca di qualche custode da loro conosciuto che accettasse, quasi per carità, un ultimo paio di lenzuoli grossolani e lisi mezzo nascosti in un giornale; passavan operai con la giacca buttata a traverso su la camicia a quadrelli, un tempo turchiniccia; e giovani popolane sorridenti all'idea che gli orecchini di perle si mutassero in una «scampagnata» domenicale col «ragazzo».

A quando a quando, di rado, si vedeva una signora col viso coperto di una veletta di tulle, alla quale ella aveva fatta qualche piega sotto gli occhi e su la bocca, non si sa mai, perché nessuno la ravvisasse in quel luogo; e camminava con andatura spedita, volgendo, però, il capo di qua e di là, come qualcuno a fatto nuovo del sito.

Da una carrozzella, fermatasi di fronte al portone, scese, agile, una donna, con un'acconciatura estiva chiara, vistosa, con un cappello dalla tesa ampia, guarnito di una ghirlanda di fiori.

A un suo cenno, una sensala le corse incontro e n'ebbe in consegna un grosso involto dal quale usciva fuori un lembo di sottana a falpalà di seta color di rosa, ornato con trine d'un bianco d'avorio cosí delicato da rivelarne subito il molto valore.

La sensala trottò verso le scale; l'altra rimontò di slancio nella carrozzella dove si stese a mezzo, per attendere.

E salvo poche eccezioni d'individui noti agli impiegati del Monte o tanto ben vestiti da raccomandarsi col proprio aspetto, quasi tutti coloro che s'ingolfavano dall'androne nella stanza d'ingresso e su per le scale, andavano a sedersi in fila su le lunghe panche di legno scuro destinate a chi aspetta il suo turno per accostarsi allo sportello donde scaturiscono i soldi presi a usura.

Quasi in fondo a una di queste dure panche dalla spalliera diritta, stava una donna né sudicia né sciatta, ma vestita di cenci rattoppati di cotonetta nera a pallini bianchi: il lutto delle vedove povere. Mostrava piú di trent'anni; ma considerando quanto invecchino la miseria e la fatica, si capiva ch'ella doveva averne ventiquattro o venticinque.

Un bambinello gracile dalle labbra smorte e dai larghi occhi tondi e spauriti d'un celeste dei piú pallidi, le piagnucolava in braccio, chetandosi ogni tanto per succhiarsi penosamente un ditino.

La madre, lei, spaziava lo sguardo stanco per l'ampia camera, dove era un odor vago di panni muffiti e di polvere, ascoltando macchinalmente gridare dei nomi ignoti in mezzo a quella folla tumultuosa e umile.

Non era bella, se bene non avesse difetti salienti nelle fattezze; ma davano alla sua figura una certa simpatica armonia quei profondi occhi d'un azzurro piú cupo di quelli del bimbo e i folti capelli castagni, divisi su l'alto del capo e recati dietro le orecchie in due bande, con la classica semplicità delle Madonne.

Quando il piccino, su 'l punto di piangere, cominciava a stropicciarsi le palpebre inarcando la boccuccia biancastra, ella se lo cullava su le ginocchia, non ostante i tre anni di lui, come se avesse avuti a pena pochi mesi, e mettendo qualche sospiro represso, che usciva dalla metà in là come l'eco d'un singhiozzo, seguitava a stringere il bimbo al proprio seno, la cui curva né pure appariva sotto le pieghe della cotonetta nera.

Sul sedile, accosto a sé, teneva un fagottino che ogni poco tornava a palpare con le dita scarne, quasi avesse temuto che mentre ella badava al fanciullo qualcosa di assai prezioso ne fosse sfuggito.

– Se mi fate passar prima di voi, vi dò da prender un caffè, – le offrí una femmina spazientita dalla troppo lunga aspettativa, che girava e rigirava su 'l sedile la larga circonferenza della sua persona accanto al gruppo malinconico di quella madre col bambino.

– È troppo tempo che questa creatura mi patisce, – si contentò di rispondere la donna in lutto.

E l'altra, seccata, riprincipiò a sbuffare.

Qualche uomo, che passeggiava su e giú, con le mani nelle tasche o giunte dietro le reni, bestemmiava fra' denti la lentezza delle ore; sensale e femmine estranee andavano e venivano; da un'estremità all'altra, lungo le panche, correvan come fili elettrici domande e confidenze; il bambino si lamentava a intervalli, fioco.

Quando venne il suo turno, la vedova si alzò di scatto, e afferrato l'involto fu a deporlo a un finestrino dove facevan ressa drappelli luridi e petulanti d'altre infelici.

Col braccio che non sorreggeva il fanciullo la donna

avanzò il piccolo fagotto, che l'impiegato, uno sbiadito giovanottello in berrettino, svolse con piglio d'indifferente superiorità.

– Son due camiciucce... – fece ella a mezza voce, quasi volendo scusar la pochezza del pegno, – ma sono ancora buone...

– Buone a che? – chiese in tono fra rude e canzonatorio l'uomo; ed esaminava quei pochi cenci, enumerandone le magagne.

– Qui c'è una rappezzatura; qua un'altra; qui *consumatum est*, e qui «ride...»

Rise anche lui, da spiritoso, e acciancicando su 'l banco le povere camicie, le restituí alla donna.

– Non può darmi né anche qualcosetta? – domandò ella con un lieve tremor nella voce, sollevando su l'impiegato gli occhi turchini pieni di stupor doloroso.

– Roba in codesto stato non ne prendiamo, – sentenziò lui.

Ella teneva su 'l braccio il pegno rifiutato fissandovi sopra lo sguardo, forse non persuasa ancora di dover perdere quell'ultima speranza di pane. Che doveva fare, che doveva fare, Dio mio? Per lei poco importava; quando è finita, è finita. Ma quella creatura innocente, digiuna dal giorno avanti!...

Un pallore cinereo le si stese su 'l viso; sentí come se il terreno le traballasse sotto i piedi, poco mancò che il bambino non le cascasse di braccio... Ma nell'atto che fece per serrarselo piú forte al petto, gli occhi le si posarono sopra la propria mano che reggeva il figlio, e le rimasero due o tre secondi come affascinati dal cerchietto d'oro, la fede nunziale che le brillava all'anulare.

L'impiegato ordinò:

– Lasciate il posto agli altri! – e già stendeva la mano per prendere il pacco che un braccio di vecchia gli allungava, quando la vedova, rialzata la testa, con un gesto di improvvisa risoluzione, si levò l'anello, il quale stentava assai a uscire dal suo solco, e glielo porse dicendo:

– Prenda questo!

L'uomo sparí, portandosi l'oggetto in una stanza interna.

Il bambino, stanco di star chiuso in quell'afa puzzolente, si lagnava ormai senza tregua, appoggiata la testolina biondiccia su l'omero della madre: e tra quei piccoli singhiozzi gli tornava in bocca, interrotta dalle scosse del pettuccio convulso, l'orribile parola: Fame! fa-a-me!

Finalmente, dopo qualche minuto, che alla poveretta parve un secolo, l'impiegato s'affacciò di nuovo al finestrino e le consegnò una polizza insieme a quattro lire...

– Fa-a-mee! – ripeteva la creatura. Ma già la madre correva giú per le scale col viso tutto sorridente rigato da due grosse lagrime.

E per non pensare che aveva giurato al marito di portar seco sotterra l'anello benedetto senza mai esserselo sciolto, baciava e ribaciava la testolina languente del suo bimbo, susurrandogli con pazza allegria:

– Ora mangi, bello di mamma, ora mangi!

CAROLINA INVERNIZIO

Amor vince tutto

I.

Non mancavano che poche ore al compimento della sua felicità.

Le amiche erano venute in folla ad ammirare il suo splendido corredo, i ricchi doni ricevuti, ma soprattutto curiose di conoscere i particolari di quell'unione, che nessuno avrebbe mai sospettata.

E la principessina Lauretta, col sorriso della felicità sulle labbra, raccontava l'avvenimento inaspettato.

Quell'anno il principe Larissa aveva condotta sua figlia in montagna, perché i medici glielo avevano ordinato.

Lauretta era figlia unica, l'orgoglio, l'adorazione di suo padre.

A sedici anni, ella aveva perduta la madre, ma quella morte non aveva lasciato un gran vuoto nella casa e nell'anima della figlia.

La defunta principessa Larissa era stata una di quelle donne frivole, capricciose, nevrotiche del giorno, che non hanno il sentimento della maternità, né quello del dovere.

La sua breve esistenza era passata in una continua vertigine.

Da fanciulla come da maritata, ella non aveva desiderato che divertirsi, brillare, piacere.

Leggeva i giornali mondani minuziosamente, si preoccupava delle produzioni che si rappresentavano, degli abiti di moda, spiava gli scandali, i processi emozionanti, ma non aveva mai un pensiero per il marito e per la figlia, che vedeva appena a brevi intervalli, all'ora dei pasti.

Ed era morta, si può dire, sulla breccia, al ritorno da un ballo, mentre raccontava ridendo alla cameriera, uno strano intrigo scoperto in quella notte e del quale bramava vedere il risultato.

Una paralisi cardiaca le impedí di soddisfare quella sua ultima brama.

Lauretta, per fortuna, non le rassomigliava.

Ella aveva il carattere dolce, serio del padre; era una bella fanciulla alta, gracile, bionda, dagli occhi melanconici e sognatori.

Era stato il principe a formare la sua educazione, ed aveva per lei una tenerezza esclusiva, che lo rendeva qualche volta perfino geloso.

II.

Quell'anno adunque, il principe aveva condotta la figlia in montagna.

Dopo lunghe ricerche, gli era riuscito trovare una pulita casetta, che in pochi giorni fece allestire, perché nulla potesse mancare a Lauretta delle comodità, alle quali era abituata.

Dietro la casetta era un piccolo giardino, contornato da una siepe di bosso, che lo divideva da un altro quadrato di terra, coltivato ad orto, in fondo al quale era una rustica capanna, abitata dallo stesso proprietario della pulita casetta, presa in affitto dal principe.

Lauretta fu entusiasmata, quando dalle finestre della casetta, poté scorgere lo splendido panorama che aveva dinanzi.

Il luogo era incantevole, la posizione stupenda, il clima temperato di giorno, quasi freddo alla notte.

Il principe vestito come un alpinista, Lauretta in gonnella corta, le scarpe alte, le trecce cadenti sulle spalle, un berretto all'alpigiana, facevano lunghe passeggiate a piedi, fermandosi per bere qualche bicchiere di latte di capra, o per ammirare qualche veduta, lieti, felici, incuranti del mondo, delle gioie diverse, che poteva loro offrire...

Avevano appunto cercato quel luogo isolato, dove non si dava convegno alcuno dell'alta società, per godere un po' di vita tranquilla.

Si alzavano all'alba e andavano a letto alle otto di sera...

Quella esistenza cosí piena di calma, di benessere, in quell'aria ossigenata, contribuí grandemente a sviluppare il fisico di Lauretta, a porre sulle sue guance i piú vividi colori.

Un avvenimento venne a distrarre il principe e sua figlia dalle loro dolci occupazioni.

Una mattina, trovandosi in giardino, videro al di là della siepe, nell'orto, Nicola, il proprietario della casetta, la moglie e due figli giovanetti, tutti affaccendati a preparare una specie di pergolato, che adornavano di nastri tricolori.

Il principe e Lauretta si avvicinarono osservando il lavoro.

– Avete festa in casa oggi, Nicola? – chiese il principe colla sua dolce bonarietà.

– Sí, Eccellenza, sí, – rispose il montanaro cogli occhi brillanti di piacere, – mi arriva il figlio maggiore dall'Africa.

– Hai un figliuolo in Africa?

– Sí, Eccellenza, un bell'ufficiale, porta le spalline d'oro e si è fatto molto onore, ma non si vergogna di noi e viene a passare il suo mese di licenza a casa.

– Vuol dire che è un bravo ragazzo e dovete andarne orgogliosi: io sarò ben lieto di conoscerlo, di stringergli la mano.

– Anch'io, – aggiunse Lauretta.

– Oh! Eccellenza... – esclamarono i due montanari commossi, – loro sono troppo buoni.

III.

L'ufficiale giunse sul fare della sera.

Era un bel giovane, dai lineamenti fini, regolari, sebbene abbronzati dal sole africano, dagli occhi vivissimi, splendenti, la bocca graziosa, sormontata da piccoli baffetti, che mal nascondevano, nel sorriso, i denti bianchissimi, forti, sani.

Il suo personale dritto, ben fatto, aveva qualche cosa di fiero e svelto ad un tempo, che seduceva: dal suo viso traspariva la lealtà dell'animo.

Appena vide suo padre, che gli era andato incontro, i suoi occhi fiammeggiarono, ne uscí un raggio di gioia ed egli stese le braccia, con un gesto cosí affettuoso, appassionato, che Lauretta, la quale da un'ora spiava dalla finestra quell'arrivo, sentendosi agitata senza capire il perché, ne fu commossa fino alle lacrime.

Per un momento non udí che esclamazioni, baci, scoppi di singhiozzi, frasi inarticolate...

– Babbo, mamma, come ringrazio Dio di trovarvi tutti in buona salute.

– E tu, Bruno?

– Io sono felice adesso, ma vi fu un momento che disperai di rivedervi ancora...

– La Madonna me l'ha fatta la grazia!...

– Cara, cara mamma...

Bruno disparve nella modesta casupola, tenendosi avvinto a sua madre.

Lauretta era sempre alla finestra, ed il suo cuore batteva pazzamente, il suo volto era soffuso di rossore.

– Hai veduto il figlio di Nicola? – chiese la voce di suo padre.

Ella si volse subito e parve fare uno sforzo per uscire dalla sua distrazione.

– Sí, babbo... e tu?

– Non ancora, non desidero turbare i primi momenti di espansione. Le gioie della famiglia si sentono di piú, quanto piú sono intime. Domani, se lo credi, lo inviteremo a colazione da noi.

La giovine fece un movimento.

– Con i suoi, nevvero?

Il principe sorrise.

– Per dire la verità la mia intenzione sarebbe stata d'invitare lui solo, ma giacché lo desideri...

Il viso soave di Lauretta s'illuminò.

– Oh! sí, babbo, pensa quanto saranno contenti.

Infatti il domestico incaricato di portare l'invito, riferí che i vecchi avevano pianto di consolazione, i ragazzi avevano mandate delle esclamazioni di gioia ed il tenente aveva detto con voce commossa:

– Ringraziate Sua Eccellenza il Principe e la Principessina dell'onore che vogliono compartirci; dite che accettiamo, serbandone in cuore una profonda riconoscenza.

IV.

Lauretta aveva passata una notte insonne: ed era la prima volta che le succedeva.

Il suo pensiero non poteva distogliersi da quell'ufficiale, cosí semplice nei modi ed al tempo stesso cosí energico, con una testa da eroe ed un cuor tenero di fanciullo.

Che differenza fra lui e tutti gl'insulsi giovani galanti, dai lineamenti forse corretti, ma senza espressione, che la corteggiavano e non sapevano parlare d'altro che di cavalli, di donne, di *flirt*, mentre si dondolavano nel busto, col mento appoggiato su un alto colletto, duro come il cartone, coi guanti lunghi e il microscopico braccialetto sotto il polsino destro!

Lauretta si alzò prima ancora dell'alba: aprí la finestra.

La casupola del montanaro aveva già la porta aperta: i ragazzi stavano nell'orto e forse l'ufficiale raccontava alla madre la sua dolorosa odissea in Africa, intanto che essa gli preparava una buona tazza di caffè e latte.

Che pace, che dolcezza infinita su quei monti! Come la vita appariva dolce e bella! Ivi dovevano obliarsi i piú amari dolori, le piú crudeli illusioni.

Lauretta, tutta assorta nelle sue fantasticherie, non si era accorta che il sole si era d'improvviso alzato. Ella apparve ad un tratto in un'onda di luce, proprio al momento che Bruno, nella sua divisa africana, appariva sulla porta della casetta.

Il giovane scorse quella divina apparizione, indovinò chi fosse, e mentre s'inchinava estasiato, Lauretta corse a nascondere il suo rossore in fondo alla propria camera…

Quella mattina non uscí, trovò una scusa con suo padre, onde rimanere in casa, ed attese palpitante l'ora della colazione.

Ella scese con suo padre nella sala da pranzo, che era stata artisticamente addobbata a fiori ed a bandiere tricolori.

Gl'invitati giungevano. I montanari avevano indossato per l'occasione i loro abiti piú belli ed incedevano timidi, impacciati, dietro il loro figlio adorato.

Ma il principe andò loro incontro, e mentre stringeva la mano a Bruno, congratulandosi con lui, ringraziandolo di avere accettato il suo invito, Lauretta parlò con tanta grazia ai due vecchi ed ai ragazzi, che l'ufficiale sentí salirsi le lacrime agli occhi.

Un angelo doveva essere quella principessina, dai modi cosí gentili, dal cuore cosí bello!

E quando il principe gliela presentò, era cosí commosso, che non seppe pronunziare una parola.

La colazione fu allegra. I montanari a poco a poco, vinti dalla cortesia del principe e della figlia, avevano lasciata la loro timidezza, sorridevano a Lauretta, guardavano con tenerezza ed entusiasmo il figlio, che pareva aver l'abitudine dell'alta società, tanto il suo contegno appariva nobile, delicato, corretto.

Verso la fine della colazione, il principe interrogò il giovane sulla sua vita in Africa, le avventure successe.

Dapprima la voce dell'ufficiale era un po' tremante, perché i suoi occhi incontravano spesso quelli di Lauretta; ma a poco a poco si rinfrancò e fece semplicemente il racconto di ciò che aveva veduto, evitando con un tatto squisito di parlare di sé, delle sue gesta.

– So che siete uno degli eroi di Coatit e Senafè! – esclamò ad un tratto con un benevolo sorriso il principe.

Il simpatico ufficiale scosse il bel capo e con accento grave:

– Vi sono delle cose che non si possono dire, – mormorò, – perché la nostra aureola sarebbe troppo sfrondata... poveri eroi, è stata una vittoria ben misera la nostra!...

Il principe ascoltava a testa china, molto pensoso...

Poi riscuotendosi ad un tratto:

– Infine, – disse, – voi avete compito il vostro dovere, arrischiata la vostra vita e dovete andarne orgoglioso lo stesso...

Bruno sorrise commosso.

La colazione finí allegramente. Non vi è niente di piú contagioso della gioia. Il principe non si era mai sentito cosí lieto come in quel giorno.

Lauretta si mise al pianoforte ed accompagnandosi da se stessa, cantò una romanza favorita del padre.

La sua voce fresca, argentina, ammaliava; Bruno non aveva mai provato tanto fascino: due o tre volte i suoi sguardi, incontrando quelli della fanciulla, brillarono di una fiamma repentina.

Quando si divisero quel giorno, sembrò alla principessina che il giovane ufficiale si portasse seco la sua anima.

V.

Bruno divenne il compagno inseparabile del principe e di Lauretta.

Egli li accompagnava nelle passeggiate mattutine, dipingeva per la fanciulla le piú belle vedute di quei monti, perché era abile acquarellista; eseguiva con lei dei scelti pezzi di musica, sul pianoforte.

Eppure non aveva mai imparata la musica, né il disegno. Non era ricco abbastanza per darsi un tal lusso: il suo era un dono naturale, che si era sviluppato coll'esercizio.

Nelle ore d'ozio, Bruno si era dedicato con passione, ma senza alcun maestro, alle sue arti favorite, verso le quali si sentiva portato da una vera inclinazione.

Egli era alieno da tutti gli altri piaceri della giovinezza: beveva poco, non fumava, abborriva il giuoco, ed il suo cuore non aveva mai avuto altri affetti che quelli per la sua famiglia.

Non c'era quindi da meravigliarsi, se fino dal suo primo incontro con Lauretta, sentí di appartenerle per tutta la vita.

A Bruno non sarebbe mai passato in mente di poter giungere a sposarla. Vi era tanta distanza fra loro! L'unica figlia del principe Larissa poteva divenire la moglie di un semplice ufficiale, senza un nome, senza ricchezze?

Il rispetto di Bruno per Lauretta era uguale alla sua adorazione.

Era cosí alto l'altare che egli le aveva eretto nel proprio cuore!

Il giovane non si era accorto del turbamento della fanciulla ogni qualvolta lo vedeva.

Se qualcuno avesse detto a Lauretta che lo amava, si sarebbe spaventata.

Eppure l'amava. Ormai per lei non c'era piú altro al mondo, dopo suo padre, che Bruno, il bell'ufficiale, il figlio del povero montanaro Nicola.

Un pomeriggio, i due giovani si trovarono soli, seduti alla cima di un sentiero, dal quale si godeva una stupenda veduta.

Il principe si era allontanato per andare in cerca di una sorgente d'acqua magnesiaca, che dicevano essere da quella parte.

Bruno dipingeva. Lauretta quasi appoggiata alle sue spalle, con grazia infantile, osservava il movimento rapido del pennello, i tratti del lavoro...

Ella respirava dolcemente, come una bambina, ed il suo alito fresco passava come una carezza sul collo del giovane ufficiale...

L'aria sembrava empita di raggi. Un'onda di luce bagnava i capelli di Lauretta, indorava le sue rosee guance.

Bruno era commosso, turbato sino in fondo all'anima: nessuno dei due parlava...

Nell'abbassarsi a prendere la scatola dei colori, il pennello sfuggí dalle mani di Bruno.

Lauretta lo raccolse, e nel porgerglielo, disse sorridendo con grazia infantile:

– È mancato poco non lo riaveste piú: se fosse caduto

appena alcuni centimetri piú avanti, ruzzolava in fondo al precipizio...

– Una perdita assai lieve, – osservò Bruno sorridendo egli pure.

– Ma il vostro bel disegno non l'avreste finito, ed io ci tengo, perché me lo prometteste.

– Dite piuttosto che voi mi fate l'onore di accettarlo, e sarà questo l'ultimo mio lavoro...

Lauretta impallidí stranamente...

– L'ultimo vostro lavoro... – ripeté.

Egli si accorse di quel pallore ed il cuore parve balzargli dal petto.

Se Lauretta l'amasse?

Era una cosa possibile, quantunque niente l'autorizzasse a concepire quelle speranze.

Ella era buona, dolce, affettuosa con lui; ma non lo era con tutti?...

E poi non aveva egli fatto di tutto per nascondere con ogni cura il suo amore, cercando che la sua voce non tremasse, il cuore non battesse piú del consueto?

La sua posizione lo tratteneva.

Ah! se fosse stato nobile, ricco al pari di lei...

Ma forse un altro della sua casta l'avrebbe amata di piú, con tanta fede, con tanta tenerezza?

– Sapete bene, – diss'egli, – che domani l'altro è l'ultimo del mese e spira il mio permesso...

Lauretta chinò la testa tremando...

– E andrete via di qui?

– Bisogna che raggiunga il mio reggimento...

Ella alzò gli occhi su di lui.

– Il vostro reggimento non è a Roma? – chiese.

– Sí, – rispose piano il giovane.

– Ma allora, – esclamò la fanciulla ritornando gaia, – ci vedremo ancora, sempre. Voi verrete a trovarci nel nostro palazzo...

Bruno scosse dolcemente la testa...

– Sarebbe troppa felicità per me, principessina, ma non voglio illudermi...

– Illudervi, perché?...

– Perché qui, in queste montagne, per quanto poco io valga, posso servire ancora di distrazione a vostro padre, a voi stessa. A Roma non è piú cosí. Il principe Larissa e sua figlia hanno delle esigenze a cui non possono sottrarsi, ed io dei doveri, dai quali non posso esimermi. La vostra società non è la mia, principessa: nelle vostre sale io farei una ben meschina figura. E credete che non parlo cosí per amarezza o dispiacere della mia povertà, ma perché capisco la distanza che ci divide. Ho anch'io la mia fierezza e se voi, buona, amabile come vostro padre, sareste sempre pronta ad accogliere il povero e modesto ufficiale, le altre persone della vostra classe, mi guarderebbero con disprezzo ed io ne soffrirei per me e per voi...

Lauretta aveva le lacrime agli occhi.

– Tacete, mi fate male parlando cosí... Che importa a me di quello che possono pensare gli altri? E chi potrebbe accogliere con disprezzo un giovane ufficiale, altrettanto valoroso che modesto, al quale il re stesso non sdegnerebbe stringere la mano? Siete cattivo se pensate altrimenti. La nostra casa di Roma vi sarà sempre aperta, come ci ha ospitata la vostra.

Bruno era profondamente commosso.

– Voi avete di quelle parole, che scendono all'anima e fanno dimenticare tutte le ingiustizie della sorte; – replicò, – state pur certa che il ricordo di questi giorni non si cancellerà giammai dal mio cuore, ed io penserò sempre a voi, a vostro padre con riconoscenza ed affetto; ma credetelo, è assai meglio che rimanga nella mia oscurità. Voi siete nata per brillare, per essere la regina di tutte le feste, di tutti i cuori; un giorno vi mariterete con un uomo della vostra casta...

Bruno s'interruppe con un fremito convulso. Lauretta piangeva.

– Mio Dio, che cosa avete? Ve ne supplico, rispondetemi. Sono io che vi faccio piangere cosí...

Abbondanti lacrime scorrevano sulle guance della giovane principessa.

– Sí, siete, voi, – balbettò fra i singhiozzi, – voi che vi

mostrate cattivo con me. Perché parlare della distanza che esiste fra noi?... Perché sognare delle cose impossibili, da parte mia... sí, perché se io dovrò maritarmi non sarà che con l'uomo che amerò, non guardando che alla nobiltà del suo cuore, della sua anima.

L'emozione di Bruno era impossibile ad esprimersi: non credeva alla realtà di ciò che udiva, avrebbe data la vita per prolungare la dolcezza di quell'istante... Tuttavia balbettò ancora con un brivido:

– Ma, vostro padre, il principe, penserà come voi?

– Mio padre non ha mai contrariata la mia volontà... e se un giorno lo facesse, mi vedrebbe morire...

– Morire? No... non parlate cosí,... mi fate assai male. Vostro padre avrebbe il diritto di trovare sleale l'uomo povero, senza un nome, che osasse alzare gli sguardi fino a voi, turbasse senza volerlo il vostro vergine cuore, se quest'uomo non avesse il coraggio di allontanarsi, non cercasse di essere da voi dimenticato.

Lauretta si asciugò lesta lesta le lacrime e gravemente:

– Io non voglio dimenticarvi, Bruno, – disse con quella franchezza che la distingueva, senza arrossire delle proprie parole, – perché vi amo... e sfido qualunque altra fanciulla ad essere piú felice ed orgogliosa di me, se diverrete mio marito...

– Principessa!... Lauretta!...

Ed il giovane ufficiale portò alle labbra una manina di lei, versando lacrime di gioia e di commozione.

Ed ecco come l'unica figlia del principe Larissa sposava un semplice e valoroso ufficiale, che non possedeva altro al mondo che le proprie spalline.

Ma il principe andava come la figlia orgoglioso di quell'unione, che formava la felicità della sua Lauretta ed assicurava a se stesso un cuore devoto, leale, riconoscente.

E tutti, anche i piú austeri e maligni, applaudivano a quell'unione, che Dio aveva formata e benedetta.

MATILDE SERAO

Novella d'amore

Fulvio s'inchinò, prese dalla mano di Paola il gelato che ella, sorridendo dolcissimamente, gli porgeva, e le disse, guardandola negli occhi:

– Vi amo.

– Non dovete amarmi, – mormorò lei, senza scomporsi, seguitando a sorridere.

– E perché?

– Perché ho marito, – ribatté ella, ma placidamente.

– Non importa!

E gli occhi di Fulvio, di un tetro azzurro, lampeggiarono di passione. Ella restava innanzi a lui, senza mostrare alcun turbamento, sorridendo ancora, tutta rossa, con le belle braccia bianche e prosciolte sotto il merletto nero delle maniche. Sul merletto nero e sulle bianche braccia scintillavano i braccialetti gemmati: erano ricaduti sui polsi, ella si occupò a risollevarli verso il gomito, con molta cura, giocherellando con le catenine d'oro, coi cerchiolini sottilissimi. Irritato, Fulvio batteva col cucchiaino sul piattello del gelato:

– Andatevene, – mormorò a un tratto, soffocando di collera, – siete una donna odiosa, io vi detesto.

Paola crollò lievemente il capo, come si fa per un malato incurabile, e si allontanò da Fulvio. La brigata si aggruppava attorno al pianoforte, dove un maestro giovane, pallido, con un grosso ciuffo di capelli neri sulla fronte, accompagnava il canto di una fanciulla gracile, biancovestita, con un filo di voce simpatica, che cantava una romanza di Bizet. La romanza era di carattere orientale, una nenia bizzarra, a volte piena di trilli allegri, a volte piena di lunghi singulti; e due o tre signore s'illanguidivano, lasciavano liquefare il gelato nel piattello, prese dal delicato lamento della fanciulla orientale: il marito di Paola si dondolava in una poltrona, fumando, tranquillo, guardando con occhio distratto la svelta figura di sua moglie, tutta vestita di nero, tutta scintillante di perline nere. La freschissima brezza marina entrava dalle quattro finestre di quel lungo salone: appoggiato alla finestra, Fulvio guardava il mare, come assorbito. Ora Paola offriva le sigarette ai giovanotti e alle signore che osavano fumare. E la mano che porgeva il porta sigarette era cosí bianca, cosí pura di linee, che Fulvio sentí struggersi di tenerezza.

– Perdonatemi, – fece lui, levandole in faccia gli occhi supplichevoli.

– Amico, non ho nulla da perdonarvi, – disse Paola, soavemente.

– Sono un brutale: voi siete buona.

– No, no, – e fece per ritirarsi.

– Non restate mai un momento accanto a me, – mormorò lui con voce di pianto.

– Non posso, amico: questi signori hanno bisogno di fumare. Ecco mio marito senza sigarette...

S'involò, leggiadra, offrí le sigarette a suo marito, sorridendogli. Il marito la guardava quietamente, con un'aria soddisfatta di uomo dalla felicità imperturbabile e sceglieva la sigaretta, a lungo, scherzando con le dita della moglie. Pareva che si dicessero tante cose, marito e moglie, tante cose d'amore: ed erano cosí giovani, cosí belli, cosí bene accoppiati, che i loro amici li consideravano con compiacenza, come si guardano due fidanzati. Tutto solo appoggiato alla finestra, Fulvio fissava la scena e impallidiva: fece due o tre passi avanti. Ma, ecco, ella veniva di nuovo a lui, snella, leggiera:

– La sigaretta è spenta: volete del fuoco?

– Non temete voi, – fece lui, a denti stretti, ma col piú

amabile fra i sorrisi, – non temete voi che io uccida vostro marito?

– La spagnoletta è spenta...

– Vedrete che lo uccido, signora.

Senza piú dirgli nulla, fattasi un po' seria nella faccia, Paola si allontanò da lui, a rilento, come se l'avesse colpita una parola dolorosa. Ora tutti complimentavano la signorina Sofia che aveva cantato cosí bene *les adieux de l'hôtesse arabe*: e la gracile fanciulla, tutta malinconia, sorrideva modestamente.

– Vi piace Bizet? – chiese Sofia a Fulvio, che si era accostato al resto della brigata.

– Bizet? – fece lui come trasognato.

– Sí: vi domandavo se vi piace.

– Assai, – mormorò lui, distratto.

La fanciulla gracile e mesta lo guardò e ripetette, come fra sé, le prime parole della romanza francese:

– *Puisque rien ne t'arrête...*

Ma egli non udí, concentrato nei suoi pensieri.

– ... *adieu bel étranger*, – finí Sofia pianissimamente.

Attorno al pianoforte, ora, si rideva. Il maestro, giovanetto, pallido, col grosso ciuffo di capelli neri sulla fronte, arrivato da poco da Londra, raccontava a quei suoi amici napoletani l'ostinazione delle *misses* e delle *mistresses* inglesi a voler imparare le patetiche romanze italiane: ne rifaceva le smorfie e le contorsioni, vivacemente, col brio del napoletano che si vendica della lunga stagione di nebbia sopportata a malincuore. Tutti ridevano, specialmente il marito di Paola: Paola, ritta in piedi, si sventolava col grande ventaglio di raso nero, dove un pittore fantastico aveva dipinto un paesaggio lunare. E Fulvio, non potendo parlare, guardava Paola: la guardava con tanta intensità, con una fissità cosí ardente, che a lei le palpebre batterono, due o tre volte, quasi per fastidio. Ma lui non si scosse, avvinto, ipnotizzato, bevendo dagli occhi di lei, che non lo guardavano, il fascino invincibile: ed ella, naturalmente, come se la luce soverchia l'infastidisse, levò l'ampio ventaglio di raso nero e si nascose il volto.

Ora Fulvio non vedeva che il busto scintillante di perline nere e la mano sottile levata, premente le stecche nere del ventaglio: una vela di raso nero gli celava la faccia di Paola: tutti ridevano per le caricature del maestro di musica; Fulvio aveva gli occhi pieni di lacrime. Sofia lo guardava, con un lievissimo, malinconico sorriso.

Ma un delicato suono di mandolino entrò dalle finestre che davano sul mare: le risa tacquero, tutti tesero gli orecchi. Il suono si avvicinava: e la brigata, come attratta, si affollò alla porta che dava sul terrazzo. Nero era il mare, nella notte nera: altissime, tremolavano le stelle, sul cielo nero. Attraverso l'oscurità del mare una barchetta passava, portando a prora una fiaccola sanguigna che si rifletteva nell'acqua e vi metteva una vampa: sulla barchetta qualcuno suonava il mandolino, ma non si distingueva chi fosse; qualche cosa biancheggiava, come il vestito d'una donna. E la facella sanguigna rifletteva la sua luce nel mare, e il mandolino invisibile si lamentava e l'ombra bianca era immobile, e la barchetta filava; un silenzio aveva colto la lieta brigata.

– È una romanza in azione, – disse il maestro di musica rompendo il silenzio.

– Duetto d'amore, – strillò un giovanotto.

– Non li disturbiamo, – disse soavemente Paola.

– Ehi, dalla barca! – urlò il marito di Paola, come per contraddire sua moglie, – buonasera, buonasera, divertitevi!

Tutta la brigata ripeté:

– Buonasera, buonasera, divertitevi.

Subito, immergendosi nell'acqua marina, la fiaccola sanguigna si spense, il mandolino tacque, la barchetta vogò nella tenebra e nel silenzio.

– Troppa superbia, o innamorati! – strillò il marito di Paola.

– Beati loro, – disse Fulvio.

– Perché li invidi? – chiese il maestro di musica. – Napoli ha le sue spiagge piene di barchette e le sue case piene di vestiti bianchi.

– Né vi è scarsezza di mandolini, – aggiunse il marito di Paola.

– Che m'importa della barchetta e della musica e del vestito bianco! Quelli si amano; io li invidio.

– Oh il sentimentale, il sentimentale! – esclamarono due o tre.

– L'amore è una bellissima cosa, – disse Fulvio, con una convinzione profonda.

– Che scoperta, perdio! – gridò il marito di Paola.

– Bisogna ammogliarsi, – disse il maestro di musica. – Fulvio, guarda la signora Paola e suo marito: bisogna ammogliarsi.

– Bisogna ammogliarsi, – ripetette soavemente Paola.

– Bisogna morire, – mormorò Fulvio.

Ma gli amici e le amiche rientravano nel salone: si combinava per la sera seguente, una gita per mare, con due barchette, con musica. Non era meglio aspettare che venisse la luna? Ma no, le gite con la luna sono volgari, non si ha paura di nulla, ci si vede troppo chiaro: è meglio andare nella notte, come la barchetta degli amanti. Questo dicevano le signore: i signori proponevano di portare la cena. Sulla soglia della porta, verso il terrazzo, Paola disse a Fulvio, da lontano:

– Siete anche voi della gita?

– No, no, sentite... – disse lui, con voce soffocata.

Ma ella non uscí sul terrazzo. Qualche signora parlava di andar via: ma per trattenere gli invitati ancora un poco, Sofia si mise a cantare il *waltzer* dell'*Ombra*, nella *Dinorah*. La gente in piedi, ascoltava: ma la breve voce simpatica della fanciulla non arrivava a eseguire quei trilli complicati, quelle risposte dell'eco. Sibbene ella cantava quel *waltzer* come se piangesse: e invero quella musica, che è il pianto di una illusione, pareva un singulto di dolcissima follia.

– Datemi il mio ventaglio, – disse Paola, dolcemente, a Fulvio, che se ne stava solo solo sul terrazzo.

– No, se non mi sentite, – disse lui, tenendosi il ventaglio stretto alle labbra.

– Datemi il mio ventaglio, – ripetette ella con fermezza e dolcezza.

– Sentitemi, sentitemi, ve ne scongiuro, è una cosa gravissima.

Paola non gli dette piú retta, rientrò nel salone: ora il cameriere portava attorno dei bicchieri pieni di malaga dove un pezzo di ghiaccio galleggiava, ed ella girava premurosa, sorridente, serena. Quando ebbe compiuto il suo giro, naturalmente si rammentò dell'altro suo ospite che stava solo, nell'ombra sul terrazzo, fra la nerezza del cielo e quella del mare.

– Datemi il ventaglio, amico.

– Sentitemi... – disse lui, ancora.

E la voce era cosí piena di dolore che ella si arrestò. Nella sala, adesso, con la nova allegria del vino, cantavano un coro napoletano. Ella ascoltava le parole di Fulvio.

– Sentite. Io debbo parlarvi. Debbo dirvi delle cose gravissime. Non m'interrompete, Paola, ve ne prego. Ascoltate: ho da dirvi, da dirvi, tante cose. Ma le dico presto, non dubitate. Ora non posso dirle. Vi è gente di là, gente felice: io sono infelicissimo, Paola, se voi non ascoltate quello che ho da dirvi. Siate paziente, ve ne prego. Io soffro assai. Voi non soffrite, lo so: ma siete assai compassionevole. Ho da parlarvi, dunque. Dobbiamo esser soli. Sentite. Io non lascio questo terrazzo. Chiudete la porta, crederanno che io sia andato via. Ve ne prego, chiudetela. Vostro marito andrà a letto... e io voglio parlarvi. Aspetterò qui fuori, quanto vorrete. Quando egli dorme, venite.

– Non verrò, – disse lei, soavemente.

– Sentite, Paola, io sono come in punto di morte. Di là cantano e ridono: qui vi è un agonizzante.

– Io non verrò, – ripetette lei, senza turbarsi.

– Sentite ancora. Ve ne scongiuro, in nome della vostra coscienza di donna onesta, per la vostra virtú di fanciulla e di sposa, per la vostra dolcezza e per la vostra pietà, non mi negate quest'ultimo favore.

– Non verrò.

– Se non venite, io mi ammazzo, Paola.

Ella lo guardò un minuto secondo.

– Io mi ammazzo, Paola, se non venite. Siete una cristiana. Non lascerete morire un uomo cosí.

– Verrò, – disse lei.

II.

E venne. La notte era alta, oramai, sul golfo napoletano, e lontanissime, scintillavano le tremolanti stelle: sulla deserta strada di Posillipo, che sovrastava alla terrazza della villa, una fila di lumi correva sino a Napoli: alta la solitudine, alto il silenzio. Le imposte del balcone che davano sul terrazzo si schiusero pianissimamente e un'ombra bianca, lieve lieve, scivolò sino a Fulvio che aspettava da tre ore.

– Grazie, – disse lui, cercando vedere il volto di Paola, all'oscuro.

– Noi siamo in fiero pericolo di morte, – rispose lei, con molta dolcezza.

– Lo so, – e chinò il capo.

Egli non parlava. Invece, nel momento che aveva strappato a Paola la fatale promessa, la sua passione era in uno stato di esaltamento. Nella prima ora di aspettativa, egli non aveva fatto altro che ripetere a se stesso affannosamente, turbinosamente, quello che voleva dire a Paola: e certe parole, certe frasi, mormorate sottovoce a se stesso, lo avevano affogato di emozione. Ella non veniva ancora. Sentiva che andavano e venivano, per casa, i servi, riordinando le stanze, chiudendo le finestre: sentiva le voci tranquille di Paola e di suo marito, che discorrevano; ma non poteva udire le parole. Poi tutto fu chiuso, si spensero i lumi, un grande silenzio regnò. Egli cominciò a tremare d'impazienza, non osando muoversi, raggricchiato al suo posto, coi nervi che vibravano, ripetendo confusamente, a brani, quello che voleva dire a Paola, come un bimbo disperato cerca invano di raccapezzarsi nella lezione imparata a mente. Paola non veniva. Egli aveva contato cento volte i lampioni a gaz, sulla via di Posillipo: erano trentatre, gli altri si perdevano in una fila di luce. Per ingannare il tempo, pensò di contare le stelle; ma ci si perdette. Quante ore erano passate? Quella notte era dunque eterna? E una disperazione rassegnata lo colse, lo assalí: forse Paola non sarebbe mai venuta. A lui non restava che buttarsi di sotto, nel mare: giammai si sarebbe fatto cogliere dal giorno, dal sole, su quella terrazza. E tale idea, tale soluzione lo quietò. Un accasciamento profondo lo vinse e non seppe piú nulla del tempo e del luogo. Tanto che lo schiudersi del balcone e l'ombra di Paola lo fecero appena trasalire. Ora, non trovava piú nulla da dirle. Tutto era finito, egli poteva buttarsi di sotto, nel mare nero.

– Che avete a dirmi, amico?

– Che vi amo.

– Me lo avete già detto. Null'altro? – e fece per andarsene.

– Vi amo, vi amo, vi amo!

– Amico, mio marito è di là che dorme. Se una zanzara gli fa udire la sua canzoncina, se un mobile scricchiola, se la vostra voce o la mia si levano un poco, egli si sveglia. Egli verrà qui: e noi moriremo.

– Questo cerco, – mormorò con voce cupa.

– Morirei per voi, se vi amassi. Ma non vi amo.

– E perché vi esponete alla morte?

– Per pietà.

– Non sentite altro, per me?

– Amicizia e pietà.

– Voi altre donne siete infami.

– Povero Fulvio! – fece ella, con molta dolcezza.

– Vi proibisco di compatirmi. Dovete amarmi, capite? Questo sono venuto a dirvi.

– Non posso amarvi.

– Dovete. Ho il diritto di essere amato. Ah voi credete che sia nulla la esistenza d'un uomo? Credete che sia nulla passare accanto a un uomo e togliergli tutto? Credete che sia nulla farlo agghiacciare di freddo e farlo avvampare, dandogli una febbre che mai non si placa? Credete che una donna possa impunemente guardare con dolcezza, sorridere con dolcezza, parlare con dolcezza, come voi guardate, sorridete, parlate? O maledetta dolcezza, maledetta dolcezza!

Malgrado che le fosse molto vicino e quasi intuisse l'espressione del volto di Paola, egli non vide le lagrime che le salivano agli occhi.

– Perché, infine, io ero una creatura felice. Io godevo la giovinezza e il sole e la lietezza del mio paese e la giocondità dei miei amici! Io avevo la serena indifferenza, la piú grande felicità umana. Io ero egoista, ma tranquillo: io mi lasciavo amare, o non cercavo che mi amassero. Sereno, sereno come Giove!

– Dio vi possa ridare la serenità, – susurrò lei, con dolcezza.

– Dio... io non lo prego!

– Lo prego io, sempre, perché vi dia la pace.

– O femmina ipocrita! Non vi burlate anche del Signore, come vi burlate di me. Sentite. Voi dovete amarmi, per forza. Vi amo troppo, per non essere amato. Sarebbe una enorme ingiustizia. Non vi sono queste ingiustizie, nel mondo. Il mondo è equilibrato, tutto si pareggia. La mia fiamma è troppo viva, perché non v'infiammi. Dovete amarmi! Lascerete vostro marito, vostra madre, la vostra casa, i vostri servi, tutto quello che avete amato, tutto quello che avete adorato: e verrete con me. Andremo lontano. Saremo assai felici, assai felici, vedrete. Saremo anche infelici, lo so; ma non importa, cosí è la vita. La passione è piú forte di noi. Io vi adoro, Paola, andiamo via.

– Voi siete pazzo, amico, – disse lei, appoggiando il gomito sul parapetto e guardando il mare, sotto.

– No, o se vi piace, sono pazzo. Questo non importa. Sta che non posso vivere senza voi. Sta che ho bisogno di voi. Sta che vi voglio. Nessuno vi vuole come me: ora nulla resiste al magnetismo della volontà, essa liquefarebbe il diamante e spezzerebbe il ferro. Siete una donna, avete viscere umano, sentite, amate, odiate, sentirete il magnetismo dell'anima mia che vi vuole. Vostro marito vi ha, ma non vi vuole: è una bestia. Io l'odio ferocemente. Volevo ucciderlo stasera: lo ucciderò domani, se non venite via con me. Ma voi verrete. Siete venuta sul terrazzo, verrete via con me. Andiamo.

E le prese la mano, risolutamente, per portarla via.

– No, – disse lei.

– Venite via.

– No.

– Perché?

– Perché non vi amo.

– O Paola, o Paola, non parlate cosí, – proruppe Fulvio, con voce di pianto.

– Come volete che io parli?

– Tacete piuttosto. Il suono della vostra voce, cosí dolce e cosí fredda, mi fa disperare. Tacete, ve ne prego.

Ella tacque. Fulvio si era buttato con le braccia e col capo sul parapetto soffocando i singhiozzi. Ella aveva chinato la testa sul petto, come se pensasse profondamente. Una carrozza passò sulla via di Posillipo, al trotto, un suono di risa squillanti arrivò. Paola levò il capo.

– Non piangete, Fulvio.

– Non piango, – disse lui, disperatamente.

– Siate forte.

– Sono assai forte.

– Sentite, sentite quello che vi dice l'amica. Voi guarirete facilmente.

– No, mai.

– Guarirete. Siete onesto, voi?

– Sono onesto.

– Ebbene guarirete. La passione è una cosa disonesta. Io ho marito, vedete. Questa sembra una risposta volgare: è onesta, invece. Quando siamo giovanette, la madre ci dice: l'uomo che sposate dovete amarlo. Se non potete amarlo, dovete almeno rispettarlo, dovete essergli fedeli e obbedienti, conservargli il vostro corpo e la vostra anima, anche a costo di morire di dolore. E queste parole non solo le dice la madre, ma ce ne dà l'esempio quotidiano. Questo dovere di onestà, questa tradizione di fedeltà, questa eredità di virtú, ci si trasmette nel sangue, di madre in figlia. Non vi è nulla di sublime, vedete: è un dovere, si compie.

– E si muore, Paola.

– Non si muore. La passione, cieca, insulta il marito, il buon marito che dorme di là, calmo, fidente, senza un sospetto. Questa è la grande ingiustizia. Perché, infine, l'uomo che si sposa, anche quando fa un matrimonio d'interesse o di ambizione, fa un sacrificio grave. Egli ci affida il suo nome e il suo cuore: egli ci dà la sua fede e la sua libertà: egli si lega a un vincolo indissolubile: egli si mette a lavorare per noi e per i nostri figli, umilmente e gloriosamente. Noi siamo la sua consolazione e la sua gloria: noi rappresentiamo per lui le piú dolci e piú sicure soddisfazioni: la sua giornata passa nel desiderio di ritrovarci, di vederci: le sue ore piú care sono nella casa, nelle nostre braccia. O che tesoro di piccoli e grandi sacrifici è l'amore di un marito! Voi li ignorate. La passione ignora tutto: non conosce neppure se stessa.

– I mariti tradiscono le mogli, – mormorò lui, come trasognato.

– Le tradiscono, ma le amano. Nulla valle a vincere quel legame profondo, intimo, fatto di parole e fatto di lacrime, fatto di baci e fatto di sospiri: nulla vale a spezzare questo vincolo penetrato nel cuore e nei sensi. Ma, ecco la passione: vuol vincere il sacro legame, vuol spezzare il sacro vincolo. Chi siete voi? Un giovanotto, un uomo, un essere qualunque, della infinita umanità: lontano da me, estraneo a me. Passate per la mia strada: io, forse, passo per la vostra. E subito mi amate. Che avete fatto per me? Nulla. Che potete fare? Nulla. Cioè, molto. Ho un nome, volete togliermelo: ho un onore, voi volete che lo butti via, come un cencio; ho la stima degli amici, debbo disdegnarla: ho la fede del mio sposo, debbo tradirla: ho la pace della mia coscienza, debbo perderla per sempre. Perché? Perché voi mi amate? Anche colui che dorme di là, cosí tranquillo, mi ama.

– Non è vero.

– Che ne sapete, voi? Noi sole donne conosciamo chi

ci ama. Parlate di diritti, voi? O povero uomo che dormi, va, adora una donna, sino a sposarla: dà a costei la miglior parte della tua vita: riponi in costei tutta la tua speranza: siile fratello, padre, marito, amante, amico, consigliere, infermiere: soffri per lei, nel corpo e nell'anima! Ecco che un estraneo, un bell'egoista avvampante di capriccio, un uomo che non ha fatto nulla, che offre alla tua donna una vita di disonore, ecco che costui, per forza di violenza vuol toglierti tutto! Parlate d'ingiustizia voi? Che fate qua? Perché mi degno di ascoltarvi, di difendermi, di darvi delle spiegazioni? Non so chi siate: non vi conosco. Levatevi dalla mia strada. Andatevene.

– Voi non mi amate, Paola, ecco tutto.

– Questa è la verità, non vi amo.

Ma una fuggevolissima luce venuta dalla stanza del marito li colpí entrambi. Un lampo brevissimo: poi l'ombra, di nuovo. Fulvio e Paola si guardarono, s'intesero. E quietamente, dolcemente, come se fosse sul punto di morire, ella disse:

– Madonna benedetta, vi raccomando l'anima mia.

Sottovoce, orò. Fulvio taceva, aspettando. Ma nessun rumore si fece udire, nessuna luce comparve, nessuno venne. Era stato un inganno. Restarono cosí, per del tempo. Egli non osava interrompere quel silenzio, non osava dire l'ultima parola. Tutto gli sembrava crollato, intorno, nella notte nera; e non poteva camminare fra le rovine. Pure, levando gli occhi, sentí che gli occhi di lei lo interrogavano desiderosi della fine.

– Che debbo fare? – egli domandò glacialmente.

– Andarvene, – fece lei con dolcezza imperturbabile.

– Andar dove?

– Dove volete: non qui, insomma.

– Assai lontano?

– Assai lontano.

– Posso ritornare?

– No.

– Fra qualche anno?

– No, mai.

– Che farete voi qui?
– Passeranno gli anni: poi, morirò.
– Non vi vedrò mai piú, Paola?
– Mai piú.
– È la morte, questa, per me.
Ella aprí le braccia, come se nulla avesse ad aggiungere.
– Addio, dunque.
– Addio.
Non si diedero la mano. Egli voltò le spalle, rientrò nel salone oscuro, camminando come un sonnambulo. Ella tendeva l'orecchio, come a sentirne il passo attraverso la casa: e restava immobile, bianca. Poi lo vide, dalla terrazza, camminare solo, sulla via di Posillipo, perdersi solo, nella notte, nell'ombra, come un morto. Allora solo Paola si volse. Una voce alle spalle le aveva detto:
– Paola, tu ami Fulvio.
Ella rispose al marito:
– Sí.
E le due disperazioni si guardarono in faccia.

REGINA DI LUANTO

Passione

La folla elegante degli amici e delle amiche circondava la baronessa Ottiri al momento della sua partenza.

Essa sorridente parlava ora coll'uno ora coll'altro, ringraziando per i numerosi augurii di pronta guarigione che le venivan rivolti da tutti. Andava in Isvizzera per curare coll'idroterapia la sua salute, molto indebolita da frequenti disturbi nervosi. Infatti alla luce viva del giorno la baronessa si vedeva pallida, pallida fra i veli azzurri del suo cappello da viaggio.

Suo marito era intento a trovar posto nel treno per la cameriera e si occupava della spedizione del bagaglio, correndo frettolosamente su e giú per la stazione.

Accanto alla baronessa stava un bel giovane alto, bruno, con occhi bigio verdi di una trasparenza limpida e fredda, bellissimi per la forma. Di tanto in tanto le si chinava all'orecchio per sussurrarle qualche parola, a cui essa rispondeva brevemente, alzando gli occhi verso di lui con uno sguardo pieno d'amore.

Allora nel gruppo c'era un piccolo moto d'allontanamento e gli uni e gli altri con una discrezione maliziosa discorrevano ad alta voce, come per lasciare i due piú liberi. Poi la baronessa, colla facile disinvoltura delle signore di società, si univa alla conversazione comune; mentre il giovane le restava sempre vicino in una attitudine familiare e passionata.

– Baronessa, non ci sono che cinque minuti; farete bene a salire nel vostro *coupé*.

Essa ebbe un piccolo brivido ed istintivamente si appoggiò al braccio di Frantz Bersy e guardandolo, fatta ancor piú pallida, gli disse pianissimo:

– Frantz, ricordati: tutto per tutto!

Egli sorrise.

– Tutto e per sempre, Ada.

Poi l'aiutò nel vagone e, ciò facendo, le strinse forte il braccio.

– Fra quindici giorni, – insisté ancora lei sottovoce.

Frantz assentí e si trasse un poco da parte, per far posto agli altri che venivano a stringer la mano alla baronessa. Questa salutava distrattamente; quando tutti si furono scostati, Frantz salí sul predellino.

– Addio, Frantz. Ricordati, ricordati... – ripeteva Ada tremando; ed egli:

– Amor mio, amor mio!

Il suono della sua voce era cosí caldo, cosí penetrante, ch'ella per un minuto chiuse gli occhi, per assaporarne meglio la profonda dolcezza.

Intanto, senza parere, tutti osservavano: occhiate piene di sottintesi si scambiavano fra gli amici della baronessa; anzi la contessa Fiori, la piccola e ardita donnina, disse sotto voce:

– Povera Ada, come è cascata male!

E nel contegno indifferente d'ognuno si vedeva che quella era l'opinione di tutti.

La campanella suonò. Gli sportelli si chiudevano con fracasso, quando arrivò il barone Ottiri a salutar la moglie.

Egli non l'accompagnava, col pretesto di affari urgenti che lo trattenevano; in realtà, perché non voleva lasciare una certa brunetta che ogni sera cantava nell'operetta in voga e si faceva applaudire per la bellezza delle sue gambe.

Appoggiata allo sportello, Ada porse la mano al marito. Il treno si mosse; subito Frantz si slanciò di nuovo.

– Io devo esser l'ultimo a salutarti.

Poi sceso, restò fermo a capo scoperto ed ella, finché le fu possibile, non staccò gli occhi da quella bellissima figura d'uomo che s'impiccoliva sempre, fino a che sparve.

Non si vedeva piú che la luminosa campagna e Ada guardava sempre. Finalmente un urto del treno la scosse e nascostasi il viso tra le mani, si gettò a sedere piangendo.

Sei mesi prima, se alcuno avesse detto alla bellissima baronessa Ottiri ch'ella avrebbe provato quello strazio nel lasciare un uomo per soli quindici giorni, un uomo a cui nell'acciecamento della passione era in procinto di far sacrifizio di tutto: avvenire, famiglia, onore; avrebbe riso, riso superbamente ella che si credeva invincibile, chiusa nell'orgoglio della propria superiorità.

E pure aveva incontrato questo Frantz Bersy; un forestiero di cui non si conosceva nulla; senza saperlo, al primo sguardo gli si era data subito tutta. Con una rapidità strana s'intesero. Bastò che Frantz stendesse le braccia ed ella vi si gettò, senza riflettere, cedendo alla malia che esercitava quell'uomo su di lei. Egli con una scienza perfetta dell'amore l'aveva iniziata ad una vita di ebbrezza, dove si smarriva sempre piú la sua ragione. Ore d'amore pazzo in cui Ada sotto le sue carezze perdeva la coscienza del proprio essere; nel bisogno sempre crescente di unirsi a lui, di fondersi in lui, di diventare cosa sua. E la donna superba, ammirata, orgogliosa si sdraiava in terra ai piedi di quell'uomo, annientandosi volontariamente, avvilendosi davanti a lui e gli diceva:

– Io, vedi, vorrei esser la tua schiava; vorrei che tu mi avessi comprata, vorrei servirti, vorrei doverti tutto, tutto... Davanti a te mi sento come nulla; basta una tua parola per farmi felice o per farmi spasimare. Io ti adoro, perché sei bello, perché mi piaci tanto infinitamente, che a guardarti solo sento struggermi di voluttà... Vita mia, vita mia!

Coi magnifici capelli lo avvolgeva tutto, contenta ch'egli, pari ad un bellissimo dio pagano, si lasciasse adorare. Frantz godeva di quella idolatria, soddisfatto, tanto nella sua immensa vanità, quanto nel bisogno di piacere che l'amore di quella donna gli dava assoluto.

Spinta dalla furia d'immedesimarsi coll'amante, d'indovinarne i piú piccoli desiderii, per appagarli sempre, Ada cominciò ad osservarne, a studiarne il carattere. Col suo intuito di donna, squisitamente acuta ed intelligente, non indugiò molto a scoprirlo, a comprenderlo in gran parte ed allora cominciò per lei una indicibile tortura; il vero male che la rodeva e che i medici erano incapaci a domare.

Della sua famiglia, della sua vita Frantz non le parlava mai, ma, nel modo in cui viveva, essa intravide sotterfugii, artifizii che ripugnavano alla sua delicatezza, rivelando in lui una coscienza poco scrupolosa. La sicurezza ch'egli aveva di sé, il conto ch'ei faceva delle sue doti fisiche, mostravano la sua grande abitudine di trionfare sulle donne e Ada, indovinando la gran parte che queste dovevano avere avuto nella vita di lui, fremeva di gelosia e di disgusto insieme, sospettando che non di tutte si fosse servito allo stesso scopo.

Una volta, al principio dei loro amori, fu per qualche tempo in Firenze una ricca signora francese, della quale Frantz disse di conoscere intimamente il marito. La signora era una bellezza assai matura che ancora però non si dava per vinta. Frantz si mostrava molto assiduo con lei, fino a trascurare Ada ed ai rimproveri di questa rispose che, dipendendo dal marito di quella signora la riuscita di un affare per lui importantissimo, riteneva assai utile ai suoi interessi il mostrarsi cortese verso la moglie.

Ada capí che mentiva e che era capace d'ingannarla in quel modo orrendo e si accorgeva sempre piú che in lui tutto era bugiardo per istinto, per bisogno; forse incoscientemente. Oppure tutta questa sua falsità, tutta questa sua continua menzogna non era messa in opra che per arrivare a soddisfare lo sfrenato bisogno di godimento e di piaceri d'ogni genere che era la sostanza della sua natura, puramente sensuale.

Appena questi dubbi divennero in Ada persuasioni, l'atroce tormento cominciò. Lo amava sempre: nulla riusciva a distoglierla da lui. Volontariamente chiudendosi gli occhi, cercò di non vedere, di non indagare; pur di averlo, lo accettava come era. Lo sapeva vizioso; ebbene per piacergli si piegava a tutte le sue fantasie, provando una strana voluttà nell'abbassarsi a qualunque suo capriccio.

Ciò nonostante la lotta fra i sentimenti contrari che la agitavano perdurava colla stessa violenza e la disgraziata soffriva orribilmente della sua passione che trionfava ad ogni costo.

Una sera, stando insieme, Frantz trasse di tasca una lettera.

– Senti quante affettuose cose mi scrive un amico.

Lesse dei periodi pieni d'affetto in cui si lamentava la sua prolungata assenza, si esprimeva il desiderio di vederlo tornare. Vedendo che Ada taceva, egli la interrogò:

– Che ne dici?

Ella tacque ancora, perché aveva capito che Frantz, per offrirsi un nuovo diletto, le leggeva una lettera d'un'altra innamorata. Era troppo: essa infine voleva ribellarsi. Per tutta risposta, disse con quanta calma poté:

– Frantz, quella lettera non è d'un amico.

– Dunque dubiti di me?

– No; non è d'un amico, – ripeté lei ostinandosi.

– Vuoi vedere? – disse Frantz audacemente, sicuro che l'orgoglio avrebbe spinto Ada a rifiutare. Ed infatti, essa rispose sdegnosa:

– È inutile; lo so, non è un amico quegli che ti scrive cosí; è una tua amante.

– Ah, sí? – fece lui, atteggiandosi a quella noncuranza che la domava subito e, preso il cappello, si alzò per andarsene.

D'un salto Ada gli fu vicina e, svanita tutta la sua calma, nel terrore di essere abbandonata, disse rapidamente:

– Frantz, ascoltami; lo sai sono gelosa. Ho avuto torto; rassicurami, fammi veder quella firma.

Ora, lui sicuro della sua vittoria, replicò freddamente:

– Ah! non hai voluto vederla prima, quando io te l'offriva? Adesso io non voglio piú. Devi credermi e basta.

Per un pezzo Ada lo supplicò, scongiurandolo di mostrarle la lettera; ma egli, fingendo di essere offeso del primo rifiuto di lei, ricusò sempre. Ada finí come al solito per cedere e colla certezza in cuore di esser sempre, sempre ingannata, si umiliò per ottenere perdono.

Sicuro com'era Frantz di possederla completamente, si compiaceva d'affermare vieppiú il suo dominio su di lei. E le faceva continue scene a proposito d'immaginarie gelosie; poiché piú di tutti egli sapeva quanto gli appartenesse. Per lui, col pretesto della salute, viveva ritirata, lontana dalla società; affrontando serenamente le maldicenze che si facevano sul conto suo; esponendosi cento volte alle conseguenze di uno scandalo clamoroso.

Ma, alla fine, codesta vita di continue alternative era diventata impossibile a sopportarsi dalla povera donna e questa, spinta agli estremi dalla passione che la divorava, mancandole la forza di sottrarsi al turbine che la travolgeva, prese una grave decisione.

Dichiarò nettamente a Frantz che voleva fuggire con lui; prenderlo tutto per sé, vivere insieme sempre, lontani da tutti.

– Ti amo troppo, – gli diceva, – per continuare cosí. Io non posso sentirmi divisa da te; nelle ore in cui siamo costretti a star separati mi strazia il pensiero di ciò che forse farai. Ho bisogno di averti tutto mio; di custodirti gelosamente minuto per minuto, di partecipare a tutte le tue azioni... Intendi? E per questo io ti dò tutta la mia vita: quando non ne vorrai piú, quando sarai stanco, se quest'amore che mi arde le vene non mi ha ucciso prima, ebbene finirò allora!

Benché cosí violento, quello scoppio di passione non ebbe il potere di risvegliare un'eco sincera nel cuore di Frantz. L'amore prepotente di Ada l'aveva suo malgrado inebriato e gli era oramai necessario, per le infinite voluttà che gli procurava; ma l'idea di fuggire lo fece riflettere. Gli apparve la trama della sua vita, fatta di sotterfugii, di artifizii vergognosi per giungere a vivere grandiosamente e le difficoltà materiali che avrebbe incontrato gli si affacciarono alla mente, dimostrandogli l'insania di un simile proposito.

Alle ansiose insistenze di Ada rispose evasivamente, adducendo pretesti di ostacoli finanziari; dicendosi in un momento d'imbarazzo di affari; mostrando una gran ripugnanza a doverla intrattenere di tali questioni.

Ada che aveva già preveduto tutto e che appunto non domandava altro che toglierlo per sempre dalla falsa posizione in cui lo indovinava, colla piú gran delicatezza gli fece intendere com'egli non dovesse preoccuparsi di nulla. Lei sarebbe stata cosí felice di fargli appartenere tutto ciò che era suo, com'ella gli apparteneva. Ma Frantz ebbe un magnifico gesto di diniego e, colla esagerazione in cui cadeva sempre, la trattò quasi duramente. Essa disperata tacque, immaginando altre cause a quel rifiuto dell'amante; non egli certo sarebbe stato trattenuto da scrupoli d'onore!

Si avvicinava il tempo della partenza di Ada per Ginevra, dove avrebbe incontrato la madre, marchesa Dalti. Frantz a un tratto parve mutare di parere ed acconsentire alle premure d'Ada. Infatti combinarono che dopo quindici giorni egli l'avrebbe aspettata a Lucerna, ove Ada lo avrebbe raggiunto, per partire poi insieme. Si sentí sollevata: il dado era gettato! Si sarebbe perduta inevitabilmente; ma almeno quell'insopportabile esistenza sarebbe finita. Tanto, all'infuori di Frantz, per lei non vi era piú nulla; ed egli sarebbe stato suo, tutto suo per sempre.

Però quella mattina, nel lasciarlo, mille tristi presentimenti l'assalirono. Ad ogni stazione lungo il tragitto, appena aveva un minuto di tempo, mandava a Frantz un telegramma, supplicandolo di non dimenticarla.

Giunse a Ginevra fisicamente e moralmente stanca e la madre che era a riceverla, rimase sorpresa del cambiamento che trovò in lei. Non disse nulla, ma il cuore le si strinse, indovinando colla sublime intuizione dell'affetto materno che la sola malattia non poteva averla ridotta cosí e che quel pianto disperato in cui era scoppiata fra le sue braccia doveva avere una causa ben differente.

Abitavano una deliziosa villetta lungo la via che conduce da Ginevra a Bellevue. Ada prima d'ogni altra cosa aprí i telegrammi già arrivati, uno del marito, l'altro di Frantz di queste due parole: «Sempre teco».

La madre, osservandola, vide che Ada cambiò di colore alla lettura di quelle due semplici parole; una grande tristezza la invase: cominciava a capire.

Ogni mattina giungeva un telegramma di Frantz, un altro ogni sera. Ada, concentrata tutta nell'aspettativa di quel momento, passava le sue giornate in un abbattimento profondo. Caduta l'esaltazione in cui la manteneva la presenza di Frantz, sotto l'influenza calmante del grande e sereno spettacolo dell'acque turchine del lago e del turchino del cielo, cullata dall'affetto vigilante della madre, una indicibile prostrazione la vinse. Non pensava piú, accasciata sotto la forza di quella passione che la signoreggiava; non curava piú l'abisso verso cui era spinta fatalmente. Da sei giorni ell'era cosí, risoluta all'estremo sacrifizio; ma non piú colla febbre dell'impazienza, subendolo invece rassegnata come il suo inevitabile fato.

«BARONESSA OTTIRI,

Bonne Retraite, Ginevra

Mi congratulo pronta completa guarigione vi auguro buona continuazione divertimento.

FRANTZ».

«FRANTZ BERSY,

Via Magenta, 12, Firenze

Che cosa vuoi dire? Spiegati chiaramente.

ADA».

«BARONESSA OTTIRI,

Bonne Retraite, Ginevra

Credo inutile mia venuta giacché siete buona compagnia. Divertitevi.

FRANTZ».

«FRANTZ BERSY,

Via Magenta, 12, Firenze

Comprendo ridicolo pretesto. Potevate usare maggiore lealtà. Avevo meritato meglio. Addio.

ADA».

Fu disperatamente ch'ella inviò quest'ultimo telegramma, esasperata dalla condotta indegna di Frantz. Voleva sfuggire l'ultimatum ch'ella gli aveva fatto e che a lui non conveniva e si attaccava ad un miserabile pretesto, bugiardo come tutto ciò che veniva da lui, per mandarlo a monte. Almeno avesse avuto il coraggio di parlarle lealmente; ma no, usava un meschino sotterfugio da commedia! Vile! Vile!

Ed ora che cosa sarebbe successo? Finito tutto? Indignata ripeteva a se stessa che era meglio, oh, molto meglio cosí. Ciò nonostante essa passava le ore, aspettando una parola anche di affetto simulato, per tornare a lui sottomessa come prima.

Ma la parola aspettata non venne. Allora un gran vuoto si fece in Ada. Sentí che tutto era finito fra loro e nella stanchezza che le avevano lasciato le sensazioni violente di quel periodo acuto di passione, ella provò un gran sollievo nell'improvvisa calma che la circondava.

Nel quindicesimo giorno della sua dimora a Ginevra, Ada pensava come in sogno che quello appunto era il giorno fissato per la fuga con Frantz. Ci pensava come a cosa lontana, indefinibilmente lontana; stando sdraiata sopra una soffice poltrona, accanto alla madre che pareva assorta nella lettura di un libro.

Si avvicinava la sera e si confondevano in una tinta scura le linee spezzate dei monti. Una quiete profonda regnava nei freschi giardini che allietavano di un bel verde le rive del lago, lievemente increspato dalla brezza vespertina.

Venne un cameriere, porgendo sopra un piatto d'argento un telegramma alla baronessa. Ada lo prese, lo lesse: «Sono a Lucerna, mantenni promessa. Addio. Frantz».

Un grido soffocato le corse dal petto alle labbra e, come se una fiamma fosse divampata dal pezzetto di carta del telegramma a bruciarla in faccia, balzò in piedi bruscamente, smarrita, vinta dal fascino che ritornava sovrano, al solo pensiero che l'amante era lí a pochi passi da lei, aspettandola forse. In un baleno le savie risoluzioni, la pace ritrovata, la liberazione venuta e considerata come un beneficio, tutto svaní... Come la furia dell'uragano e del vento spazza nel cielo le nuvole, nuovamente la passione la travolse.

– Frantz! Frantz!

Ah! quelle parole di lui le avevano portato il suono della sua voce; il sapore dei suoi baci le ritornava sulle labbra smorte.

– Frantz! Frantz!

E nell'attimo rivide l'amata figura; la bocca rossa che sorrideva sotto ai baffetti bruni, arditi, scoprendo agli angoli, indizio di crudeltà, i denti bianchissimi.

– Frantz! Frantz!

Oh! raggiungerlo, raggiungerlo subito...! Ma nell'ansia febbrile ella aveva dimenticato un insuperabile ostacolo che le si ergeva davanti.

– Ada, Ada, che vuoi fare? In nome di tua madre fermati.

Alla marchesa Dalti non era sfuggito nulla di ciò che avveniva nell'anima della figliuola; che all'accento supplichevole ed alla stretta delle sue braccia protettrici si era fermata. Un'ombra passò davanti agli occhi di Ada; la coscienza del terribile momento che attraversava le ritornò; ad un tratto le parve di mancare, presa da subitanea debolezza:

– Mamma, mamma, salvami!

Dopo quattro mesi, le cure, l'infinita tenerezza di quel cuore di madre in cui Ada aveva trovato il conforto a tutte le sue pene, lealmente confessate, resero alla baronessa Ottiri la sua floridezza d'aspetto e la sua calma di spirito. Era tornata la bella e seducente signora, elegante e corteggiata e del breve passato non conservava che un ricordo penoso, come uno rammenta allo svegliarsi l'oppressione di un incubo notturno. Forse, nel suo intimo, spesso l'assaliva l'amarezza di essersi cosí insensatamente abbassata e questa si univa ad un altro sentimento di rancore che essa coltivava, come una scusa. Se in suo marito, invece dell'amabile egoista, preoccupato unicamente di se stesso, avesse avuto un protettore, un compagno affettuoso a cui affidarsi, certo tutta quella brutta storia non sarebbe avvenuta. Ma era lasciata sempre sola, sempre sola; sola in mezzo alle seduzioni di ogni genere, vi aveva fatalmente ceduto, era inevitabile... Oramai la battaglia era vinta ed in lei non restava che un segreto disprezzo per la sua debolezza.

Il tempo cattivo annunziava l'avvicinarsi dell'inverno e la baronessa si preparava a lasciar Ginevra per tornare a Firenze.

La vigilia della partenza madre e figlia passeggiavano nei viali del giardino, tutti gialli di foglie cadute:

– Ada, torni a Firenze... capisci ch'io sia un po' inquieta?

Per la prima volta, dopo tanto tempo, la marchesa Dalti faceva un'allusione al passato.

Ada sorrise tranquillamente.

– Oh! mamma non temere... So benissimo quel che vuoi dire; ma sono tanto sicura di me!

– Avrai occasione d'incontrarlo, se non ti senti ben forte, aspetta ancora, vieni con me a Vienna.

Ada rideva.

– Vedi; vorrei che comparisse lí, ora, – ed accennava ad un punto, distante pochi passi; – sarebbe come se non lo avessi mai conosciuto... Oh! ci avevo pensato; ma, te lo assicuro, mi hai ben guarita, mamma mia; ben guarita.

– Pure, se egli, – insisteva la marchesa Dalti, – tentasse di riavvicinarsi? L'uomo si rassegna difficilmente a subire una sconfitta nel suo amor proprio.

– Mamma, – e, presala per ambo le mani, Ada si fece seria e solenne; – ti giuro sulla tua testa adorata che fra me e lui non ci sarà piú nulla mai.

Si baciarono ed il giorno seguente la baronessa partí per Firenze.

Verso la fine dell'anno ci fu un grande spettacolo di gara alla Pergola. Nel palco numero 4 prima fila comparve, delicatamente vestita di rosa, la baronessa Ottiri, piú bella che mai.

Nel mese e mezzo, da che ella era tornata, aveva avuto agio di comprendere dagli sguardi curiosi, dalle mezze frasi allusive, tutte le chiacchiere che erano state fatte su di lei, tutte le calunnie sparse che il suo ritorno, l'andamento regolare della sua vita avevan fatto subito cessare. Orgogliosa, godeva immensamente di riprendere colla testa alta il suo posto: in quella sera ella sentiva diretti su di lei i canocchiali di tutto il teatro e sfidava gloriosa quella maligna curiosità che davanti a lei si cambiava in profonda ammirazione.

Discorreva tutta lieta col marito, movendo graziosamente il grande ventaglio di piume color di rosa.

Alla fine del primo atto le visite si affollarono nel suo palco; tutti quelli che si preparavano a sbranare la vittima caduta, s'inchinavano ossequiosi innanzi alla vincitrice.

Si alzò il sipario e di nuovo restarono soli marito e moglie. Guardando qua e là indifferente, Ada vide in un palco di faccia, ritto nel mezzo, facendo risaltare l'eleganza del suo aspetto, protendendo il busto, cogli occhi fissi alla scena Frantz Bersy ed una immensa allegrezza la invase, sentendo che non una fibra s'era scossa in lei che a quella inaspettata apparizione era rimasta fredda e muta, come già aveva previsto.

Tre giorni dopo dalla marchesa Ardesi, Ada rivide Frantz ed al saluto rispettoso che questi le rivolse, rispose francamente disinvolta.

Un'altra volta, dopo aver lasciata la sua carrozza per camminare a piedi, in un viale appartato delle Cascine l'incontrò. Egli le domandò subito il permesso d'accompagnarla e le si mise a fianco. Ada parlava tranquilla, mantenendo la conversazione su argomenti insignificanti; ma Frantz colla voce vibrata che l'aveva sedotta in passato le disse brutali parole di rimprovero per l'abbandono in cui lo aveva lasciato, per tutto quello che gli aveva fatto soffrire. Da prima Ada rimase interdetta per l'audacia di lui che svisava i fatti con tanta facilità, per comodo suo; poi l'interruppe, dicendo con leggera ironia:

– Sentite, Bersy, i tempi sono mutati; possiamo parlarci a faccia scoperta. Sappiate che vi conosco troppo per credere menomamente a tutto quello che mi dite. Vi fa comodo di atteggiarvi a vittima dei miei capricci; fate pure. Tutti e due sappiamo bene, non è vero?, quale è la storia vera. Del resto vi confesso che non vi serbo ombra di risentimento, anzi vi sono gratissima del modo con cui avete agito. Nel fare il vostro interesse avete fatto anche il mio; mi avete risparmiato piú che una grande sciocchezza... e proprio non ne valeva la pena.

Volle accomiatarsi; ma Frantz la trattenne, fissandola con quei suoi larghi occhi verdi, immobili come un'acqua stagnante.

– Voi non mi avete mai amato! – le disse, chinandosi a parlarle vicino; – voi non mi avete mai amato!

Ada rise di un riso amaro; ma già la sua serenità l'abbandonava. Si turbava per l'accostarlesi di quell'uomo, cosí ardentemente amato.

– Io che ti ho amata, – continuò Frantz, notando il turbamento di lei, – io ti amo ancora... So che non dovrei dirtelo, perché mi hai tradito: per te non sono stato che un giuoco. Volevi divertirti meco.

– Io! io! – esclamava Ada, diventando smorta in viso.

Cominciava a sfuggirle il senso delle parole, nella confusione della sua testa ella non sentiva piú, soltanto lo vedeva lí dinanzi, vicino, aspirava il profumo del suo respiro e quando egli la prese, attirandola violentemente per baciarla in bocca, s'abbandonò al freschissimo e delizioso contatto di quelle labbra, rendendogli furiosamente il bacio.

– Ne avevo sete, – mormorò Frantz staccandosi e con un gesto di cui anche in quel momento Ada vide la studiata teatralità, la lasciò, salutandola profondamente.

Rimase stordita.

– Frantz! – gridò involontariamente; ma egli si allontanava ed al suono della propria voce pronunziante quel nome, Ada trasalí.

– Dio mio! – disse fra sé.

Una gran fiacchezza le faceva tremare le gambe ed a fatica raggiunse la sua carrozza.

Nei giorni successivi ella si sentí piú calma ed attribuí quel momento di debolezza alla sorpresa dell'attacco. Ma ora era preparata a difendersi contro quell'avversario che non ammetteva, nel suo vano orgoglio, che ella potesse sí facilmente sfuggirgli e calcolava come riprender l'antico impero per trionfare almeno un istante. Dunque sarebbe stata all'erta e si era formato tutto un piano di difesa. Ma, per parecchio tempo non le era capitato d'imbattersi in Frantz, allorquando lo vide entrare in un magazzino, dove ella stava scegliendo della musica.

Bruscamente Frantz le disse:

– Non potevo piú stare senza vederti. Io ti amo, Ada!... Ada!

La voce era dolcissima, sottomessa; Ada sentí mancarsi, dimenticando ad un tratto tutti i suoi propositi: ogni sua volontà svaniva davanti a lui. Chinò il capo senza rispondere.

– Ada, – proseguí Frantz, – voglio vederti sola, debbo parlarti... Per quei giorni d'amore che abbiamo vissuto insieme e che non puoi aver dimenticato, vieni, vieni oggi alle quattro alla Porta San Gallo... t'aspetterò!...

Ada non ebbe la forza di rispondere; guardava i bellissimi occhi verdi, fissi nei suoi e le parve che si allargassero, che diventassero immensi; cosicché ella sentiva di perdervisi sicuramente, come quegli che si sente affondare nel fango, senza aver nulla che possa rattenerlo, senza speranza di salvezza. Accennò affermativamente col capo e Frantz partí.

Rientrata in casa Ada si chiuse nel suo salottino e disperatamente invocò un aiuto, una difesa contro la vertigine che l'attirava nell'abisso. Con orrore pensava al giuramento infranto; a tutta se stessa che stava per trascinare nel fango della piú volgare avventura. I ragionamenti che tentava di fare venivano soffocati dallo scorrere rapido del sangue che conservava brucianti i ricordi amorosi. E, mentre nel suo pensiero cozzavano disordinatamente le idee di famiglia, di nome, di avvenire, i suoi nervi fremevano di desiderio, le sue braccia si tendevano, avide delle note carezze. No, no; ella non poteva essere cosí colpevole: sarebbe fuggita, non sarebbe mai andata. Convulsamente, con uno sforzo energico, prese la penna per iscrivergli, per gettargli in faccia tutta la sua infamia, per dirgli almeno tutto ciò che pensava di lui. Scrisse frasi d'odio e d'amore sconclusionatamente, come le suggerivano i varii sentimenti che a vicenda parlavano in lei.

L'ora si avvicinava e cresceva in Ada il terrore di non poter resistere alla tentazione... Tra poco Frantz l'avrebbe aspettata. Le tre e mezza! Si sentí soffocare. Girò per la stanza stringendosi le tempie fra le mani; poi si soffermò e, con uno slancio risoluto, si decise.

Sí; sarebbe andata! Frantz la voleva e come poteva disobbedirgli, quando tutto l'essere suo vibrava alla voce di lui che la chiamava? S'avviò per uscire. Nello stesso momento la porta s'aprí ed elegante, colla sua faccia scialba d'uomo indifferente, comparve il barone Ottiri.

Si fermarono entrambi guardandosi; il barone meravigliato di trovare la moglie cosí stravolta. Il volto acceso di Ada si fece bianco bianco; le caddero le braccia abbandonate lungo il corpo e, senza nessuna esitazione, le uscirono dalle labbra contratte queste parole che ella disse colla calma delle improvvise ed ultime risoluzioni:

– Arrivi in buon punto. Tu che da un anno nel tuo colpevole egoismo, senza curarti che dei tuoi piaceri, non ti sei mai accorto della furiosa pazzia che mi aveva assalita. Tu che, non pensando che a te, non mi hai veduta precipitare nell'abisso di fango e di vergogna da cui mia madre mi ha tratta una volta... Ma, quando ci si è abituati al fango, ne viene la nostalgia ed io in questo momento mi accingevo a raggiungere il mio amante, un uomo che disprezzo; a cui non vorrei stringer la mano; ma al quale mi lega la malia dei suoi baci. Andavo a lui, dimentica di tutto, spergiura: ... ma il caso ha voluto servirsi di te per salvarmi, forse per compensare con questo tuo involontario intervento la tua indifferenza di anni, la noncuranza con cui hai vegliato su questa donna che ti era affidata e che era tuo dovere guidare e proteggere. Taci, – gridò imperiosamente, vedendo che l'altro voleva parlare. – La tortura morale che io subivo aveva bisogno di uno sfogo. La mia vita attraversava un periodo di crisi e la tua venuta mi ha liberata dalla soluzione peggiore. Ora so quello che devo fare: questa sera stessa partirò per Vienna, per andare da mia madre. Vicino a lei troverò quell'appoggio che mi è sempre mancato presso di te; troverò il soccorso di un affetto che tu sei incapace di darmi.

In questa l'orologio suonò le quattro. Ada ascoltò, raccolta, quei colpi lenti che le si ripercuotevano nel cuore nel cuore deserto e consumato. Questa volta tutto era finito e finito davvero: si passò la mano sulla fronte, quindi accennò al marito di volere restar sola.

Ed egli sbalordito ancora, senza protestare, accettando, s'inchinò ed uscí.

JOLANDA

L'altra

Quando Piero Casalis lesse nel bigliettino acutamente profumato della bella contessa l'indirizzo dell'albergo dove era scesa per poche ore e dove lo attendeva, provò una puntura d'amaro ricordo. Non era piú stato da *allora* a quell'albergo: aveva perfino evitato di tornare in quella piazza, di passare di là, per non alterare il ricordo di *quel* giorno, per non farvi una sovrapposizione d'altri ricordi banali – per custodire luoghi e persone intatti nel recesso piú sacro della sua anima. Ed ecco che il caso lo costringeva all'infrazione del tacito voto, inevitabilmente. Piero Casalis aveva fatto troppe esperienze dell'indole bizzarra ed estrosa della sua amante per arrischiare una modificazione al programma; e quella donna gli piaceva ancora troppo per rinunziare al convegno, sebbene fuggevole. Rispose una riga d'ardente gratitudine, rassettò con cura minuziosa la sua giovanile ed attraente persona; salí in una vettura chiusa di cui calò tutte le tende, per non vedere, e andò.

Mentre il veicolo lo trasportava poco rapidamente sulla strada invisibile, ma cosí cognita al suo spirito, egli fece il conto esatto di quanto tempo era passato dall'ultima volta che aveva percorso quella via, a piedi, di sera, fra la nebbia, col cuore infranto da una separazione suprema. Due anni e trentacinque giorni erano passati, in alternative di tristezza e di calma, di sconforti e di ebbrezze, di spasimo e di rassegnazione sull'inalterabilità del ricordo che lo sbattimento della vita non turbava: come gli sconvolgimenti del mare non turbano il riposo profondo dei naufraghi che giacciono in qualche meraviglioso antro subacqueo fra l'alghe e i coralli.

La carrozza inoltrava, tutta chiusa, nascondendogli il cammino, ma Piero lo vedeva, ne seguiva le traccie, le curve, i progressi verso la meta, cogli occhi dell'anima. Anche quel lontano giorno piovigginoso vi si era recato in vettura chiusa, ma allora aveva abbassato i cristalli perché l'aria umidiccia gli rinfrescasse la testa in fiamme, e la sua mano non aveva lasciato la maniglia dello sportello nell'ansia di aprire, di slanciarsi, attirato anche allora da qualche linea di calligrafia femminile e da un fascino... oh ben diverso da quello che lo attirava nel presente.

Quanto aveva sofferto, quanto! e sinceramente sofferto. Era forse per questo, chissà? che non aveva potuto dimenticare, giacché non è tanto l'individuo o l'avvenimento che fissa un'ora e una visione nella nostra memoria, come il ricordo di ciò che provammo in quell'istante, nel mistero del nostro mondo interiore: di ciò che sussultò, che rivisse o che morí di noi. Ed ora egli rivedrebbe quei luoghi, quell'atrio, quelle scale; quelle persone, forse... ed ora, dopo un cosí geloso culto del sogno era costretto a profanarlo, a demolirlo, giocondamente.

Il biglietto della bella contessa odorava forte dal portafogli di Piero Casalis, ma quell'andare nella carrozza chiusa, sulla strada invisibile, verso il luogo troppo conosciuto – quell'isolamento brusco e temporaneo fra i rumori della città popolosa, avevano accresciuto cosí le molteplici agitazioni del suo pensiero e gli assilli del ricordo, che egli quasi si pentiva d'aver obbedito con slancio inconsiderato a quel richiamo, di non aver almeno cercato un ripiego, di essersi esposto a quel sottile martirio...

La carrozza si fermò.

Il giovine chiuse gli occhi un momento e rimase immobile. Ma lo sportello fu aperto subito da una mano premurosa, ed egli scese, pagò la corsa, entrò nell'atrio del grande albergo come un sonnambulo.

Era ben quello, era ben quello: fiancheggiato da piante

esotiche, lo stesso tappeto, gli stessi gran globi di cristallo. Anche uno dei camerieri era lo stesso. Per fortuna non lo riconobbe e fu un altro, un viso nuovo, che gli chiese inchinandosi che cosa desiderava.

Piero Casalis diede la sua carta di visita e ordinò la recassero alla contessa, «alla contessa Hermosa» – un nome falso ch'ella aveva dato per precauzione. Nel breve momento in cui rimase solo, un'inaspettata e pallida dolcezza gl'invase lo spirito. Era l'atmosfera del passato, l'atmosfera dell'ora piú intensa del suo passato. Ed egli riflettendo come nell'affrettata e randagia vita moderna le ore del sogno o della passione si vivono quasi sempre in un ambiente banale o provvisorio dove non si ritorna, pensò ch'egli, invece, avrebbe dovuto ritornarvi; santificarlo del suo ricordo e ricercarvi le traccie della soave Sparita...

Il cameriere ridiscese subito, lo pregò di salire. Ed egli salí lo scalone, rivide il grande specchio sul pianerottolo, e la pensosa statuetta d'Ebe, bianca fra il verde: rivide la sala di mezzo, coi divani ricoperti delle fodere di tela, i corridoi interminabili. Ma dove lo conducevano dunque? Un dubbio che fu dolore gli traversò la mente... Il cameriere si fermò a una vetrata – a *quella* porta.

– Come è qui?! – c'era dello sgomento e dell'ira, quasi nella richiesta, – è qui?

– Sí, signore, è qui. La signora contessa Hermosa ha il 10 e l'11, – spiegò l'uomo attonito. E spalancata la porta si ritirò.

Dapprima Piero non vide che lei, Alessandra, in piedi, nella sua florida bellezza: ancora vestita da viaggio, di scuro, con la borsetta di velluto alla cintola. Ella mosse verso di lui con le mani tese, un raggio negli occhi, le labbra rosse e carnose schiuse ad un sorriso:

– Ma che fretta, ma che fretta! – non mi avete concesso nemmeno il tempo di fare un po' di *toilette*... Sono ancora sudicia, impolv...

La parola morí sotto i baci del giovane che parevano suggerla avidamente. Alessandra, sempre ridendo, tentava di sottrarsi, di sciogliersi da quelle braccia che l'avvincevano:

– Su... che ragazzo... finiscila, lasciami adesso... – E quand'egli la lasciò e rimase a guardarla un momento, serio e tutto pallido, fu lei che gli si abbandonò pazzamente contro il petto, che lo baciò sul collo, che lo strinse con tutte le sue forze:

– Finalmente, amore, amore... – Poi si scostò brusca, si ricompose: – Abbiamo giudizio per un mezzo minuto, – continuò con quel suo fare gaio e franco che s'accordava con la opulenza, con la paganità della sua bellezza: – Ti sarai sorpreso molto, suppongo, nel ricevere il mio bigliettino di qui?

– M'è sembrato di sognare, – mormorò l'amante portandosi le mani alle tempie, smarrito. – Sei stata cosí spietata con me, cosí bizzarra in questi ultimi tempi, che non mi aspettavo una dolcezza simile. Poteva anche essere un inganno, una di quelle tue cattiverie raffinate ed inutili... Pure non ho esitato a venire, hai veduto?

Egli aveva impreso a parlare quasi triste – ora finiva con durezza, con una specie d'astio latente. Alessandra lo ascoltò appoggiata con le reni a una tavola a cui si reggeva pure con le palme, chinando la fronte nell'atteggiamento d'un'accusata che serbò per pochi istanti in silenzio. Levò poi gli occhi, gli sorrise, come una bimba che vuol farsi perdonare, seducentissima.

– Ti dirò poi, – proruppe con una mossa imprevista e risoluta passandogli la mano sotto il braccio e conducendolo a un divanino accanto alla finestra, – ti spiegherò... Tu capisci spesso a rovescio... Tu spesso giudichi capriccio o tirannia ciò che non è che necessità imposta dalle circostanze, da misure di prudenza... Che motivi hai tu per lagnarti di me? Se non ti amassi ti avrei chiamato? Sarei qui?

Sedettero lentamente, vicini. Egli l'allacciò alla vita, reclinò la testa sulla spalla di lei.

– Non ho che cinque ore, – continuò Alessandra, – guadagnate nel viaggio a costo d'una levataccia. Dovrei essere ancora a Milano. Mi aspettano questa sera col treno delle undici e mezzo.

Piero le mormorò qualchecosa all'orecchio, fra due baci.

– È impossibile... non capisci? devo essere a casa alle undici e mezzo!

E siccome il giovine implorava ancora sommessamente, piegandola verso di sé, ella si sciolse e balzò in piedi:

– Mai contento, mai... io lo sapevo: sei sempre il solito... Tu guasti il momento presente con la preoccupazione del futuro – non è possibile un'ora di gioia con te, è una cosa insopportabile...

– Alessandra, Alessandra...

– Niente, niente; per vostra penitenza mi aspetterete qui finché mi piacerà... Piú tardi riparleremo.

Piero rimase seduto sul piccolo divano nell'atteggiamento umile e domo che la sola presenza di quella donna, che gli addormentava l'anima e gli accendeva i sensi, pareva imporgli. Ella era uscita in fretta, era passata nell'altra stanza, aveva chiuso l'uscio a chiave.

Solamente allora, nella nuova solitudine, le pareti, i mobili, l'aspetto della stanza dove nulla era mutato, parvero al giovane quelli d'un tempo, come se, solamente allora, nella solitudine, volessero mostrarsi al suo spirito. Gli oggetti, i colori, parevano una testimonianza, una riconferma alla continua visione, per due anni, nelle ore migliori, evocata: e sebbene fluttuasse ancora nell'atmosfera il profumo d'Alessandra, l'aroma indistinto del passato soverchiava, ridestava l'anima, per la rivincita, pel trionfo di quell'ora spirituale.

E l'imagine dell'altra, della lontana, della perduta, adagio si ricomponeva, tornava nell'ambiente ch'era stato suo sino a quel momento, in quel volgare salottino d'albergo che a Piero era parso un tempio, dove ancora, ancora la rivedeva evidente, come se appena ne fosse uscita invece di Alessandra. La rivedeva, esile, troppo esile nell'abito nero, quasi portasse il lutto del loro amore condannato a morire – seduta sulla poltrona accanto al tavolino, poi ritta, con le mani intrecciate, gli occhi dolorosi – poi di nuovo seduta vicino a lui – su quel divano dove aveva avvinto desideroso Alessandra, dove *allora*, egli, in ginocchio per terra, aveva coperto le mani dell'altra di baci e di lagrime. Che ora fu quella! Essa, la donna onesta, l'immacolata, la buona, che da un anno egli amava d'una tenerezza ineffabile, senza speranza, e che lo amava, gli aveva scritto: «Piero, venite, ci vedremo, ci parleremo, *soli* per la prima volta, per l'ultima volta». Ed egli era andato in preda a un'ansia confusa, a una dolcezza senza nome, a uno sbigottimento senza limiti. Era andato e l'aveva trovata sola, in quel salottino d'albergo, triste, dignitosa, soavissima. Gli aveva detto tutto, tutto quello ch'egli sapeva già, ch'egli sperava, ch'egli sognava, ma che mai labbra gli avevano detto. Tutto quello che di piú profondo e di piú ardente e di piú nobile e di piú bello un'anima possa dire a un'altra anima in un momento supremo, nell'ora unica della vita. Ella partiva, seguiva il compagno che la sorte le aveva dato, il padre dei suoi figliuoli che l'amava fedelmente e fidentemente. Il loro sogno d'amore non confessato, non determinato colle parole che bruciano e disperdono, finiva: e poiché finiva, ella parlava, voleva dirgli tutto: la falsità della sua indifferenza, della sua freddezza, del suo orgoglio, del suo equilibrio morale, di tutto il suo contegno verso di lui: le lotte combattute, i divieti ripagati con abbattimenti di morte, gl'impulsi di gioia sovrumana ad ogni conferma d'essere amata come amava, di sentire continuamente, indefessamente, delicatamente, l'altro pensiero che incontrava il suo, l'altro desiderio che incontrava il suo, sulla trama del sogno medesimo divino e irraggiungibile. Tutto gli disse: dai primi turbamenti all'acerbo irrompere della passione gagliarda e schietta come una fiamma, all'intima tragedia dell'imminente abbandono. E fu spietata, fu inflessibile in quella regale elargizione di tutti i tesori dell'anima sua. Anche il ricordo delle parole, adesso, gli veniva insieme all'incerta eco della voce dileguata nella lontananza del tempo, la voce che non riudirebbe mai piú: «Lascia ch'io m'illuda d'essere fuori dai confini della terra, d'essere in una plaga libera dove il sentimento possa esplicarsi, effondersi come la fragranza dal fiore; dove l'anima possa volare all'anima senza leggi e senza freni e senza peccato. Ti parlo come se fossi morente: come ti avrei parlato prima di morire, se solamente la morte ci avesse divisi. E perché io ti dica queste cose che non ho detto a nessuno, che non dovevano uscire dalla mia esistenza segreta se non in un'ora solenne, bisogna proprio che la nostra separazione sia senza ritorno. Sentimi: io voglio lasciarti di me un ricordo che non si cancelli – voglio che nessun avvenimento o nessuna creatura possa piú togliermi da te; e che il ricordo di queste mie parole ti torni incessantemente, come torna il ricordo delle parole dei morti che amammo e che ci amarono. Nella lontananza, nell'ignoto, io continuerò a farti vivere nel mio pensiero e nel mio cuore; continuerò a benedirti per le rivelazioni che il tuo amore mi ha dato, nella gioia sovrumana del mio spirito, nel dolore ineffabile; per quello che mi ha fatto divinare e comprendere: quello che non avrei saputo mai... Vedi, è come l'Agave questo nostro amore, triste e sublime, preparato nel mistero, alimentato di luce, ingagliardito dalla solitudine... come l'Agave miracolosa che sboccia il giorno che muore...» Lucidamente la rivedeva, coprirsi il volto con le mani pallide e sottili, le fini mani che si erano poi posate in cosí blando e pietoso atto di carezza sul suo capo, dimenticando la propria ferita per la ferita altrui. E lo aveva ammonito dolcemente, persuaso; aveva anche sorriso con qualche parola di speranza ingannevole come quella spera di sole che filtrava attraverso le nubi cariche ancora di pioggia a far scintillare un vasetto di vetro verde, quello stesso, sul tavolino, e che pareva a lei un buon augurio. Si ricordava di averla veduta affacciarsi un attimo in cerca d'aria al balcone di pietra, mentre egli con la testa fra le mani cercava nel disordine folle della mente accesa un aiuto, una difesa contro l'impossibile. Ella aveva poi parlato ancora, gli aveva detto: «Tu mi dimenticherai, forse, sei giovine! o almeno la mia immagine s'offuscherà tanto in fondo alla tua memoria che sarà come se tu mi avessi dimenticata. Amerai di nuovo: avrai degli amori piú floridi, piú giocondi, piú consentanei all'indole della tua giovinezza. Pure io so che in qualche ora dell'avvenire ti ricorderai di me, risentirai vivo e possente il mio impero, la fratellanza del mio spirito: saranno forse ore di contrasti e d'angoscie e di amarezze, ma saranno ore buone, le migliori della tua vita. E forse un avvertimento segreto me le additerà».

Che strazio lasciarsi, obbedirle! Ma poiché ella era eroica e immutabile, poiché l'elevazione dell'anima di Lei attirava nelle fredde e lucenti sfere del dolore e della bontà l'altra anima avvinta alla sua, conveniva accettare la prova superiore alle forze umane, grandiosamente. Si dissero addio. Piero la ricordava, nell'estremo momento, ritta in mezzo a quella stanza, bianca nel viso sul suo abito nero, immobile.

Ed ora un rammarico, un rimorso, tanto piú aspro perché tardivamente inutile, lo assediava: quello di non avere scongiurato abbastanza; di non averle espresso abbastanza la sua disperazione, la sua passione, il suo soffrire. Oh se avesse saputo essere eloquente – audace forse... – ella avrebbe certo revocato la sentenza inumana, ella sarebbe stata debole e amante, semplicemente, e non si sarebbero lasciati mai piú.

Eppure, in mezzo all'ira dell'irreparabile, Casalis sentiva che il possesso piú completo e piú durevole non gli avrebbero fatto amare quella creatura piú intensamente di quello che l'amava in quel momento di rievocazione quasi inconscia e fedele, provocata dalle cose: in quel momento di disfatta, di vergogna e di tristezza, in cui tutto quello che c'era di piú luminoso nella sua individualità si rifugiava in lei, si proclamava suo. Fluttuava ancora vagamente il profumo d'Alessandra, ma l'anima riconosceva soltanto l'Altra, l'assente, la perduta, come la sua propria sovrana. E quando l'uscio adagio si schiuse, e la bellissima donna emerse dal fondo d'ombra della stanza, provocante nelle nudità mal celate dalle trine dell'accappatoio, e sorrise al giovine, tentatrice, egli la raggiunse, ma solo col corpo la raggiunse, e la vittoria rimase ancora all'altra, alla tradita.

GRAZIA DELEDDA

Piccolina

In quel tempo – raccontò la mia amica, – io non entravo in cucina che due o tre volte al mese. Ad ogni modo il mio domestico Fedele si teneva sempre pronto, poiché la mia visita alla cucina segnalava un cataclisma. Si teneva pronto, vale a dire stava davanti ai fornelli anche se non cucinava, col grembiale pulito, e tutto intorno ordine perfetto.

Sulla tavola coperta da una tovaglia ricamata verdeggiava, entro un vasetto di terra, una pianticina di capelvenere; i recipienti appesi alle pareti erano in parte misteriosamente avvolti in fogli di carta velina; e la stessa cassetta per le immondezze, nell'angolo dietro l'uscio, col suo bravo coperchio lucidato, pareva un mobile da salotto.

La finestra poi, socchiusa, lasciava intravedere un fresco cielo turchino di tramontana che faceva dimenticare di essere nel cuore di un grande casamento nel centro di una grande metropoli.

Era un cielo che, come noi, non conosceva il verde delle foreste, eppure richiamava al pensiero un puro orizzonte sopra un bosco di montagna: e il rumore confuso della città intorno accresceva questa illusione.

Del resto io e Fedele non si era romantici, e non c'importava nulla della campagna. Si viveva bene in città, in quel grande appartamento fresco d'estate e riscaldato d'inverno; ed io anzi preferisco quest'ultima stagione che permette di stare in casa o di uscire, di veder gente o no, secondo il proprio umore.

Di umore molto variabile, in quel tempo, io avevo periodi di sociabilità, e periodi di misantropia. Vedova e senza figli, senza stretti parenti, pienamente libera di me, senza preoccupazioni materiali, a volte sentivo un grande vuoto intorno a me, come se il palazzo dove abitavo fosse crollato lasciando salvo solo il mio appartamento. Uscire non si poteva, restare in casa era pericoloso; in quei giorni ispezionavo la cucina, e anche Fedele sentiva odore di tempesta. Eppure nessuna cattiva parola veniva pronunziata. Io avevo di lui lo stesso terrore ch'egli aveva di me. Sapevo che se io lo rimproveravo in malo modo egli era pronto a dirmi che se ne andava. E questa sola minaccia accresceva il senso di abisso intorno a me: in fondo ero certa che non se ne sarebbe mai andato se io frenavo il mio desiderio di maltrattarlo, ma questo sforzo aumentava il mio scontento di lui e di tutto.

E non la gratitudine per il suo lungo e fedele servizio, per il suo rispetto, il suo modo di vivere presso di me come una macchina buona a tutte le faccende domestiche, ma il pensiero che a girare tutto il mondo non avrei trovato un'altra macchina simile, mi tratteneva dal trattarlo con ingiustizia. D'altronde ero certa che anche lui stava presso di me per tornaconto, perché non avrebbe anche lui trovato un posto migliore; e quindi non mi credevo in obbligo di riconoscergli alcun merito. Se commetteva davvero una mancanza non esitavo a dirglielo: ed egli riconosceva giuste le mie osservazioni; ma oltre di là non si andava. Forse anche lui, che era intelligente, mi riteneva la piú perfetta macchina di padrona che esistesse al mondo.

Una mattina però lo scontro avvenne. Era un giorno di scirocco e tutto il casamento tremava e scricchiolava sinistramente: cattivi odori salivano dal cortile, sul quale davano le finestre delle cucine e dei ripostigli; si sentivano le padrone sgridare aspramente le serve, e queste rispondere sullo stesso tono.

Entro anch'io da Fedele, con la convinzione che quella mattina si doveva una buona volta rompere il lungo armistizio. Facevo i piú brutti pensieri sul conto suo: che mi rubasse sulla spesa, che ricevesse donne in casa, quando io non c'ero, che parlasse male di me con la gente del mercato: quel giorno poi, tutte le cose sembravano sporche, e la colpa non era del tempo, ma sua. All'affacciarmi sull'uscio lo vedo al solito posto, davanti ai fornelli: tutto intorno è pulito e in ordine; anche il cestino con le verdure ha qualche cosa di elegante e di pittoresco.

Io non trovo nulla da ridire, ma volgendomi verso l'angolo dietro l'uscio vedo la cassetta per i rifiuti insolitamente aperta, e una goccia come di mastice sciolto che vi cade d'improvviso dentro mi fa sollevare gli occhi.

Un senso di allucinazione mi fa restare per un momento immobile e smarrita; davanti a me, appollaiato su un bastoncino collocato tra l'uscio e la parete, vedo un uccello nero, con un grande becco aquilino, e vicini fra di loro due occhi di un azzurro pallido che mi fissano severi.

– Che cos'è? – grido quasi impaurita, come se l'uccello misterioso fosse penetrato da sé nella mia casa con cattive intenzioni.

– È una cornacchia, – rispose Fedele, senza muoversi.

– E perché è qui? Chi l'ha portata?

– Io.

Allora mi rivolsi a lui, terribile.

– E perché? Chi vi ha dato il permesso? Da quando è qui?

– Da una settimana. L'ho comperata e mi tiene compagnia. Non può volare perché ha le ali e la coda mozze, – aggiunse, scusando, piú che se stesso, l'uccello.

Il suo accento dimesso, quasi idiota, mi disarmava: eppure l'idea che egli si credesse cosí disperatamente solo nella mia casa da cercarsi la compagnia di una cornacchia, mi irritava e umiliava allo stesso tempo. Volli, per questo, fargli del male: e frenando il mio sdegno, anzi mostrandomi quasi dolente del mio volere, dissi:

– Oggi stesso porterete via di casa quest'uccello. Voi sapete che non amo le bestie in casa: né cani, né gatti, né uccelli. Lo sapete: eppoi voglio che la cassetta sia chiusa.

Cosí dicendo io stessa rimisi alla cassetta il coperchio: e la cornacchia, nel sollevarmi che feci, mi beccò i capelli: poi lasciò cadere insolentemente, sul lucido legno, un'altra goccia che vi si impresse come un sigillo di cera gialla. E mi fissava coi suoi occhi vicini, inumani eppure per me beffardi, e pareva volesse dirmi: ringrazia il cielo che non te l'ho fatta addosso.

Fedele si avvicinò, con uno straccio tolse la goccia e si chinò per alitare sulla lieve macchia che, ripassatovi su lo straccio, scomparve.

– Va bene, – disse risollevandosi: – oggi stesso provvederò a me e alla mia Chia: intanto posso metterla nella mia camera.

Mise il braccio piegato davanti alla cornacchia e questa vi saltò su, con un lieve strido di gioia. Ed egli le posò una mano sopra, per accarezzarla e proteggerla. Io provai di nuovo una strana impressione: mi pareva di sognare. Fedele aveva pronunziato il nome della cornacchia come quello di una persona, e i suoi occhi d'un azzurro verdastro avevano preso una espressione simile a quella degli occhi di lei. Qualche cosa di selvaggio, d'irriducibile ad ogni umano sentimento, si rivelava improvvisamente in lui, risaliva dal fondo del suo essere primordiale. Ed io ebbi la stessa misteriosa paura che mi inspirava l'uccello da preda: cosí fragili entrambi, in apparenza addomesticati, pronti ad affondarvi il becco negli occhi. E uniti entrambi da uno stesso amore che solo i simili fra di loro, quelli di una stessa razza, possono sentire.

– Va bene, – dissi anch'io, ritirandomi dignitosamente.

Sentivo invece che tutto andava male: se Fedele mi lasciava, una parte, sia pure la parte piú meccanica, ma appunto per questo la piú necessaria, della mia esistenza quotidiana, crollava. Sentivo che per ottenere i servizi da lui resi, occorrevano per lo meno altri due domestici, maschi o femmine che fossero; e già pensavo a loro come a dei nemici in agguato dietro la mia porta. Forse esageravo: forse c'era un fondo sentimentale nel mio disappunto, poiché con Fedele se ne andava un periodo, se non felice almeno quieto e sicuro, della mia esistenza.

Mi ritirai nello studio, mentre lui, silenzioso come non ci fosse, rimetteva in ordine la mia camera da letto; e tentai di scrivere una lettera alla direttrice di un'agenzia di collocamento, che per caso conoscevo, onde pregarla di trovarmi una persona di servizio fidata e abile.

Ma non mi riusciva. Aspettiamo, pensavo; forse Fedele cambierà idea e butterà dalla finestra l'uccellaccio.

E d'improvviso sentii che eravamo ridicoli tutti e due: e che l'uccellaccio, in fondo, ci univa piú di prima, mettendo a prova il nostro egoismo e la nostra calcolata indifferenza reciproca.

Finito ch'egli ebbe di riordinare la camera, – e mi parve che lo facesse con piú rapidità e accuratezza del solito, – vi entrai col proposito di vestirmi e uscire. Volevo andar di persona dalla direttrice dell'Agenzia: ma le finestre della mia camera davano una a levante e l'altra a mezzogiorno, e il vento vi batteva cosí forte che i vetri pareva dovessero spaccarsi. Io amo il vento, quando ne sono difesa, forse perché il pensiero di affrontarlo all'aperto mi riempie di terrore. Aspettiamo dunque ancora, pensai; è ridicolo che io mi agiti cosí per una persona di servizio. Tanto piú che Fedele mi dava il buon esempio: eseguiva le sue faccende con calma e silenzio, quasi ignorasse la mia presenza nella casa. La casa era abbastanza grande perché servo e padrona non ci si incontrassero che nei momenti stabiliti: cosí, rientrando nello studio ritrovai sulla tavola i giornali e la posta, come venuti da per sé: e piú tardi nella sala da pranzo la tavola apparecchiata e Fedele pronto a servirmi, zitto e silenzioso come un fantasma. Non ci si scambiò una parola, non uno sguardo. Solo quando venne a servirmi il caffè, egli mi domandò sottovoce:

– La signora oggi non va fuori?

– Sí, esco, – risposi aspra; subito pentita aggiunsi: – perché? volete andar fuori voi?

– Sí, volevo chiederle un'ora di permesso.

Egli andava certo a cercarsi un altro servizio: e poiché il

pericolo adesso mi appariva di fronte, vivo e immediato, mi sentii tutta fredda. Per vendicarmi, poiché istintivamente sapevo che Fedele rifletteva i miei sentimenti, e aspettava una sola parola per rassicurarmi e rassicurarsi, risposi:

– Se volete andate pure. Non ho bisogno di voi.

Ed egli uscí, lasciandomi spaurita.

Date le abitudini e le circostanze della mia esistenza di quel tempo, bisogna dire che quell'ora concessa a Fedele fu una delle piú brutte della mia vita. Invano mi proponevo di uscire anch'io e cercare un'altra persona di servizio, certa che l'avrei trovata. Pagando bene si ottiene tutto. Anzi volevo vendicarmi: congedarlo appena rientrava, e non pensarci piú. Per aver una scusa dignitosa andai a vedere se dalla cucina era sparita la cornacchia.

La cornacchia era lí, sul bastoncino dietro l'uscio, e allungò il collo guardandomi fisso negli occhi con gli occhi severi. E d'un tratto, non so perché, mi parve che la mia casa non fosse piú cosí solitaria come un momento prima. Un essere misterioso l'abitava, incarnato in quell'uccello austero e silenzioso. Mi accostai per guardarlo meglio, tendendo però l'orecchio per paura che Fedele tornasse e mi sorprendesse in quell'atto. Anche la cornacchia, senza dimostrare sfiducia per me, tendeva il collo guardando lontano sopra la mia spalla, come scrutasse un pericolo ignoto: o forse vedeva il pericolo in me, e fingeva per salvarsi.

Infatti io avevo desiderio di prenderla e buttarla dalla finestra nel cortile. Nel cortile i ragazzi della portinaia avrebbero pensato loro a farne scempio: il pensiero però di destare la loro curiosità e le conseguenti chiacchiere mi trattenne. Tuttavia cercai di afferrare la cornacchia, ma dovetti ritirare la mano per evitare una beccata; tentai di prenderla di sorpresa, per di dietro; essa si volse subito, allungò il collo, mi beccò forte le dita. Sdegnata le diedi un colpo sulla testa: essa parve sghignazzare, oscillò sul bastoncino, cadde sbattendosi sul pavimento, si sollevò di scatto e cominciò a svolazzare qua e là come un farfalla ferita.

Allora pensai con terrore a Fedele, come s'egli fosse il padrone ed io la serva colpevole. Adesso, se ritorna e ci trova cosí! – pensavo correndo dietro la cornacchia col vano proposito di riprenderla e rimetterla su. Impresa piú difficile non mi era mai capitata: l'uccello mi svolazzava spaurito davanti; e alle mie preghiere false, di lasciarsi prendere, per il suo bene, e infine alle mie maledizioni rispondeva con dei *cra cra* rauchi e beffardi che mi impaurivano. Finalmente trovò da rifugiarsi nell'angolo dietro la colonna del forno a gas, e per quanto mi piegassi e cercassi di scovarla non uscí piú di lí. – Va bene, benone anzi, – dissi ad alta voce, passeggiando furiosa su e giú per il corridoio dall'uscio della cucina alla porta d'ingresso; – cosí quando quel mascalzone torna darò la colpa a lui se l'uccello gira liberamente per la casa; e sarà una migliore scusa per licenziarlo.

Se Fedele fosse rientrato in quel momento avrei forse dato ascolto ai miei rabbiosi propositi: ma egli non rientrava. Era già passata l'ora ed egli non rientrava. Forse, come certe serve maleducate, se n'era definitivamente andato. Questo timore mi calmò; e quando egli rientrò non gli feci osservazione alcuna. Anche lui non mi disse nulla, a proposito della sua uscita; piú tardi, mentre io lavoravo nello studio, venne a domandarmi alcuni ordini per la sera, e vidi che si chinava premuroso a togliere un filo dal tappeto.

Tutto questo mi rassicurò. Rinunziai anch'io ad uscire, decisa di fingere di dimenticare la scena della mattina.

La sera scendeva triste e scura: il vento soffiava con violenza, velando col suo rumore i rumori della città. Nessuno venne a trovarmi quel giorno, perché io non avevo amici abbastanza affezionati da ricordarsi di me anche nelle cattive giornate: né io me ne dolevo. I miei veri amici, in quel tempo, erano i libri belli; e di questi ne possedevo molti. Quando le lampade furono accese ripresi dunque a rileggere *Anna Karenina*: i casi di questa infelicissima donna, che mi avevano sempre interessato come quelli di una persona di mia conoscenza, quella sera mi lasciavano indifferente. Il rumore del vento richiamava la mia attenzione; e mi pareva di veder giú nella strada correre la gente, gli uomini tenendosi fermo il cappello in testa e le donne con le vesti svolazzanti: qualcuna di esse, forse, correva nella bufera, verso l'amore e verso la morte, come l'eroina del mio libro. E il ricordo di quel terribile senso di solitudine, ch'ella prova durante la sua ultima passeggiata, quel senso di vuoto e d'inutilità della vita anche se felice, mi tornava al pensiero: quante volte, senza aver amato e sofferto, o appunto per questo, avevo pure io sentito qualche cosa di simile!

E anche quella sera mi sentivo sola, nel vento, come in cima a una torre sopra un luogo deserto, e intorno a me fino ai limiti esterni della vita non vedevo che vuoto e desolazione.

Fedele è uscito per comprare i giornali della sera e fare altre spese: io sono di nuovo curiosa di vedere dove ha messo la cornacchia, e furtivamente ritorno nella cucina. Non accesi la luce, poiché le persiane erano aperte e non volevo che per caso egli rientrando dal cortile vedesse la finestra illuminata. Del resto ci si vedeva ancora, e al barlume lontano del crepuscolo distinsi la cornacchia sul suo bastoncino, immobile, con la testa un po' piegata e gli occhi socchiusi. Dormiva. Dormiva appoggiata su una zampa sola: l'altra la teneva sospesa, seminascosta fra le piume del ventre: e tutto il suo aspetto, nella penombra, era cosí dolce e timido, cosí triste di abbandono che uscii in punta di piedi per non svegliarla.

Si era verso la fine dell'inverno, e quelle giornate di vento si ripetevano spesso; ma era un vento caldo, il vento dei pollini, che portava fin lassú nella nostra casa un alito di terre lontane già fiorite. Fedele poi ogni due giorni rientrava con fasci di fiori comprati al mercato, e mi diceva che costavano poco. Insomma tornava il bel tempo, e il mio cuore non si era ancora tanto indurito da non risentirne una certa gioia.

La domenica seguente a quel giorno dello scontro in cucina, Fedele, che aveva il diritto di alcune ore di libertà, uscí appena ebbe rigovernato. Non disse dove andava: io avevo sempre l'impressione che si cercasse un nuovo servizio, ma nel frattempo non osavo chiedergli nulla. Si era quindi piú che mai in armistizio.

Anche quel giorno soffiava il vento, ed io non sentivo desiderio di uscire: mi annoiavo però: le giornate si erano tristemente allungate, e fin lassú, nonostante il vento, si sentiva la città rumorosa insolitamente sfaccendata, la esasperante città domenicale.

Dopo aver fatto cento inutili cose, esco per caso nel corridoio, ed ecco vedo una strana creatura venirmi incontro confidenzialmente, anzi con una certa curiosità. Era la cornacchia. Fedele aveva dimenticato l'uscio della cucina aperto ed essa era scesa dal suo rifugio ed esplorava la casa. Non ebbi il coraggio di scacciarla: veduta cosí per terra era graziosa, quasi bella: rassomigliava a una pollastrina nera senza la cresta. Arrivata davanti a me cominciò a beccarmi la punta delle scarpe, poi ne tirò i lacci come volesse scioglierli: questo mi divertí. Feci alcuni passi e lei mi seguí coi suoi passetti silenziosi: mi piegai per prenderla, e lei indietreggiò; non come la prima volta però, nemica e selvaggia, anzi quasi scherzosa, aprendo un poco le ali mozze e con quello strido di gioia che usava quando Fedele le porgeva il braccio per salirvi su.

Il desiderio di prenderla mi vinse. Mi piegai ancora di piú inseguendola fino all'angolo del corridoio e parlandole come a un bambino capriccioso: e con mia grande meraviglia, anzi, adesso posso confessarlo, con improvvisa commozione, sentii sulla mia mano le sue zampine fredde.

Quando mi sollevai, con lei afferrata al mio polso, ero un'altra donna. Quelle zampine fredde sulla mia calda carne mi riattaccavano a un mondo che da molto tempo avevo dimenticato. La natura umana, con tutti i suoi istinti di tenerezza per ciò che è piccolo, che ha bisogno di protezione e di aiuto, e solo per questo si fa amare, poiché l'uomo vero ama negli altri quanto vi è di buono e di grande in lui, si ravvivava in me.

Accostai il viso alla testina della cornacchia: ed essa mi beccò lievemente il lobo dell'orecchio. Anche lei seguiva il suo istinto, che era in fondo malvagio; ma pareva lo frenasse nel sentire il calore di affetto che oramai l'avvolgeva. La portai davanti ai vetri della finestra chiusa: vi beccò subito un moscerino solitario che ingoiò vivo, poi allungò il collo, piegò la testa da un lato, e con un occhio solo fissò il cielo. E l'occhio, che nella penombra era verde, si rifece azzurro.

Si stette cosí qualche tempo. Io non osavo accarezzarla perché ad ogni mio tentativo del genere sbuffava e si rivoltava per beccarmi la mano, ma la guardavo come una cosa straordinaria. E lei, se io stavo ferma, pareva non accorgersi neppure di me: ferma sul mio braccio caldo come sul ramo di un albero fissava il cielo volgendo e rivolgendo la testina in su. E pareva ascoltasse il rumore del vento, forse ricordando il mormorio degli alberi della selva dove era nata.

Cosí cominciò la nostra amicizia segreta. La riportai sul suo bastoncino, e osservai che sopra la credenza c'era un vasetto con dentro della pasta minuta, e un altro vasetto alto pieno d'acqua: immaginai fossero destinati a lei e infatti, nel vedermi a toccarli, essa aprí le ali e si protese in avanti. Mi parve un segno di grande intelligenza; o forse era già un segno di debolezza mia verso di lei. Ad ogni modo le accostai il vasetto con la pasta e lei vi beccò dentro avidamente: pure avidamente bevette, sollevando dopo ogni sorso la testa schizzandomi l'acqua sulla mano; quando fu sazia afferrò a tradimento col becco l'orlo del vasetto e tentò di rovesciarlo, poi si scosse tutta e, con le piume della testa dritte e gonfie, mi guardò severa. Questa era la sua gratitudine. Io mi divertivo: raccolsi qualche granellino di pasta caduto per terra, e rimisi ogni cosa a posto, per cancellare le tracce del mio passaggio, poi feci appena a tempo ad andarmene perché Fedele rientrava.

E nella notte mi sorpresi a pensare alla cornacchia: mi pareva di vederla dormire su una sola delle sue zampe di corallo nero, con gli occhi socchiusi a sognare, in quel suo melanconico esilio, le macchie e gli acquitrini dove l'avevano presa e le sue compagne con le lunghe code e le ali possenti volano a stormi alte sul cielo solitario. Sentivo compassione di lei.

– Se la teniamo qui, vivrà anche lei senza gioia e senza amore.

Anche lei. Poiché ricordavo bene i miei lunghi anni vissuti senza amore e senza gioia.

– Le faremo crescere le ali e la coda e in primavera la lasceremo volare, in cerca del suo compagno.

Non so perché mi figuravo fosse una femmina: forse per concatenazione d'idee. E non sorridevo di me stessa, no: anzi provavo un senso di gioia nel ritrovare in fondo al mio cuore il filo spezzato della poesia.

Questo filo si riallacciò stranamente, per opera dunque di una cornacchia. Una pianticella, un ragno, un uccellino, bastano per rallegrare la solitudine di un prigioniero, di un eremita. Il pane che il corvo portava al profeta Elia era forse, nel pensiero di chi scrisse l'episodio, il nutrimento di vita, vale a dire di amore, necessario anche agli uomini che credono di poterne fare a meno.

Io conoscevo molta gente ma non amavo nessuno perché credevo di avere abbastanza esperienza per non illudermi sull'amore degli altri. Lo stesso Fedele brontolava quando invitavo gente a pranzo o davo qualche ricevimento. Una volta mi disse: – Provi a non dar loro né da mangiare né da bere e vedrà che nessuno ritorna –. Era probabile che anche la cornacchia, pure dandole da mangiare e da bere, non si affezionasse a me: eppure sentivo di volerle bene.

Quando il giorno dopo Fedele uscí per le spese, andai a visitarla. E attraverso il corridoio scuro sentii d'un tratto che il bel tempo tornava. La cornacchia cantava. Era un vociare aspro, con fischi e lamenti, ma aveva un tono infantile, come il canto di un monello che per attirare nella rete gli uccellini di macchia ne imita i sibili e i richiami.

La primavera entrava nella mia casa, con quel canto selvaggio.

Quando mi vide, la cornacchia sollevò le ali e si protese tutta verso di me: dunque mi riconosceva. Eppure rifiutò il cibo che le porgevo. Accettò invece di venire sul braccio, e cominciò a beccare i bottoni della mia veste, e sulle falde di questa mi regalò una goccia di mastice per nidi! In cambio accettò per la prima volta, ma sbuffando e ritraendosi, una carezza sulla testa. Mai ho sentito una cosa piú morbida delle sue piume vive: e quella testa che pareva grossa e nella minaccia lo diveniva ancora di piú, era piccola come una nocciola, attaccata alla cordicella finissima del collo flessibile. Istintivamente allora le diedi un nome, che la distingueva nettamente dalla Chia di Fedele.

Chia era la cornacchia di Fedele: la mia la chiamai *Piccolina*.

Si accorse Fedele di tutto questo?

Se ne accorgesse o no mi pareva di non curarmene; ad ogni modo ero certa che egli non me ne avrebbe mai fatto cenno né rimprovero. Altre cose mie, altre debolezze, altre vicende della mia vita egli conosceva, e a sua volta non se ne curava. In fondo ci si rassomigliava, in questo, nella perfetta indifferenza per i fatti altrui, anche se questi fatti ci riguardavano indirettamente. Tutto era sopportato e scusato purché non ci si toccasse nel nostro interesse.

Cosí ero pure certa che l'avrei piú molestato col far palesi le mie visitine alla sua cornacchia che col fingere di essermene completamente dimenticata. Un giorno però lei stessa fu per turbare il nostro tacito accordo.

Io stavo a lavorare nello studio: nonostante lo strepito della strada, al quale del resto ero cosí abituata che non lo sentivo piú, il silenzio dentro era tanto profondo che mi colpí un piccolo suono strano all'uscio del salotto precedente; era come se un bambino vi raschiasse lievemente con una punta acuta. Incuriosita vado a guardare e vedo la cornacchia che appena socchiuso l'uscio allunga il collo e mette dentro la testa col proposito fermo di entrare nel salotto. Come sempre, la sua presenza mi desta un senso di sorpresa e di allegria, per non osar dire di gioia. Quest'essere selvatico, quest'uccello di rapina, carnivoro e ladro, che gira tranquillo per la casa, curioso e petulante, bisognoso di compagnia, mi dà sempre l'impressione di un essere misterioso la cui affinità e la distanza con noi non riusciremo mai ad esplorare.

Fu un uomo un giorno? Ladro e feroce fu condannato a rinascere nell'uccellaccio delle paludi: eppure conserva gli antichi istinti della casa e il bisogno di riavvicinarsi all'umanità. E stavo per aprire di piú l'uscio quando sentii il fruscio particolare del passo di Fedele in fondo al corridoio. Rapida e silenziosa come lui chiusi e ritornai al mio posto.

La domenica seguente aspettai che egli uscisse, per andare a vedere la cornacchia. Di nuovo era cattivo tempo e lei doveva sentirlo perché se ne stava melanconica e intirizzita, sebbene nella cucina facesse caldo. O forse sentiva la sua solitudine. Nel vedermi, infatti, si rianimò. Beccò, senza avidità, anzi quasi svogliatamente i granellini di pasta che le porgevo nel cavo della mano, scegliendo quelli piú piccoli che si nascondevano fra le mie dita, e rifiutò di bere. Ad ogni granellino che ingoiava sollevava la testa e mi guardava. Pareva volesse dirmi: lo faccio per compiacerti, ma desidero sapere che cosa vuoi da me.

Il contatto del suo becco quando frugava fra le mie dita mi faceva piacere. Ecco, pensavo, potrebbe beccarmi e strapparmi la pelle e invece pare mi accarezzi: dunque mi vuole già bene.

– Piccolina, – le dissi, parlandole come si fa coi bambini. – È vero che mi vuoi bene? Siamo tutte e due sole, disarmate e lontane dal mondo: sole sole peggio che nella foresta. Piccolina, vuoi darmi un bacio?

Sorridevo di me stessa e sentivo di essere un po' rimbambita; e non scambiai certo per un bacio la lievissima beccata che Piccolina mi diede al labbro inferiore, ma la scambiai per un segno di intelligenza o almeno di simpatia.

– Andiamo, – le dico porgendo il braccio, – tu sei curiosa e voglio soddisfarti. Voglio farti visitare tutta la casa –. Lei mise una dopo l'altra le sue zampe sul mio braccio e si lasciò condurre. – Cominciamo di qui, dalla sala da pranzo.

La sala da pranzo era la stanza piú simpatica della casa: mobili antichi, in quercia; vecchie maioliche, pesanti argenterie di grande valore. La vetrata di cristalli gialli la rallegrava: pareva ci fosse anche nei tristi giorni il sole.

Piccolina allungava il collo e guardava di qua, di là, sotto e su, veramente curiosa e con interesse. Nessuno mai dei miei invitati aveva osservato con tanta franchezza la mia sala da pranzo. Peccato che lei si permettesse di lasciare di tanto in tanto cadere, con naturalezza senza esempio, la solita goccia di mastice; ma io aveva provveduto a questo mettendo sotto il braccio che la sosteneva un pannolino come si usa coi bambini innocenti.

Cosí si fece il giro di tutto l'appartamento: arrivate nello studio lei parve infinitamente sorpresa per la grande abbondanza di carte che vi si trovava: i suoi sguardi di traverso, anche di sopra della mia spalla, i suoi allungamenti di collo, il volgersi e rivolgersi della testa, non finivano mai.

Quando poi la deposi sull'ampia tavola da studio diede quel suo caratteristico strido che pareva uno strillo di gioia. E dapprima saltò sopra un giornale e parve leggerne il titolo; poi lo beccò producendo un rumore sul legno sotto, e lo afferrò, lo trascinò qua e là finché, nonostante la mia impotente difesa, non lo ridusse in minutissimi brani.

– Adesso Fedele, adesso stiamo fresche, – io gridavo rincorrendola. Ma in fondo mi divertivo.

Fu quella sera che Fedele rientrò tutto stravolto in viso, con gli occhi lagrimosi e i denti serrati.

Alle mie domande rispose che aveva preso freddo.

– Procurerò di sudare, questa notte: domani sarà tutto passato, – disse.

Infatti si alzò all'ora solita, accudí alle faccende solite e uscí a fare la spesa. Il tempo era orribile: il cielo bianco e basso dava un senso di tristezza funebre: ed io provai un presentimento di sventura.

Fedele rientrato dalla spesa lavorava in cucina: tutto intorno era pulito e in ordine come sempre; solo osservai che egli non aveva rinnovato i fiori nel vaso della tavola da pranzo; però mi guardai bene dal rimproverarlo, quando venne a servirmi la prima colazione. Era livido in viso e stringeva i denti.

– Fedele, – dico io quasi sdegnata. – E perché non sei rimasto a letto? Tu sei malato.

– È un po' di freddo, passerà: prenderò adesso un po' di aspirina.

L'aspirina parve fargli bene: all'ora solita mi serví la seconda colazione, poi riordinò la cucina e mi chiese il permesso di mettersi un po' a letto. Piú tardi mi si ripresentò tutto vestito per uscire, ma col viso rosso per la febbre e gli occhi lucenti.

– Ascolti, – disse, umile e fermo, – io vado fuori a farmi visitare qui nella clinica accanto. Ho un dolore al fianco; è certo un reuma: è, meglio, però, assicurarsi. Non s'impensierisca se tardo: se mi permette telefonerò dalla clinica: intanto per questa sera c'è tutto pronto. Le manderò poi su la Lauretta che si incaricherà di portar via la cornacchia.

Io cerco invano di oppormi: lo afferro anche per il braccio e lo supplico di restare. Farò venire il medico, farò venire un infermiere; lo curerò io. Invano. Egli andava verso la porta come uno che è aspettato in qualche posto e deve assolutamente non mancare: la sola preoccupazione era di assicurarmi l'intervento di Lauretta, la figlia del portiere, che spesso ci rendeva servizio. E se ne andò quasi ruvidamente, senza guardarmi, senza salutarmi.

L'anima nostra ha momenti di chiaroveggenza terribili. Io sento, nel momento che Fedele tira dietro a sé la porta, che egli mai piú rientrerà in casa nostra. Sí, *nostra*, poiché quella casa apparteneva tanto a lui che a me. Ebbi desiderio di uscire sul pianerottolo, di guardarlo a scendere le scale, come si fa con una persona cara che parte: il pensiero del suo giudizio malevolo mi trattenne. Allora mi aggirai smarrita per la casa. Sopra tutto il pensiero delle difficoltà materiali che l'assenza di lui mi procurava, pareva destasse il mio turbamento: chi pulirà piú cosí accuratamente le stanze, chi mi servirà puntualmente i pasti?

Io ero la negazione assoluta di tutto ciò che è donnesco: e diffidavo profondamente delle altre donne, specialmente quelle di servizio. La speranza che Fedele tornasse era il mio solo conforto; ma la sentivo fallace.

Egli non era forse arrivato ancora alla clinica che già mi disponevo a telefonare domandando notizie: il timore di diminuirmi ai suoi occhi mi trattenne di nuovo.

Ed ecco suonano alla porta. La sola idea che sia lui, che tutto ritorni nell'ordine di prima, mi fa sobbalzare di gioia. È Lauretta, invece, che già viene a domandarmi se mi occorre qualche cosa. È una buona e allegra ragazza, spesso afflitta da dispiaceri amorosi: ad ogni sua delusione segue però una nuova illusione e l'amore per lei non è che questione di scelta: cambiano i fidanzati ma l'amore è sempre lo stesso.

– Per il momento non ho bisogno di nulla, – le dico senza lasciarla entrare. – Se puoi vieni verso sera –. E ho desiderio di chiederle che cosa ne pensa della malattia di Fedele: lei stessa mi previene, con una smorfia di poca speranza.

– Poveraccio: aveva un brutto aspetto. Speriamo che se la scampi; ma la peste è di nuovo in giro, e lui lo sa. E adesso mi consegni la cornacchia.

La cornacchia? L'avevo completamente dimenticata. La cornacchia? Perché sento un lieve calore alla fronte? Abissi dell'anima nostra! Il pensiero che l'uccello adesso è tutto mio, che finalmente posso allacciare la mia infinita solitudine alla selvaggia solitudine sua, mi rende quasi contenta che Fedele sia andato via.

– La porterai via piú tardi, – dico alla ragazza: e sento che le parlo cosí per vergogna di me stessa, per nasconderle il mio disumano sentimento.

Desolato e nero il giorno moriva sopra la città fangosa che per il contrasto pareva rumoreggiasse piú del solito, ma di rumori meccanici, come una grande macchina in rotazione.

Anche il silenzio della mia casa veniva interrotto da squilli frequenti. Il telefono era in contatto con quello di un ufficio d'avvocato, e tutto il corridoio tremava per le incessanti chiamate. D'altronde non volevo togliere la comunicazione in attesa di notizie di Fedele.

A questa continua vibrazione metallica rispondeva quella dei miei nervi scossi: mai mi ero sentita piú sola e senza aiuto in mezzo alla grande città ove pure gli uomini possono comunicare fra di loro anche senza muoversi dalla loro camera, e gli uni sono legati agli altri dai fili infrangibili della civiltà: a me pareva di essere entro una rete, come gli uccelli nei giardini zoologici, segregata oramai dall'umanità. E l'ombra della morte che minacciava il servo si allungava fino a me, si stendeva su tutta la casa coi veli neri della notte.

Accesi tutte le lampade: ma sotto quella luce anch'essa fredda e senz'anima la casa mi parve ancora piú funebre: era come una casa rimessa in ordine dopo che vi è stato portato via un morto. E quel morto, lo sentivo bene, era tutto il mio passato.

Lo squillo atteso risonò infine, e mi parve ancora un segno di vita.

– Pronti, pronti, sono Fedele. Mi hanno visitato: ho un principio di polmonite, ma non è niente; fra due o tre giorni è risolta. Resto qui; ho preso una cameretta a pagamento: il letto ha il numero undici. Non si preoccupi. È venuta Lauretta? Lei come sta?

La sua voce era un'altra, quasi giovane, quasi famigliare. Non l'avevo mai sentita e mi sembrava quella di un estraneo tanto che volevo chiedere, all'uomo misterioso che mi parlava, notizie precise di Fedele. – Io sto bene, – dissi; – solo mi dispiace che tu non sia rimasto a casa. Domani mattina verrò a vederti.

– Non si disturbi. Farò telefonare dall'infermiera. È venuta Lauretta? – ripeté con insistenza. Poi tacque. Sentii che tossiva: la voce ritornò la sua, bassa e umile e come logorata dal tempo: – Si ricordi di far chiudere le persiane: si faccia far tutto da Lauretta.

– Sí, sí, non ti preoccupare. Cerca di guarire presto. Buona notte.

– Buona notte, signora.

Solo dopo che la comunicazione fu tolta mi parve di aver dimenticato di dirgli qualche cosa. Ah, la cornacchia. Ne ebbi rimorso, e fui per riattaccare discorso: ma di nuovo quel senso di distanza che era fra noi, – poiché speravo ch'egli guarisse e tornasse, – mi allontanò da lui.

La mattina dopo andai a trovarlo.

Era una clinica quasi di lusso quella dove egli si rifugiava, quieta e circondata di giardini: una specie di pensione per malati, la presenza dei quali non si sarebbe avvertita senza il passare silenzioso delle infermiere vestite di candidissimi camici, e quell'odore lugubre di disinfettanti che desta il pensiero della morte.

Ed io recriminavo ancora una volta i gusti spenderecci di Fedele, che accumulava i suoi risparmi e poi li buttava via in un momento, quando pensai che forse era entrato in quel luogo con la certezza di starci poco...

L'infermiera che mi condusse da lui rispose con una smorfia d'indifferenza alle mie domande: pareva non sapesse, o neppure si curasse di sapere di che malattia si trattava.

La prima cosa che mi colpí, entrando nella cameretta dov'ella m'introdusse, fu un pesco fiorito che rosseggiava sullo sfondo della finestra grande quanto la parete. Da quanto tempo io non vedevo un pesco fiorito! Tutta la mia fanciullezza mi riapparve lí; e nello stesso tempo ebbi l'impressione che fosse stato Fedele a prepararmi quella sorpresa per distogliermi dal guardare il suo lettuccio bianco, nel centro della camera bianca e nuda come un sepolcro, col cartellino numerato che cambiava un uomo sofferente in una cifra, come nelle prigioni; il suo povero corpo che sotto la coperta banale e le lenzuola ruvide appariva piú grande del solito, quasi gonfio e allungato; e sopratutto il suo viso macchiato di lividori, già percosso dallo staffile della morte.

Neppure lui s'illudeva: anzi cercai d'illuderlo io.

– Mi pare che non stai male, Fedele. Sei rosso e fresco.

Egli mi guardò, di sotto in su, e i suoi occhi severi, con quello sguardo già lontano che fissava qualche cosa di lontano, di là della mia persona, mi ricordarono quelli dell'uccello.

– Lauretta è venuta? – domandò riprendendo il filo della sua sola preoccupazione.

– È venuta; ha fatto tutto. È svelta e intelligente, quella ragazza: non credevo.

Egli lo sapeva già, quindi non fece osservazioni: anzi parve lievemente contrariato, come ingelosito. Che passava nell'anima sua già coperta di nebbia? Forse vedeva Lauretta al suo posto, nel luogo dov'egli aveva lasciato la parte migliore della sua vita, e ne provava dolore.

Non disse nulla: non mi domandò neppure della cornacchia: pareva se ne fosse dimenticato. Ma quando io, accostando la sedia per sedermi accanto al suo letto, dissi che non avevo permesso a Lauretta di portarla via, si animò lievemente. Di nuovo parve contrariato.

– Perché? – domandò scuotendo la testa sul guanciale. – Sporca troppo.

– Ma no, poverina: se ne sta tranquilla sul suo bastoncino, sopra la cassetta aperta. Le ho dato io da mangiare e da bere; non ti preoccupare. Dimmi piuttosto cos'è che ti senti. Che dice il dottore.

– È la polmonite, null'altro. Passerà.

– Passerà, – ripeto io con fiducia. Ma l'aspetto di lui non mi piace. Adesso egli è calmo, rassegnato: non ha tosse e neppure difficoltà di respiro: i suoi occhi guardano verso la finestra, senza vedere il pesco fiorito, come aspettando di là un segno misterioso: ma questo suo raccoglimento, questa sua indifferenza per me e per le cose che gli vado stentatamente dicendo, e sopratutto il calore intenso che si spande dal suo corpo come se dentro tutto gli si arda e consumi, mi preoccupano piú che se egli si agitasse e lamentasse.

Solo quando accennai ad andarmene e gli chiesi se aveva bisogno di nulla, se dovevo regolare io i conti con la direzione della clinica, si agitò alquanto.

– No, no, – disse con voce sibilante: – è tutto regolato. E lei non si agiti, non torni.

– Sei tu che ti agiti; sta quieto, – gli risposi, mettendogli una mano sulla testa. – Se ti dispiace non torno, no.

Egli fremeva tutto; non replicò, e al tocco della mia mano parve a poco a poco calmarsi. E io mi avvidi che chiudeva gli occhi per nascondere le sue lacrime.

Diedi una buona mancia all'infermiera, perché lo trattasse bene, avvertendola di telefonarmi di tanto in tanto per darmi notizie. Domandai anche di parlare col dottore: ma il dottore a quell'ora non si poteva avvicinare.

Avevo stabilito di mangiar fuori, quella mattina, anche per distrarmi: nella strada però mi parve di ricordarmi che qualcuno mi aspettava, a casa; qualcuno che era solo e aveva fame e sete e forse soffriva per l'abbandono completo in cui veniva lasciato.

Piccolina! Una tenerezza improvvisa mi riassale, per lei, come si tratti di un piccolo essere umano affidato ormai alle mie cure.

Compro qualche cosa da un rosticciere e torno a casa. La casa ha un odore di chiuso, di morto; ma nell'attraversare il corridoio sento lo strido della cornacchia, che ha riconosciuto il mio passo, e mi pare un grido di vita.

Si sollevò tutta, nel vedermi, aprí le ali; ed io la presi con me alla mia tavola e mangiai con lei, parlandole infantilmente. Le racconto la mia visita al suo amico, le confido le mie speranze e i miei timori: essa becca nel mio piatto e beve nel mio bicchiere, tentando poi di rovesciarlo: non le importa nulla di quanto le dico; è piuttosto curiosa di sapere che cosa contengono gl'involtini da me deposti sulla mensa, e tenta di slegarli; si diverte col tappo della bottiglia e s'impunta a forarlo col becco: si allunga tutta verso la lampada, guardandola bene in giro, e tende l'orecchio al battito eguale della pendola: quando io verso l'acqua nel bicchiere lei introduce il becco nel collo della bottiglia e beve; forse ricorda la sorgente nel bosco: tutto la interessa fuori che le mie inquietudini. Eppure io non mi sento piú sola, con lei, e la sua compagnia basta per attenuare la mia tristezza.

L'infermiera, nonostante la buona mancia, anzi avendola già ricevuta, non telefonava: ed io non domandavo notizie per orgoglio. Orgoglio di che? Di tutto e di nulla. Si può sapere chi è superiore e inferiore a noi? Noi stessi: ed è di fronte a noi stessi che noi ci si umilia e ci si esalta. Verso sera tornò Lauretta e mi domandò notizie di Fedele: e parve rallegrarsi sinceramente quando le dissi che egli non stava poi tanto male; aggiunse però:

– Però se lui, Dio non voglia, avesse a morire, verrei tanto volentieri io, qui da lei. Si sta bene, qui: pare di essere fuori del mondo. Mi vuole?

A dire la verità io avevo paura a star sola, specialmente la notte. Le dissi quindi che se voleva venire, provvisoriamente, sarei stata contenta. Ella si mise a ballare per la gioia: poi prese sul braccio la cornacchia, l'accarezzò, cominciò a dirle frasi d'amore. Eppure di lei non sentivo gelosia: e i suoi passi di danza, il colore vivo dei suoi capelli e del suo vestito mi comunicavano un senso di gioia.

Andò giú a chiamare il padre, e col consenso di lui rimase presso di me.

La mattina dopo si alzò presto, andò a fare la spesa di sua iniziativa, fece tutti i servizi che faceva Fedele, come una sua scolara; mi contentò in tutto. Una sola cosa osservai: ella non aveva comprato i fiori, come egli usava.

Ecco dunque risolto il grande problema: con questo di piú: che ella destava in me un senso completo di fiducia, di intimità, di solidarietà femminile.

Non mi dispiacque, infatti, ch'ella entrasse in camera mia mentre mi pettinavo: cosa che mai avevo permesso a Fedele.

«Se l'infermiera non telefona vuol dire che la malattia segue il suo corso regolare», penso. Tuttavia nel pomeriggio mando Lauretta a domandare notizie. Io resto a casa, e mi diverto a portare la cornacchia sul davanzale della mia finestra. Il tempo s'è rasserenato; un cielo infinitamente grande e puro si stende sopra la città ancora lievemente assopita in quel primo calore primaverile. Pare che un velo sia disteso sotto le mie finestre: e i rumori vi arrivano attutiti, sotterranei; mentre di sopra, nell'aria trasparente, tutto vibra con armonia. Ed ecco l'uccello si mette a cantare: ma è una voce nuova, la sua, come di un altro uccello; è quasi dolce, è un richiamo insistente, squillante, che vuole, vuole, e si meraviglia di non ottenere quel che vuole e gli è dovuto.

Infine, stanca, Piccolina tace, si abbatte, si arruffa, china la testa e pare si sottometta a un comando superiore.

– Cosí è, – le dico io, riprendendola sul braccio e riportandola nel suo angolo melanconico. – È tempo d'amore; ma i tuoi compagni sono nel bosco e non ti sentono.

Lauretta tornò dalla clinica stravolta e agitata.

– Che luogo, Dio mio, che luogo! Pare bello eppure là dentro si muore. È vero, dunque, che si muore.

È vero, sí, e per i giovani il pensiero della morte sarà sempre inverosimile e inumano; per noi invece che discendiamo la china, la morte appare come il placido porto ove c'imbarcheremo su una nave meravigliosa. Cosí le notizie poco buone di Fedele non mi comunicarono il terrore risentito dalla fanciulla: ma il mio pensiero rimaneva fisso *laggiú* dove l'uomo arrivava lentamente al porto, mentre lei già aveva dimenticato la sua impressione e canticchiava ogni tanto volgendosi alla cornacchia per prodigarle carezze e languide frasi d'amore.

– Ti ha chiesto di lei? – domando io, che contro il solito mi attardo nella cucina. La cucina è bella, con le sue maioliche bianche, il merletto verde intorno alla cappa del camino, gli arnesi lucenti che riflettono la lontana luminosità del cielo. Fedele aveva il culto della bellezza, anche nelle cose umili: era, nelle sue condizioni, un artista e un aristocratico: e lo ricordo ancora, in certe sere quando egli indossava il frak, e la sua linea, il viso un po' duro e angolare, coi freddi occhi verdoni, lo trasformavano in un qualche gentiluomo nordico venuto misteriosamente fra noi.

– Non mi ha chiesto nulla, – dice Lauretta, oscurandosi

ancora in viso. – Guarda sempre verso la finestra e pare non si accorga di nulla.

Piú tardi tento di telefonare alla clinica. Prima che l'infermiera risponda passa un lungo minuto: ed ecco sento il silenzio lugubre della clinica, nella notte, quando i malati tacciono e le lampade notturne sembrano già vegliare i loro cadaveri.

Fedele peggiorava: e l'infermiera lo disse a voce alta con la convinzione che la mia indifferenza fosse pari alla sua.

Il giorno dopo tornai a visitarlo. Non so per quale ragione, forse perché pensavo di acquistarne per me al ritorno, mi venne in mente di portargli dei fiori. Poi tirai dritta: non si portano fiori ad un servo: una barriera insormontabile, accumulata da millenni di odio e di interessi feroci, divide ancora servi e padroni.

Comprai invece dolci e arance: cose che gli piacevano: ma appena vidi il suo viso deposi la borsa come una cosa mortalmente inutile.

Eppure il suo viso esprimeva una certa volontà: era ancora il viso duro, angolare, con gli occhi verdoni, dei quali la pupilla grande e mobile si fissava su gente sconosciuta, forse odiata, che però bisognava servire in silenzio.

Per un attimo mi guardò: mi riconobbe, ma tosto volse di nuovo le pupille in là, come già si fosse dimenticato di me, o non volesse piú riconoscermi.

L'avevano un po' sollevato a sedere, perché l'affanno era già grave; egli però non si lamentava, anzi quel suo sforzo di volontà pareva destato dal desiderio preciso di vincere l'affanno. Le mani, abbandonate sulle lenzuola, aride e tristi, erano già vinte; e la testa, a un tratto piegatasi giú, coi capelli grigi arruffati, mi ricordava quella dell'uccello che dopo aver chiamato invano si sottometteva a un comando superiore.

Chiesi insistentemente di conferire col dottore che curava Fedele. Ero sdegnata: mi sembrava che non avessero fatto nulla per aiutare e salvare il malato. Il dottore passava rapido nel corridoio, dando ordini a destra e a sinistra alle infermiere che entravano ed uscivano dalle camere dei malati e s'incrociavano come spole. Dovetti andargli appresso, mentre egli, invece di rispondere alle mie domande, mi chiedeva a sua volta se il malato aveva parenti. Null'altro: ma da queste semplici parole spirava l'alito della morte.

Rientrai presso Fedele, sedetti accanto al lettuccio: lo guardavo, poi guardavo il pesco fiorito, dietro i vetri chiusi, con l'impressione confusa che la vita dell'uomo, spegnendosi, accrescesse quella dell'albero. Oramai che sapevo la sua sorte mi sentivo quasi tranquilla; ma l'assistere al lento trapasso di un'anima da un mondo ch'è tutto luce e realtà ad un altro del quale ancora non conosciamo il mistero, è certamente pauroso e triste.

Eppure m'illudevo ancora: l'aspetto di Fedele non mi sembrava mortale: il suono stesso della mia voce, mentre tentavo di sottrarre il malato al suo affanno, parlandogli di cose inutili, mi dava un senso di vita. E fuori la grande giornata primaverile, il sole che tingeva di sangue roseo i fiori del pesco, i voli degli uccellini pazzi di gioia, tutto negava l'esistenza della morte. Oh, questa non esiste finché siamo vivi noi.

Cosí lasciai la clinica dandomi la speranza che Fedele migliorasse: il tempo buono aiuta il malato a guarire. Del resto io compivo il mio dovere verso di lui: se egli moriva non era colpa mia. E s'egli se ne fosse andato, un giorno, come aveva minacciato di fare, non ci si sarebbe separati lo stesso?

Compro dunque i fiori per me: rientrando a casa sento Lauretta che canta una canzone d'amore e la cornacchia che imitando il grido del cuculo si crea forse d'intorno l'illusione della foresta in primavera. Tutti si cerca la gioia dove meglio si può.

Fedele non aveva parenti. Figlio illegittimo di un'antica cameriera di casa nostra, che si era illusa di poterlo far studiare, dopo la morte di lei, rimasto solo e senza mezzi, anche lui era entrato al nostro servizio. Aveva qualche anno piú di me. Ricordo che un giorno mentre la madre mi sorvegliava, bambina, in un giardino pubblico, egli era arrivato di corsa con altri ragazzi, e che tutti assieme tumultuosi e violenti, mi avevano destato un senso di paura. Aggrappata alla donna tremavo tutta, finché lei non chiamò Fedele accanto a noi.

– Vedi, non è niente, sono bambini che giocano. Fedele, sta un po' tranquillo.

Egli aveva messo una mano sulla mia spalla: ansava per la corsa e la lotta coi compagni, ma la voce era buona, dolce.

– Ma no, piccolina, perché devi aver paura?

Nel pomeriggio telefonarono dalla clinica: Fedele stava meglio e desiderava vedermi. Dio sia lodato; sí, durante tutta la giornata mi ero sentita serena, con l'impressione che una gioia, invece che un dolore, dovesse attendermi. E quello stesso desiderio di Fedele, che durante le mie visite s'era mostrato indifferente e quasi infastidito di me, mi confortava.

Egli stava ancora seduto sul letto, e questa volta i suoi occhi mi vennero incontro, ma opachi, quasi neri, con già dentro l'ombra del mistero; e fin dalla soglia sentii l'affanno che egli non reprimeva piú. Pareva avesse corso a lungo, follemente. Mi ritornò l'immagine di lui ragazzo e la mia paura e il sollievo della sua voce.

Sedetti al solito posto: il piccolo spazio fra me e il letto mi dava un senso di angoscia, come un abisso. L'infermiera stava dall'altro lato, ferma, in attesa, quasi pronta a raccogliere e portar via l'anima che come un fiore stava per sbocciare sulla bocca del morente.

Ma egli forse voleva che altri cogliesse e portasse via questo fiore, perché allungò la mano col dorso in su, facendo atto di scansare la donna. Anch'io le accennai di andarsene: ella obbedí.

– Fedele, – domandai sottovoce, – hai da dirmi qualche cosa?

Egli non poteva parlare per l'affanno: rovesciò la testa sui guanciali, chiuse gli occhi e aprí la bocca, come chi è molto, molto stanco.

D'impulso, io gli afferrai la mano, per trattenerlo, ma

anche per sostenermi. Avevo paura, ed egli lo sentí. Sollevò la testa, sorpreso, e la sua mano rispose alla mia stretta.

– Piccolina... – mormorò, ma come fra sé. Ed io ebbi l'impressione che egli avesse l'abitudine di pronunziare spesso, anche senza volerlo, quella parola.

Sulle prime pensai che chiamasse la cornacchia: ma no, egli non le dava quel nome. A chi dunque lo dava?

– Fedele! – gridai spaventata. Egli teneva ancora gli occhi aperti, con la pupilla che andava in su, in su, finché scomparve. Era l'anima che se ne andava.

Nella sua camera abbiamo trovato i libri dei conti: null'altro. Ma in questi libri non appare mai il conto dei fiori ch'egli comprava quasi tutti i giorni. Questo è l'unico segno che un'anima vera e viva è passata accanto all'arida e meccanica anima mia.

E anch'io gli ho portato i fiori al cimitero: ma egli non li *sentirà* come io non ho sentito i suoi.

E il tempo passa, e facilmente si dimentica chi non si è amato.

Lauretta, quasi felice per la scomparsa di lui, canta, ride, mi ruba nella spesa, si fa amare da me e dalla cornacchia che le salta continuamente sull'omero e le becca lievemente e come con delizia i peli biondi della nuca e delle orecchie.

Con me invece Piccolina è sempre un po' selvatica, a giorni anche nemica, e se può mi becca sul serio senza tanti riguardi. Però mi viene sempre appresso, ed io le voglio egualmente bene, anzi piú è selvaggia e lontana dalla mia natura umana, piú mi piace: uccelli di solitudine tutti e due, uniti da un vincolo inspiegabile d'amore come quello che avvince uomini in apparenza infinitamente diversi fra loro, eguali in fondo nella loro essenza divina.

AMALIA GUGLIELMINETTI

Il ritratto a pastello

Discutevano da quasi mezz'ora, il giovine schermendosi con parole vaghe e perplesse, la donna indagando con una ostinazione che diveniva a grado a grado impaziente. Finalmente egli disse:

– Hai ragione. Oggi io sono diverso, oggi io ti devo confessare qualche cosa di abbastanza grave e mi è mancato fino ad ora il coraggio di farlo. Devi darmelo tu questo coraggio, tu che sei una piccola donna forte, capace di affrontare sola la vita e tutte le sue sorde ostilità. Confortami tu, Ottavia, a parlare. Dimmi che sarai indulgente e clemente col tuo povero amico che ha paura, che ha paura di te.

Ottavia Dimauro che ascoltava, adagiata nell'angolo del divano giallo-oro, coi capelli neri sciolti sulla spalliera come un viluppo di serpenti foschi, con le spalle nude e i fianchi avvolti strettamente in una spirale di seta d'un color violaceo pallido che le scopriva i piedi rosei nelle babbucce orientali ricamate di perle, lasciò sfuggire una lunga risata non piú gaia e non ancora beffarda, volgendosi a fissare Dino Altavilla, seduto accanto a lei, nell'altro angolo del divano giallo-oro.

– Mio povero amico, tu hai paura di me? Ci conosciamo ormai da due anni e mezzo ed è questa la prima volta ch'io ti scopro una sensibilità cosí tremebonda e che mi riconosco una cosí terribile forza. Che cosa dunque accade di tanto spaventevole?

– Spaventevole? – ripeté Dino Altavilla con un breve sogghigno. – Non esageriamo. Ho detto soltanto che si tratta di una cosa importantissima, la quale non mi giunge, d'altronde, improvvisa poiché la prevedevo da almeno sei mesi. È un fatto che, del resto, non ha nulla di spiacevole, tranne l'impressione, la prima impressione che tu ne potrai riportare. Ed è appunto ciò che mi costringe ad esitare tanto dinanzi a te, prima di decidermi a confessarti questa semplice realtà.

Ottavia lo lasciò parlare sino alla fine, attese ancora alcuni minuti, fissandolo con lo sguardo interrogativo, la confessione di quella semplice realtà e, constatando che il momento della rivelazione non era ancora giunto, si strinse nelle spalle con una piccola smorfia sdegnosa, poi s'alzò, mosse alcuni passi sul folto tappeto persiano che copriva interamente l'impiantito della vasta camera gialla.

Giallo era il broccato della coperta sul letto disfatto, gialla, incrostata di merletti di Venezia, la seta delle tende alle due finestre altissime, d'un chiaro giallino il legno di cedro dei mobili e le due poltroncine basse ai lati del tavolino da tè, e di un intenso oro caldo a riflessi di rame la grande cornice ovale che occupava la parete al disopra del divano, la cornice preziosa la quale racchiudeva un delicato pastello: il ritratto di Ottavia Dimauro.

Ella sollevò il capo e si fermò dinanzi a quell'altra se stessa, cosí somigliante pur nella leggera nebulosità del colore sfatto che le parve di vedersi in fondo ad uno specchio antico, un po' velato dalla polvere e dal tempo, oppure in fondo ad un'acqua stagnante in una luce di crepuscolo.

Scendeva difatti la prima ombra della sera dai vetri chiusi dietro le cortine leggere, e la violenza ardente di colore da cui traeva tanto risalto la particolare bellezza di quella donna bruna e pallida come un'andalusa, si fondeva ora dolcemente in un'armonia piú discreta e piú raccolta.

I larghi occhi neri di Ottavia fissavano i larghi occhi neri del ritratto che apparivano immensi e profondi nella penombra.

Era stato quello sguardo immenso e profondo, segnato con pochi tratti di colori da un pittore grande e modesto, ora morto, ad avvicinare quasi d'improvviso i loro destini in un amore durato oltre due anni e pieno di tumultuosa intensità di vita.

Dino Altavilla vi si era fermato dinanzi in una esposizione d'arte, lo aveva osservato contemplato meditato interrogato a lungo, per molti giorni, finché si era risolto ad acquistarlo per giungere a conoscere, se veramente esisteva, la creatura umana a cui splendevano in volto quegli occhi.

Codesta creatura umana esisteva, era una giovane signora sola, che abitava una villa in una piccola città di provincia, dove il pittore, passando per svago un'estate, le aveva fatto, per proprio diletto, il bel ritratto a pastello.

Il permesso di venderlo ad un ammiratore sconosciuto che il ritrattista le chiese per iscritto, il gentile consenso della signora e una successiva lettera di ringraziamento di Altavilla gli porsero l'occasione di una corrispondenza cortese, a cui seguí ben presto un incontro e quando, poche settimane piú tardi, il nuovo amico la pregò di venire ad ammirare il ritratto in una cornice e in un ambiente degni della bella opera d'arte e della bella opera umana ch'esso rappresentava, Ottavia Dimauro fu accolta in quell'appartamento lussuoso e misterioso, a terreno d'una villetta suburbana, dove ogni cosa era stata scelta e disposta con una sapiente cura d'amore.

Da allora ella vi era ritornata ogni settimana, vi aveva talvolta passato giorni e giorni, notti e notti, in quella completa libertà di esistenza che il suo stato di donna sola, separata da un marito ignobilmente vizioso, le concedeva.

– Io e quell'altra me stessa, lassú, – diceva Ottavia, accennando al pastello chiuso nella sua cornice d'oro, – abbiamo passato qui dentro, in persona o in ispirito, quasi due anni e mezzo di vita, eppure mi accorgo in questo momento che, se le tue labbra, Dino, e le mie labbra si sono tante volte avvicinate, le nostre anime invece sono rimaste infinitamente lontane.

– Non è vero, non è vero. Perché dici cosí? – mormorò egli corrucciato, afferrandola d'un tratto alla vita e piegandola riluttante verso di sé. – Non ti ho dato per oltre due anni tutto me stesso?

– Tutto, forse, meno la tua fiducia e la tua confidenza, – ella rispose, rigida, negandosi per la prima volta alle sue carezze. – Da parecchi mesi c'è nella tua vita qualche cosa di molto importante e tu me lo nascondi per timore d'una mia sgradevole impressione. E questo si chiama, per te: dare tutto se stesso?

– Ottavia, non parlarmi con tanta asprezza, te ne prego, – egli la supplicò, umile, baciando con avidità le sue mani che lo allontanavano.

Ella rise, ancora piú aspra nell'ostentazione della gaiezza che nelle fredde parole e andò a guardarsi nel triplice specchio dell'armadio, seguendovi con gli occhi torbidi sotto le ciglia socchiuse ogni atteggiamento ed ogni moto del giovine, tuttora affondato nell'angolo del divano. Egli s'era stretto la tempia fra le palme e restava a fissare il suolo con lo sguardo assorto e la fronte corrugata. Balzò in piedi, come per incitarsi a una improvvisa risoluzione, e movendo alcuni passi le venne vicino.

– Ascolta.

Seduta in una delle basse poltrone presso il tavolino da tè, ella aspirava con una espressione di voluttà esagerata un mazzo di violette languenti in una coppa di cristallo verde. Non si mosse quando egli le fu accanto, non si mosse quando egli si inginocchiò ai suoi piedi, sorridendo con una tenerezza alquanto impacciata.

– Ascoltami, cara.

– Ti sei deciso a rivelarmi la semplice realtà?

Ella sogghignò sollevando il viso dalle violette languenti, poi sospirò a lungo sbattendo le palpebre come se si destasse da un sogno, e la crudeltà del suo sogghigno contrastava cosí singolarmente con lo smarrimento voluttuoso degli occhi che il giovine, chino alle sue ginocchia, ne tremò di desiderio e quasi di rancore.

– Ebbene, – egli confessò con finta semplicità, – fra dieci giorni prendo moglie.

Ottavia tornò a chinare il viso sulle viole e tacque per un lungo momento.

Quando lo sollevò, esso rassomigliava stranamente al

ritratto a pastello nel colore sfatto delle gote e delle labbra, nell'ombra che riempiva l'incavo degli occhi. Sulla bocca pallida si disegnava lo stesso sorriso di prima, ma quasi contorto in una piega amara.

– Davvero? – ella disse con un piccolo sussulto delle spalle.

– Sí, – susurrò Altavilla, prendendole i polsi. – Ecco la notizia che non avevo il coraggio di darti. Essa non è poi cosí spaventevole come pareva. Non è vero?

– Difatti... – ella mormorò ambiguamente, guardando i propri polsi ch'egli stringeva fra le sue dita, quasi perché ella non gli sfuggisse.

– Difatti, – il giovine ripeté. – Questo non muterà nulla di ciò che è stato e di ciò che è fra di noi. Io sposo mia cugina, la solita cugina imposta dalla volontà dei cari genitori ai soliti figlioli docili, tranquilli e morigerati come me. Mia cugina è giovane, ricca e non ha nulla di particolarmente ripugnante perché io rifiuti la sua mano.

– E tu, naturalmente, non la rifiuti, – ella concluse, scotendo il capo piú volte, quasi per convincere lui e se stessa di questa inoppugnabile verità.

– È evidente, – ammise il giovane, alzando lentamente le spalle, come a soppesarvi la lievità del giogo a cui esse si assoggettavano con tanta docile calma.

– Nemmeno se, accettando la mano di tua cugina, tu dovessi perdermi per sempre?

La domanda inattesa giunse dopo una prolungata pausa di meditazione e vi succedette un'altra pausa piena di stupore.

– Ciò che tu dici è assurdo, – le osservò il giovine, piú sgomento di quanto non volesse apparire.

– Sarà assurdo, ma è l'espressione piú semplice e piú vera del mio pensiero, – ribatté con una risoluta e pacata fermezza la donna. – Mi sei appartenuto esclusivamente per oltre due anni, o almeno io ebbi di questo esclusivo possesso l'assoluta convinzione. Non posso e non voglio condividerti consciamente con un'altra donna, sia pure tua cugina, sia pure una moglie che ti è imposta dalla parentela. Ti prego, anzi, ti impongo di scegliere fra lei e me, ossia di rinunziare definitivamente all'una o all'altra.

Dino Altavilla l'ascoltò in piedi, a ciglia corrugate, torcendo la bocca in una espressione di tedio irritato.

– Io non vedo affatto la necessità di correre ad un *ultimatum* di questo genere, – tentò di scherzare con qualche ironia, – e di creare un dramma di una situazione cosí semplice. Esistono infiniti uomini che posseggono insieme una moglie tollerata e un'amante adorata, senza essere costretti a rinunziare all'una o all'altra. Sono queste le vicende piú comuni della società moderna.

– Ebbene, le vicende piú comuni della società moderna non fanno al caso mio, e non le accetto, – proruppe aspramente Ottavia, alzandosi d'impeto ed incominciando a ravviarsi con gesti nervosi i capelli dinanzi allo specchio dell'armadio.

Il giovane girò la chiavetta della luce e la camera gialla parve riempirsi di uno sfolgorante sole meridiano sotto il quale la bellezza appassionata della donna splendette di un cosí meraviglioso risalto che egli tremò di perderla per sempre con altre imprudenti parole.

– Tronchiamo questo colloquio, cara. Non parliamo piú di simili cose spiacevoli. È meglio ch'io me ne vada e che ci rivediamo piú calmi, domani, – le susurrò nel collo tentando, senza riuscirvi, di baciarla. – A domani, dunque. Addio.

Ella non si volse neppure. Continuò ad appuntarsi nei capelli le forcine di tartaruga che teneva fra i denti e quando ne tolse l'ultima stirò le labbra ad un sogghigno amaro, ripetendo come un'eco spenta il saluto dell'amante:

– Addio.

Lo vide sparire dietro la portiera di damasco giallo e allora soltanto s'abbandonò tutta sul divano, e chiuse gli occhi in un'espressione di spasimo disperato.

– Addio, addio, addio, – gemette tra aridi singhiozzi, torcendosi sotto la violenza dello strazio, premendosi sul cuore dolente le mani rattratte. – Addio, addio.

Poi balzò in piedi e si guardò attorno smarritamente,

come per salutare un'ultima volta le cose familiari che sapevano il suo amore, che lo avevano per tanto tempo accolto, e tutelato benigne.

Il ritratto a pastello le ricambiò il suo sguardo accorato, la fissò con quegli occhi immensi e profondi che rassomigliavano ai suoi, ch'erano i suoi, parve dirle con taciturna angoscia: «E io resterò qui sola mentre tu andrai lontano. Quest'altra te stessa rimarrà qui, vedrà forse un amore che non sarà piú il tuo, assisterà a una gioia e a un dolore che ti saranno ignoti, soffrirà dell'inganno e del tradimento e non potrà non guardare, non potrà chiudere i suoi occhi immensi e profondi. Dovrà vedere, sapere e sarai tu che vedrai e saprai».

Allora Ottavia Dimauro salí sul divano giallo, sciolse il cordone d'oro che assicurava alla parete il quadro e lo discese cautamente, cautamente lo depose a terra, sul tappeto persiano.

Il cristallo terso e sottile che proteggeva la figura scintillò sotto la luce intensa delle lampade ed ella posò il piede su quegli occhi che la guardavano ancora, ve lo premette con tutto il suo peso, con tutta la sua forza. Il vetro cedette scricchiolando, le fenditure s'allargarono in forma di raggi sino alla cornice, e la donna s'inginocchiò, ne tolse un primo frammento lungo e acuminato come un pugnale, poi un secondo e un terzo. Scoperse i colori tenui e sfatti del pastello, mise a nudo l'intero ritratto già gualcito e già martoriato dal suo piede, liberò dalla loro trasparente custodia quegli occhi che la guardavano ancora, interrogando.

Ma non si fermò nella sua opera di distruzione. Strappò dalla cornice il cartoncino ovale segnato dalla mano del grande maestro morto e con le dita convulse, tuttora inginocchiata sul tappeto, ella lo lacerò in due, in quattro, in innumerevoli lembi e li disperse al suolo, con un piacere acre, con un sorriso di blanda follia diffuso sul volto, col petto e le tempia pulsanti di un battito febbrile.

Quindi s'alzò, sedette sfinita sul divano e contemplò quella rovina con un senso di commiserazione cosí profonda per se medesima e per il suo amore che un'onda di pianto le salí dal cuore straziato.

Ma quando sollevò le mani per ricoprirsene il volto e premersi le palpebre brucianti di lacrime, s'avvide che le sue dita sanguinavano, ferite dai frammenti acuminati del cristallo, s'avvide che sui chiari disegni del tappeto, sul broccato giallo del divano, sulla vestaglia di seta violacea erano cadute le stille intensamente vermiglie del suo sangue, come tanti piccoli segni visibili della sua sofferenza, come le stigmate palesi del suo dolore.

E con una struggente malinconia ella pensò che queste vi sarebbero rimaste.

MARIA MESSINA

Mandorle

Le buone notizie portate da Michele avevano consolato le signorine Fiorillo che nella raccolta delle mandorle (ora che le prime raccolte potevano dirsi fallite), mettevano ogni speranza.

Marianna aveva proprio deciso di andare a Catania a farsi visitare da un oculista: un po' per via dell'età, un po' per via della fatica, non ci vedeva quasi piú e gli occhiali comprati in paese, senza misura, le facevano dolere gli occhi. L'avrebbe accompagnata Bettina, la piú giovane delle tre sorelle. Angela, al solito, s'era già rassegnata a restare a casa, ché lei, per le sue gambe eternamente enfiate, temeva di dare piú impiccio che aiuto.

Andare in città era, per gli altri, un avvenimento quasi naturale. Persino la maestra Facciolà, che non poteva dirsi ricca, vi era stata due volte! E la moglie del segretario vi correva ogni primavera per farsi le vesti nuove. Ma le signorine Fiorillo contemplavano sempre con una specie di spavento le spese del viaggio. Quando non si può, non si deve. Se loro tre non avevano mai fatto cattive figure, se erano stimate da ognuno, ricevute nelle migliori case, come al tempo che era vivo il padre, lo dovevano solo all'accortezza e all'economia di Marianna.

Mentre due donne mondavano, Marianna e Bettina, in sottana e ciabatte, davano una mano anche loro per sbrigarsi e non pagare troppe giornate. Come le mandorle furono ammucchiate a montagna, nel magazzino, cominciò il va e vieni dei sensali, dei compratori. Pareva si fossero data la voce: guardavano, poi offrivano un prezzo derisorio che non meritava neppure si rispondesse.

– Torneranno, – assicurava Bettina, convinta, mentre Michele e la serva chiudevano la porta del magazzino.

Non tornava nessuno. Gente nuova non se ne presentò piú. Alle Fiorillo restò il pericolo di tenersi le mandorle dentro il magazzino, come un inutile tesoro.

Si ripresentò Giovanni, il sensale vecchio.

– Io ve l'ho detto, – esortò. – Afferrate il guadagno: poco ma certo!

– Afferrare il guadagno? – esclamò Marianna. – Afferrare il guadagno? Come fossero mandorle rubate!

– Contentatevi! – replicò Giovanni. E questa volta guardò Marianna con un'espressione che voleva domandare: «Che aspettate? Non vedete che è finita?»

– Insomma! – fece Angela. – Mi pare che padrone della nostra roba siamo noi.

– Padronissime, – ripeté Giovanni avviandosi verso l'uscio. – Ma i giornali non li leggete? Non sapete che c'è la guerra?

I giornali: sí, li leggevano. La guerra: sí, avevano letto che in altri paesi, lontano, era scoppiata la guerra, il primo giorno di agosto.

Ma che c'entrassero le mandorle, veramente...

– Non ci confondiamo, – fece Marianna saggiamente. – È forse nei nostri paesi, la guerra?

E andarono a far visita alla signora del segretario per avere qualche lume.

– Vendete! – consigliò il segretario. – Vendete e ringraziate chi compra. Fosse frumento!

E siccome le Fiorillo lo guardavano tra sorprese e sdegnate, annunciò solennemente che l'Italia stava per «muoversi». Sgomitolò quel poco che sapeva, quel molto che aveva leggiucchiato sui giornali, ripetendo ogni momento parole grosse, parole difficili: «commercio paralizzato», «coalizione», «conflagrazione»...

Se ne andarono stordite, moge moge. Di tutta quell'eloquenza (una volta entrato nell'argomento il segretario non sapeva piú uscirne, come una mosca impigliata nella tela di ragno), di tutto quel fraseggiare, non avevano afferrato altro che le mandorle, quell'anno, non valevano niente.

Angela mormorò, posando il cappello:

– Come gli è mai venuto in mente, al Kaiser...

Ma si interruppe, stupita delle sue stesse parole. Ora parlava anche lei dell'imperatore come di un conoscente...

Dopo avere molto discusso fra di loro, le Fiorillo decisero di sbarazzarsi delle mandorle. Le vendettero.

– Ci hanno frodate, – osservò Marianna con amarezza. – E quest'anno dobbiamo comprare l'olio.

– E pagare il focatico, – aggiunse Angela.

Cominciò a piovere: pioggerelle minute minute e continue, che fanno chiudere le finestre e mettono malinconia dentro la casa.

Nei lunghi silenzi (lavoravano tutte e tre nel salottino, e il gatto dormiva con un occhio, e il cardellino in gabbia cantava adagio adagio come se si lagnasse) le Fiorillo pensavano che l'inverno era cominciato e la miseria avrebbe picchiato all'uscio. Altro che andare a Catania!

Sempre alla stessa ora, Bettina leggeva forte il giornale, da cima a fondo, senza saltare una colonna. E dopo aver sentito il giornale non osavano rammaricarsi delle strettezze domestiche.

– Ma cosí non possiamo durarla! – mormorava Marianna, la sera, mentre il primo scuro scendeva come un velo grigio.

Bettina cominciò a sentir pesare su di sé una oscura responsabilità. Forse toccava a lei essere utile alle sorelle.

La serva l'avevano licenziata; vesti per l'inverno non se ne facevano; a tavola si mangiava solo la minestra... Non bastava.

Una mattina, rimettendo in ordine certi cassetti, ritrovò un pacco di compiti, legato in croce. Sfogliò quasi meccanicamente le pagine sciupacchiate; e fu come se qualcuno le avesse parlato, con tono sommesso. E Bettina, trasognata, parve ascoltare la voce dei ricordi.

Ricordi del tempo non lontano, di quando studiava sola sola, con la guida d'una vecchia maestra, amica di casa, mentre tutti la canzonavano dandole della «dottoressa».

Stavano bene, allora: i genitori vivi, Boscogrande non ancora venduto, tre libretti alla Cassa di Risparmio e niente paure di guerra, di epidemie, di miseria.

– Ti pare che io ti lasci fare la maestrina! – esclamava il padre, se la vedeva con un libro in mano. E non le permise mai di andare in città, per fare gli esami di patente.

Lei voleva studiare per vocazione, per non somigliare alle sorelle che sapevano appena scarabocchiare la firma...

Ah! papà, se tu avessi saputo!

Si scosse. I capelli erano ancora neri, la persona ancora giovane e forte; pensò ad Angela che aveva i capelli grigi; a Marianna che aveva i capelli bianchi e non ci vedeva e le mani le tremavano.

Toccava a lei.

Che anche la sua giovinezza non si disseccasse del tutto, inutilmente, come una pianta sterile.

Avrebbe insegnato a leggere e a scrivere ai bambini; avrebbe insegnato bei lavori d'ago alle fanciulle. Piaceva alle signore del paese mandare i figli a imparare, in casa di persone per bene.

Ma si accasciò ai propositi, fatti – cosí – all'improvviso, riaprendo un pacco di quaderni dimenticati...

La maestrina Fiorillo... l'avrebbero chiamata la maestrina Fiorillo... Anche la Facoltà, sino allora sottomessa, l'avrebbe guardata con aria d'indulgenza. Forse la moglie del segretario l'avrebbe disprezzata. Forse la marchesina Mauri avrebbe evitato di sedersi vicino a lei, in chiesa.

Pianse: come se con i propri disegni fosse per distruggere tutto il piccolo mondo di meschine ambizioni nel quale era vissuta. Pianse. Ella non poteva ancora vedere la nuova luce che stava per purificare ogni lavoro onesto.

No, ella non sapeva che la sua giovinezza sarebbe stata bella, domani, solo perché offerta a qualcuno.

Falso orgoglio, piccole relazioni sociali fra gente piccina e vanitosa, mondo di cartapesta, mondo da burattini, che, domani, la guerra avrebbe travolto...

Ma Bettina non sapeva: sentiva solo, dentro di sé, intorno a sé, potenti e ignote forze che la spingevano all'azione.

Si asciugò le guance. Passeggiò un poco per la stanza, per ripigliare un aspetto piú sereno.

Sentí il mormorío sommesso di Marianna, nella camera attigua; pregava sempre, a quell'ora.

Marianna non avrebbe approvato subito. Ma Bettina si fece animo, decisa, ed entrò nella camera.

– Senti, – cominciò a dire, con la voce un po' arrochita, – ho riflettuto a una cosa molto giusta...

ANNA BANTI

Il coraggio delle donne

La compagnia veniva su, sbandata, per la scorciatoia che infila il crinale del colle: tanta era la fretta che i sassi rimossi dai ragazzi, rotolando in giú e urtando i piedi delle tre signore, non parevano nemmeno avvertiti. I primi grilli della sera cominciavano a chiamarsi, qualche uliva risecchita, nei campi al di là dei muriccioli, crocchiava cadendo dal ramo sulle stoppie. Nessuno chiacchierava o cantava piú come un'ora fa, sotto i castagni: solo le due bambine, piú svagate, si permettevano ancora la stretta del braccio e la parolina all'orecchio. Poi quando il silenzio della campagna diventava piú denso, quasi notturno, e il rumore di tutti quei passi pareva ciecamente meccanico, la donna piú pallida e bassa si scansava dal volto la eterna ciocca sfilaccicata fino al labbro, e cominciava la sua litania: «Dio mio speriamo che non sia già a casa...» Lo sguardo, appuntato in su, quasi a implorare il termine del viottolo, essa ripeteva la frase sommessa e con sospiri di fatica, due, tre volte. Allora la compagna di destra, alta e formosa donna dal corpetto attillato, si voltava, si fermava quasi: certo per lei la parola doveva essere una vocazione: «Ragiona, grullerella, per un piccolo ritardo che potrà mai succedere? Lo conosco, il dottore, bisogna prenderlo per il verso. Gli dirò io due paroline...» Il discorso era troncato dall'affanno, ché la parlatrice doveva correre se voleva raggiungere le compagne, piú frettolose che attente ai suoi consigli. Col fiato grosso riusciva a mettersi in testa, lasciando in coda la compagna finora silenziosa: leggera di passo, ma come sbadata e assorta: delle tre certo la meno comunicativa.

Ormai i muriccioli dei campi, a destra e a sinistra, si alzavano, diventavano muri, e il viottolo strada. E quando si fu a pochi metri da una svolta a gomito che lasciava scorgere sul cielo il primo comignolo del paese, col suo fumo da ora di cena, la bassina e pallida si fermò. Fu un atto istantaneo, piú interiore che espressivo, ma l'avvertirono anche i ragazzi. «Non ce la fo, non ce la fo, ho paura» gemeva la donna a voce bassissima e a testa in giú: pareva una capra o una rustica partoriente. Le due compagne le erano ai fianchi, l'una spronandola con accenti forzati, e accollandosi già il compito di sostenerla e trascinarla prima che ce ne fosse bisogno, l'altra lasciandosi andare a fissarla pietosamente, con una intensità perduta e sgomenta. I ragazzi facevan cerchio e avevan sul viso quell'allarme incerto che può sbocciare in occhi impauriti, in singhiozzi e urli, o dissiparsi in un attimo, come una nuvola. «Non far cosí Amina, bada ai figlioli» sollecitava l'amazzone calcando sulla voce e già pronta alla calma in falsetto con cui si distolgono i fanciulli da scene che non debbono ricordare; ma quelli restringevano il cerchio, quasi ostili: l'Amina seguitando a rimanere immobile, colla faccia tra le palme. Senonché, all'improvviso, proprio come una capra, mutò pensiero e si spinse avanti, sollecita, anzi impaziente. Adesso la confortatrice la seguiva a stento e mostrava coi gesti il proposito di trattenerla. La compagna silenziosa invece aveva messo l'ali ai piedi e accennava a precedere con un viso fra inconscio e stordito. Ancor muta, ma alacre fin sulle labbra, impercettibilmente mosse, chi le fosse stato accosto l'avrebbe udita mormorare in un soffio le ultime parole dell'Amina: «non ce la fo, non ce la fo», ripetute senza accento, come una preghiera o un compito da imparare.

Il punto d'arrivo era imminente, i ragazzi tranquillizzati dondolavano le gambe e si fermavano a sbucciare coll'unghia l'intonaco friabile del muro di casa; o eran già filati oltre il cancello in cucina come ciuchi digiuni. Le tre donne si riunirono in gruppo compatto, l'Amina in mezzo, terrea. Solo le amiche levarono il viso verso la facciata per riconoscere a qualche segno della porta o delle finestre se il padron di casa fosse rientrato; e già si rallegravano: «coraggio, avanti, è ancora fuori», quando lo videro apparire dall'angolo destro della trista villa: ancora incappellato di nero e di nero vestito, ma col colletto e la cravatta sciolti: un disordine tetro e ribollente sotto quella faccia di cittadino inselvatichito. Solo a guardarlo si immaginavano le labbra amare e polverose d'una giornata di signorotto in bisboccia: troppi sigari, troppe bottiglie e scope e chiacchiere con amici troppo annoiati; la saliva attacca sotto la lingua. Un gran caldo sulla pelle, gli occhi sanguigni vedon tutto ingiusto, inquinato, ostile: i raccolti magri, la casa a pezzi, i figlioli mal dirozzati e quella moglie – quella moglie dagli occhi di gatta. «Maledetta la maremma dove l'ho trovata e dove mi son ridotto», ha pensato per tutta la strada, prendendo a calci i sassi. E ora cosa dirà?

Le donne si son fermate: meglio lasciare al marito la scelta delle armi e l'iniziativa del primo sfogo. Febbrilmente l'Amina ravvia la sua ciocca piangente e cerca la voce per rispondere ai primi tuoni; Rosa s'incanta, ma Norma crede al momento buono e s'avventura. A passetti brevi, come si trovasse non sul battuto d'una corte sdotta, ma in sala, fra i ninnoli, si avanza: gomiti stretti alla vita, mani premute sullo stomaco. Pare che l'uomo non distingua bene, l'esigua luce del crepuscolo sfugge come il filo della sua gran rabbia, difficile a convertirsi presto come vorrebbe in frusta, in corda, nello strumento piú offensivo possibile. A un tratto, si trova sotto il naso quel corpetto, quelle spalle tonde, e una boccuccia in sorriso. Ottima la facezia sulla bella vedova che fa la castellana romantica: ma al sole, di mattina, colla testa fresca. Ora non ci son che nemici: queste signore! che sostengono la nemica di tutti i giorni e invece di scappare gli mandavano incontro questa voce da piccione frivolo che vezzeggia sulle vocali e gioca sulle doppie: «La colpa è tutta mia, signor dottore! L'Amina sarebbe tornata da un pezzo, ma io volevo sentir l'usignolo alla piana di sotto, e l'ho trattenuta. Mi perdona, non è vero, signor dottore?» E le manine a farfalletta inarcano la palma, secondano le mossette della testa inclinata, florida di riccioli, di nastri e piume. Tanti anni fa, un giovane medico, piccolo asciutto brillante, adorava le scuse delle belle donne; ma al povero cattivo ometto che l'ha sostituito tutto va in veleno, e quelle belle maniere gli paion tradimenti. I pochi resti dei suoi ricordi mondani sobbollono quel tanto che gli permette di soffrire per la cravatta slacciata e la barba lunga. Il fegato gli fa male, la rabbia cresce; e la risposta non si fece aspettare: «Me ne f... di lei e delle su' penne!»

La rapidità della tattica con cui si sciolgono le situazioni impossibili, i litigi vergognosi fra gente civile, è sempre un mistero. Un istante dopo l'incredibile invettiva non c'era piú nessuno sulla spianata davanti alla villa: senza saluti o scuse, ingoiate dal portone Amina e Rosa; scomparso il marito, Norma sulla strada di casa e già in vista del suo cancello. I grilli si sfiatavano da commoventi lontananze e: «zotico, villanzone, alcoolizzato» inveiva Norma a labbra strette, ribattendo il portale un po' piú forte del consueto. Il «buonasera signoria» del giardiniere le sembrò una riparazione all'affronto, un omaggio intenzionale cui convenisse rispondere con un cenno del capo un po' solenne.

Nel buio, a tastoni, su per la scala ripida, Amina e Rosa si separarono senza una parola: a tastoni entrarono l'una nella camera coniugale, l'altra nella stanzetta che la ospitava nei suoi soggiorni presso la cugina. I letti, parati dalle zanzariere, parevano, nell'ora nericcia, trappole di fantasmi, soffocatoi silenziosi. Chiuso l'uscio, Rosa non si decideva a lasciare la maniglia e a far i passi necessari per spogliarsi e indossare i panni di casa. Guardava allucinata il vano ancor bianco della finestra, registrava ansiosamente i suoni, le voci, le battute di porta del piano di sotto. I ragazzi si disputavano lontano, forse in cucina, e le loro grida asprette schizzavano di tanto in tanto fin su, coprendo ogni altro rumore. La serva doveva apparecchiare perché si sentivano cozzare i piatti e le posate: ma i coniugi non davan segno di vita. Interporsi, calmare, pregare? O chiudersi in camera per tutta la sera, per tutta la notte? Piuttosto a quest'ultima risoluzione si sarebbe volentieri attenuta la pavida Rosa, che, a trent'anni, non arrivava ancora a figurarsi come ci si potesse decidere al matrimonio. La maniglia, lasciata e subito ripresa, era ormai calda, umida anch'essa e ansiosa come la mano. Cosí fragile, questa porta sconnessa, davanti alla violenza! ma cosí adatta a travestire una camera in carcere, in agguato. Ed ecco la romantica Rosa, un'altra ragazza da quella che basisce all'uscio, compiacersi un attimo della situazione: la vittima, il tiranno, la notte fonda, la desolata piana, «Siena mi fe', disfecemi Maremma»: il Dante per le dame del 1850.

Ma Amina in camera sua non può concedersi, a consolazione, neppure un parallelo romantico. Ogni giorno la vita la incalza in piú miserabili termini e con rancori piú aspri. Non c'è tregua per lei se non in momenti come questo, in cui l'avvilimento, la paura, la vergogna, s'allentano proprio sul culmine, in una indifferenza smorta. In questo stato, essa non ha bisogno di nulla, neppure di un rifugio contro una violenza estrema tante volte minacciata. Del resto il suo rifugio si configura ironicamente in questa stanza, con questo lettone, questi doppi cuscini, e questa coperta di trina fatta a mano da lei, a quindici anni; che non si commuove piú di nulla. Amina non ha neanche serrata la porta, l'ha ribattuta soltanto sicché uno spiraglio di corridoio nero è visibile fin nello specchio del cassettone. Venga chi vuole e soprattutto si decida il marito a saldare anche questa volta la partita. Quasi tranquillamente essa si spoglia, indossando poi certo peloncino foderato di scabro che tutti gli autunni le punge le ascelle. Prende tempo, non si affretta, e quando si annoda alla vita il grembiule di raso nero, le par di aver sonno: un sonno che dilegua nel punto che, scorrendo la mano sul marmo della toeletta la sua mano c'incontra un mozzicone di sigaro, fra la cenere. Questa prova che il marito è stato in camera da poco, ritto dove ora è lei, davanti alla finestra, la fa rabbrividire e la riconduce ai pensieri di sempre. Dove si sarà messo Angelo? Aveva l'aria di aver bevuto troppo come quando ritorna da Castagneto. Ora il cervello è del tutto sveglio e assorbito nel solito lavoro d'indovinar gli umori del padron di casa e improvvisar difese: dell'apatia di poc'anzi non resta che uno strano e calmo riflesso che ritiene le parole pensate, e, per esempio, si meraviglia del controsenso di chiamar per nome, anche mentalmente, un uomo che dovrebbe, dopo anni di malinteso, esserle estraneo come uno sconosciuto. Intanto seguita a ragionar da «moglie», attivamente: come avesse raccolte per caso le note di una musica che non può ascoltare.

In basso i tre ragazzi e le due bambine sonnecchiano aspettando la cena e si strappan di mano certe castagne arrosto rubate in padella. Lo vede bene, Amina, che hanno ancora le mani sporche dalla terra del castagneto. Bisognerebbe comandare, gridare, suonare degli scapaccioni. Che fatica! Questa madre di cinque figli ha sempre guardata la sua prole un po' spaventata e distratta, come una sorella lasciata a guardia di fratelli troppo cresciuti. Anche quand'erano in culla, tutti pianti e capricci, le parevano degli strani balocchi rumorosi, pericolosi. Soprattutto li teme per i malestri che combinano, per le malattie che posson prendere e di cui dovrà per forza soffrire, l'amor materno essendo in lei una necessità inesorabile, crudele. Ora li guarda aggrottando un po' la fronte al pensiero di quel che occorrerebbe dir loro, ma non fa motto, e se ne va per l'andito sdrucciolevole, in cucina, dove Cesira è padrona e lei gira intorno ai tegami colla stessa aria aggrondata che ha usato coi figlioli; pensando a quel che dovrebbe rimproverare e correggere se ne avesse la voglia, il coraggio. Cosa ci vuole, in fondo, ad aver coraggio? suggerisce il calmo riflesso di poco fa: ed ecco dalla porticina che affaccia sull'orto entrare piano, con quel poggiar di suole liscio liscio, il signor dottore. Ci siamo, questo momento doveva arrivare: pure Amina, colla scusa della serva presente, tenta di ritardarlo ancora volgendo le spalle alla porta e afferrandosi al mestolo delle patate in umido. Gli occhi le sono ingranditi, le guance incupiscono non per la vampa del focolare, ma per il rinforzarsi del loro tono verdastro. Sul collo, in un lezzo di tabacco spento, il marito le soffia: «non importa, signora contessa, non si sporchi le manine»; e infila il corridoio. D'incanto Cesira sorge, e dietro di lui s'avvia colla zuppiera fumante: come avesse nascosto alla padrona che la minestra era pronta. Cosa resta ad Amina? Scendere nell'orto inciampando nelle pertiche degli ultimi pomidoro; uscire dal recinto, correre, raggiungere i boschi, rotolare al piano dove c'è la malaria, ma anche qualche barroccio che la porti alla costa: imbarcarsi, ritornare all'Elba nativa, finalmente. Questo essa eseguisce in furia, cogli occhi ancor fissi sulle patate, nello spazio di quattro secondi, finché il suono dell'uscio ribattuto non la spinge a precipizio sulle orme della serva; sicché appare in tinello coll'aria di aver predisposto e poi seguito un corteo. Con gran tramestío di scranne i ragazzi si muovono per sedere a tavola; l'astratta Rosa s'affaccia dalla porta delle scale cogli occhi tondi bene aperti, ma subito rassicurata s'avanza, si siede anche lei: che non parli non è una novità.

Ecco dunque, sotto la «sospensione» a petrolio di vetro celeste, una tipica cena ottocentesca. Bella famiglia; ma il padre cogli occhi gialli, fiata sul piatto e non mangia come un bove in sospetto. Già da dieci minuti le unghie quadrate della sua mano destra battono sulla tovaglia con funebre regolarità, e nessuno osa accorgersene, meno di tutti la madre, seduta un po' di tralice, che ingozza le cucchiaiate storcendo il collo, con un fare da ospite tollerata, da pellegrina. Si direbbe che i figlioli siano bene educati perché non parlano: se tuttavia non grattassero tanto col cucchiaio il fondo della scodella. Nessuno di loro si turba all'inimicizia dei genitori, pronti tutti alle strida di spavento se qualcosa minacciasse l'equilibrio di malumore a cui sono abituati. È normale in questa casa che i coniugi si guardino male. Aspettando l'arrosto, Rosa fissa sul muro le mosche superstiti e muove ancora le labbra macinando una frase di ieri e una conversazione di Porto Ferraio, vecchia di un mese. I due maggiori si dànno, in silenzio, delle fiere gomitate: nella camera dei maschi stasera ci sarà baruffa.

Ma, coll'arrosto, il padre sottrae la mano alla cadenza della sua rabbia e inclina il collo del fiasco. Un bicchiere, due bicchieri. Al terzo la chiave del suo mutismo gira e tutti drizzano gli orecchi e trasaliscono guardandolo di sottecchi. Egli sembra occupatissimo a cincischiare la carne, a dividerla in striscioline come per il pasto di un uccello: intanto le sue labbra emettono frasi brevi e sentenziose che ricordano lo stile di un astrologo da fiera, ambiguo e prudente. Non si rivolge a nessuno, ma si esprime per enunciati come in vista di un pericolo a cui bisogni avvicinarsi in punta di piedi, con astuzia. Accenna a nidi di vipere, a conti da rifare, a risoluzioni estreme ma necessarie. Ogni tanto il discorso rientra: i commensali sperano in una pausa, ma poi si accorgono che, sotterraneo, il flusso delle parole non ha smesso di scorrere. I ragazzi chinano la testa, mangiano piano e battono gli occhi come aspettassero uno scapaccione, Rosa si pente di esser discesa e tien d'occhio la porta delle scale non riuscendo piú a star ferma coi piedi. Duri, aridissimi, passano i bocconi nella gola di Amina, pure essa non smette di ingozzarsi trasferendo in questa fretta il palpito della sua paura, la sua ansia di finirla. Vorrebbe bere, ma non osa stendere la mano per versarsene: come se quel gesto dovesse scoprirla. Le par di avere, intorno al capo, una corona di uccellacci, pronti a piombarle sulla nuca e sulle tempie: sente che anche le mascelle finiranno per non obbedirle piú e per stringerle il viso in una morsa di ossa fredde. Intanto la serva gira cambiando i piatti. Con lo zelo di una curiosità affamata essa si ferma, insiste a porgere, a dispensare il pane. Non andrà in cucina finché la scena non sia decisa: non ci vorrà molto perché il dottore si abbandoni a una di quelle violenze che la affascinano torbidamente: tirando un lembo della tovaglia e rovesciando in terra cibi e stoviglie, oppure menando un pugno sulla tavola da farne trabalzare ogni oggetto: fiaschi a collo in giú, vino dilagante, schegge di vetri rotti e il pianto delle femminucce boccalone.

Ma stasera Cesira aspettava invano e per quanto moltiplicasse le necessità del servizio non le riuscí di veder nulla. Sedendo poi in cucina, colla porta aperta, si dimenticava di mangiare per tendere l'orecchio. Il fatto è che il tempo delle scenatacce era concluso e proprio da stasera il disaccordo dei suoi padroni doveva cambiar carattere. Parve, a un certo punto, che il silenzio della tavolata stringesse come un comando sicché anche quel mugolío del padre cessò: nessuno tuttavia si alzava. «Tossisco o non tossisco?» si domandava Rosa che ne aveva un gran voglia, quando con terrore, si accorse che gli occhi del cugino si eran fissati proprio su di lei. Battevano le palpebre, anzi ammiccavano, e la bocca si stiracchiava in un sorrisetto: «Tu m'hai capito, Rosina, – suonò la voce pacata, quasi di giocosa confidenza, – quella donna bisogna sopprimerla». Il tono era cosí naturale che i figlioli, allocchiti dal pasto e dall'aria pesante, non capirono neanche le parole, e credendo a una distensione, respinsero le seggiole per alzarsi. Anche il padre, del resto, a cui scintillavano certi occhietti improvvisamente soddisfatti e maliziosi, accennava a levarsi, mostrava di cercar la pipa. Allora si vide davvero una cosa nuova: peccato che Cesira, dal corridoio, non potesse goderla. Amina si mosse dal suo posto, tirò a sé il fiasco, si versò un bicchiere colmo: lei che beveva acqua. Poi, in piedi, cogli occhi fissi e lucidi d'un serpente, gli angoli delle labbra arricciati da due ombre di spregio. «Ecco, – disse, – la paura che mi fai, ci bevo sopra».

Da quella sera l'aria fu piú respirabile in casa Vannini: un'aria eccitante, come scaricata da incontri di saette gagliarde, a secco. Fu da quel tempo che l'Amina cominciò a metter carne e a perdere la sua espressione di perseguitata. Ora i suoi occhi non stavan piú socchiusi e i lineamenti acquistavano carattere dalla nuova posizione del mento, tenuto piú alto, quasi impuntito, sicché il collo, sotto, ne rimaneva un po' turgido. Dapprima in paese le chiacchiere, le leggende di discordia fra i due coniugi rinforzarono: cose paurose, pistole sotto il cuscino, pugnali nel corpetto. Tastati sui loro guai, tanto il marito che la moglie confermavano le dicerie, anzi sembravano prender gusto ad aggiungervi, ogni volta, un particolare orripilante. «Sicuro, – diceva Amina, – tiene la rivoltella sotto il capezzale, ma è un vigliacco, non avrà mai il coraggio di tirarmi addosso. Io, piuttosto, un giorno o l'altro, sciolgo una polverina...» E il dottore a caccia: «Il piombo è buono per gli uccelli: coltello ci vuole per certe persone». Finché questi propositi divennero cosí correnti che nessuno ci faceva piú caso, anzi qualcuno cominciò a sorriderne. Rimaneva il quesito: come mai l'Amina, che basiva sempre di spavento, si fosse fatta cosí baldanzosa. Chi azzardava un'ipotesi, chi un'altra, specie la Norma che dava a intendere di conoscere tutta la storia: e tuttavia senza soddisfazione perché l'Amina non s'aprí mai con nessuno. Come un risparmiatore geloso del suo capitale, teneva per sé le delizie di un coraggio ancor fresco di raccapriccio e di terrore. Il suo spavento dopo la grande ira che l'aveva spinta al gesto e alle parole di sfida! Tutta la scena è ancora dentro i suoi occhi: i limiti dell'ombra al di là del tavolo, il dondolío improvviso della lampada, fermissima fino allora, e quello sguardo del marito, spolverato dalla sorpresa. Lei è ancora in piedi e posa il bicchiere vuoto sopra una gran macchia di salsa, mentre il vino le inonda lo stomaco di bruciante calore. Poi i due baci appiccicosi della cugina e l'umidore delle sue lagrime. «Dormi con me stasera, non restare con lui»: queste parole essa le ascolta soltanto quando è già distesa nel letto coniugale, sola e tremante come la fiamma della candela che arde sul comodino; e si ricorda anche lo sguardo di Rosa nel bisbigliarle, fisso sull'uscio da cui Angelo è sparito. «Troppo tardi» pensa guardandosi i piedi, immobili sotto la coperta come quelli d'un morto; e provandosi a eseguire, a mente, una fuga per l'andito fino alla camera della cugina, batte i denti all'idea d'incontrare il marito che sale, al buio. Che egli per una notte non salga, non spera e non ammette: a questa camera comune son condannati tutti e due, e poi egli deve vendicarsi. Salirà colla rivoltella in mano, certo a quest'ora l'ha già tolta dal vecchio cassone dello studio e l'ha caricata. Mai come stasera i neri mobili, il baldacchino giallo son parsi sulle rustiche pareti tanto funerei: per non vederli Amina ha chiuso gli occhi e mentre pensa al rosario di granati che le metteranno al collo quando sarà morta, avverte che la maniglia della porta gira. Dalla stretta, la gola s'irrigidisce: meglio morire cosí, cogli occhi chiusi e non riaprirli a nessun patto. Ode il sibilo dell'uscio, il passo cauto dell'uomo, registra il suo respiro e persino l'attimo in cui egli sosta a guardarla, cosí supina e composta. Gran forza dell'abitudine: lo sfregamento della giubba sulla seggiola, il tintinnío degli spiccioli sul comodino annunziano che egli si spoglia, come ogni sera. «Mi fredderà da vicino, chissà che colpo nel petto»: ormai gli occhi sono incollati, ma l'orecchio seguita a tradurre il significato visivo d'ogni suono, mentre di quando in quando l'aria smossa dai gesti di Angelo trascorre sul viso della donna come una sinistra carezza. Gli atti dello spogliarsi si succedono, Amina li registra con una lucidità tesa: ed ecco a un tratto inaspettata e attesissima una sospensione, un fiatare spesso, come di chi abbia fra le mani un oggetto delicato e insolito, poi uno scatto sordo, qualcosa s'è aperto e richiuso, un oggetto duro che l'uomo ha posato accanto all'orologio.

«La pistola» guizza il pensiero di Amina ravvisando l'oggetto; ma il suo viso non si muove. Intanto la pressione del corpo del marito che si è seduto sul letto per togliersi le scarpe, facendola volgere un poco a sinistra, le porge, insieme al piccolo ristoro del cambiamento di posizione, uno strano conforto, come se l'avvicinarsi dell'uomo pur cosí nemico riprendesse un significato di calore, quasi di aiuto. Ma appena egli si è disteso e pesa sull'altra sponda del letto, anche lui immobile e sveglio, bilanciando con invisibili disegni l'attenzione della moglie, tutta l'angoscia ritorna. Le palpebre chiuse di lei percepiscono la luce dell'altra candela, l'orecchio batte il tempo al respiro dell'insidia: se mai si appesantisse di sonno; il corpo formicola di raccapriccio avvertendo, per il sollevarsi delle coltri sul lato sinistro, la presenza dell'altro corpo sul piano del comune giaciglio. Basterebbe un moto da nulla, una mano stesa, perché una fragilissima incolumità crollasse e la grana liscia del lenzuolo favorisse il colpo alla violenza.

Da questo punto in giú, per un'ora intera, al lume di due candele filanti, i coniugi lottano, fermi, zitti, attenti. Amina non s'è ingannata, sul comodino del marito la vecchia pistola si riflette nel vetro del bicchiere. Salendo le scale, l'uomo se la carezzava in tasca pregustando, in confuso, uno sfogo eccezionale: la minaccia di quel moncone nero stretto nel suo pugno, tonfi, urli, fughe in camicia. Di piú, a dire il vero, non immaginava: allo sparo, al fumo, al grido non ci arrivava. Incalzava subito la conclusione «se lo merita quella strega», ma rimasticata senza enfasi, anzi con un velo di peritanza, perché la strega aveva preso da mezz'ora, un rilievo un po' troppo accusato. Giunto sul piano vide dallo spiraglio dell'uscio filtrare la luce: «Ah ci sei», e gira la maniglia. Dentro, la quiete è tale che, per un momento si crede solo; poi incontrata, contro la luce rossastra, il profilo di quella figura rigida, avverte una specie di repulsione che gli spenge i propositi battaglieri. Aveva aspettato tutt'altro, non sapeva cosa, ma tutt'altro. Certo la moglie non gli aveva mai opposto questa scena, no, mai, anche se ora non ricordava come cominciassero di solito i loro alterchi, gli sbigottimenti di lei, le lagrime tediose. Lí per lí, non trovò di meglio che spogliarsi, obbedendo alla suggestione del luogo. Spogliandosi e trovandosi in tasca la pistola, se ne sentí come impacciato e la tirò fuori con quel piglio interdetto del borghese di fronte a un'arma. Solo quando fu sdraiato la sua indole ricominciò a funzionare. Chi l'aveva ridotto a letto, senza sonno e con tutt'altre intenzioni che di dormire? Gira gli occhiacci verso la moglie, sforzandosi alla collera, ma la collera tenuta in serbo per troppe ore, fa cilecca, è quasi svaporata, lasciando al suo posto una insofferenza e quasi una soggezione di quella sagoma pallida che l'estrema paura rende straordinariamente arcigna, austera. «Ora la piglio per un braccio e le insegno io a far la commediante» si sprona, ma non ne fa nulla; ancora non si confessa che solo all'idea di stendere una mano, quella appunto che Amina aspetta, i polpastrelli gli si inumidiscono. È appunto questa sensazione indistinta che a un tratto suggerisce: «Che sia morta?» e che, per poco, non lo fa saltar giú da quel catafalco. Per vincersi si costringe alla immobilità, e anche lui all'attenzione: chiusi gli occhi comincia a ricevere i rumori piú minuti, lo sfrigolío della candela, qualche scrocchiar di legno e infine il respiro della moglie, leggero e rattenuto, ma che, in breve, riempie tutta la stanza. È chiaro che la donna finge di dormire: questa constatazione che dovrebbe risvegliare il furore s'accompagna invece, chissà perché, a un sapore di diffidenza. Nel silenzio il portamento di lei gli si presenta con un senso misterioso: la resistenza passiva e sorda di tanti anni, i pianti discreti e finalmente, stasera, la sfida aperta, rivestono un carattere di meditata preparazione che è giunta al suo fine. «Finge di dormire perché è sicura di sé, e ha macchinato qualcosa: ferro, cloroformio, vetriolo. Forse anche il ritardo è stato combinato apposta per aizzarmi e provocare lo scioglimento». La natura dell'uomo, piuttosto tetra e scomposta dai mali umori della giornata, rodendosi di non prevalere odiosamente sulle suppliche e la paura, si butta ai piú fantastici sospetti. Ormai egli si sente in stato di difesa, e Amina non saprà mai che questo fu il momento in cui essa corse un pericolo vero. «Questa donna bisogna sopprimerla»: non è piú l'arzigogolo dell'ubriaco, ma l'ossessione del terrorizzato, quasi del maniaco. Le tempie battono, l'uomo si mette a contarne i colpi e promette che al centesimo tirerà fuori la mano, afferrerà l'arma. Ed ecco, lenti, cosí distinti da parere tattili, gli undici colpi dell'orologio di sotto. Undici colpi soltanto: e chi resiste fino a domattina? Meglio farla finita, decide l'uomo, e, con uno strappo di volontà, libera il braccio dall'intorpidimento, sgrana le dita, e su, su, le estrae dal peso dei panni. Subito l'aria gli pare troppo fluida, il braccio troppo leggero; e il pernio del gomito sbanda. Sbanda tanto che l'unghia del pollice batte sul vetro del bicchiere e lo fa vibrare d'un tenue gemito. Il suo cuore si affolla: gli par di giocare una partita difficilissima. Volge impercettibilmente la testa verso la moglie: il profilo è sempre fermo, ma si sbaglia o è girato a sinistra di qualche millimetro? Fissandolo gli par di cogliere, intorno alla bocca, quelle ombre, quelle virgole di ironia che accompagnavano la smargiassata. Come se intendesse: «prova prova ad avvicinarti, e vedrai». Ora la cosa piú importante gli sembra tener d'occhio l'insidia, quel lentissimo volgersi della donna, e prevenirne i fini. Stando cosí, a bocca semiaperta, sente a un tratto una grandissima fatica e gli occhi bruciargli, inadeguati al controllo: ecco infatti la terribile bocca staccarsi dal volto, vagare sul cuscino e rimbucarvisi sotto, ritorta come un grimaldello. «A me la rivoltella» gli par di gridare, e fa un balzo, ma cade come una piuma in un pozzo che si richiude su di lui.

Il balzo c'è stato sul serio e Amina, con tutti i suoi propositi di morire a occhi chiusi, li spalanca e sta per urlare, quando, invece della bocca della pistola incontra il viso del marito, piú doloroso che truce, a palpebre abbassate e bocca semiaperta. Profondo e regolare un rantolo comincia a diffondersi, richiamando il costume di migliaia di notti. Insomma il marito russa, dunque dorme: incredula ancora, la moglie sospende il gesto e avidamente assorbe i segni di questo spettacolo meraviglioso. Non c'è dubbio, l'abbandono del capo, il leggero rigonfiarsi delle guance a ogni respiro, il gioco del fiato che s'ingorga e sibila, dànno la caparra della sicurezza. Il fatto pare ad Amina cosí miracoloso che, ricevendolo come una grazia, lo accetta illimitato, definitivo. La rigidità si scioglie nell'inerzia di una felice stanchezza, il sangue ritorna a scorrere. Staccato lo sguardo dalla faccia del dormente, essa lo gira con placida autorità sulle pareti: il suo cervello, disancorato, si lascia andare ai gonfi svagati propositi di chi abbia vinto una lotteria e spelluzzichi golosamente i propri desideri. Farà a Giannina un vestito nuovo, questo è certo, e ricoprirà le poltrone colla stoffa di questo odioso baldacchino: questi buffi pensieri sono il lusso della sua contentezza. Poi, rispalancandosi la visione di quel ch'è successo, dal ritorno ansioso alla crisi di un minuto fa, osa fermarsi sul particolare della rispostaccia alla Norma, e sente, a un tratto, una gran voglia di ridere. Pian piano si tira su sull'origliere e ci si accomoda come una convalescente: di lí il viso del marito le appare piú piccolo, fra le pieghe della ribocca. Con freddezza esamina i capelli sempre piú radi, la pelle lucida del naso, le cartilagini giallastre dell'orecchio. Dall'orecchio lo sguardo gira sul guanciale fino alla fiamma della candela, troppo alta in questo momento: ed ecco accanto alla bugia, il pistolone nero. Per poco la donna non si riscuote giacché il benessere della liberazione le aveva fatto dimenticare la forma stessa della sua paura, quell'arma immaginata e non vista. «Era proprio vero, mi voleva ammazzare» è il primo pensiero, una commemorazione assorta: ma il secondo dev'esser tutt'altro se già gli occhi le luccicano di attività. La paura non è piú temibile, questo bisogna dimostrare, squilla la testa di parole sferzanti, di risa intrepide che, sul basso di quel russare avvilito, fanno un bellissimo canto. Come in sogno le idee si fanno immagini, e Amina si ritrova a piedi nudi, accanto al letto, senza accorgersi di averlo deciso. Essa non ha ancora scelto, ma la sicurezza di una forza e di una astuzia vittoriose la induce a muoversi costeggiando il letto e sempre voltata verso il dormente. Girato l'angolo la porta l'attrae, ma a tradimento: qualcosa le suggerisce che dietro i battenti ritroverà l'ansia di fuggire, il terrore d'essere acciuffata. Resiste e strisciando le piante sui mattoni scabri, inciampa in una scarpa del marito; per non cadere si aggrappa alla spalliera della seggiola su cui, confusamente, son buttati i suoi panni. Ora le narici avvertono il noto sentore di sudaticcio e di toscano sbriciolato mentre i polpastrelli tastano le pieghe del panciotto e delle maniche, ancor vive ed elastiche: quelle cifre segrete di tutte le sue disgrazie. Allora una curiosità ibrida spinge la donna piú in là, dietro le tracce visibili di quegli atti che un'ora fa ha seguíto alla cieca: le par di disseppellire delle reliquie, delle ossa abbandonate, e avverte a un tratto un'apprensione che non è paura, ma piuttosto la smania di un interno cimento. Perché negarlo? La sua destra ha toccato il legno del comodino, è calata sull'arma con precisione, come se il gesto fosse da lungo meditato. Il peso dell'oggetto dà alla mano la sensazione di un gonfiore improvviso, ma l'atto di sollevarlo ne diviene piú brusco. Che paura, che paura, si dice Amina, ma sa bene di mentirsi e che il suo cuore batte cosí forte perché una vocetta beffarda non smette di suggerire: «Cosa ci vuole? Certo se si sveglia tirerai...» No, non è per paura che Amina ha l'affanno, ma perché colla pistola le pare di reggere un carico enorme, superiore alle sue forze. Le sue spalle si curvano, poi le sue ginocchia: quasi in dormiveglia le sue dita sentono la grana dello scendiletto dove il suo corpo si affloscia.

Lí, fra due pantofole si raccapezza dopo un po', battendo i denti. Le fa male il braccio destro, e si accorge di stringere ancora la pistola con accanimento: allora, aiutandosi coll'altra mano, allenta il pugno e sgranchisce cautamente le dita. Sopra la sua testa il respiro dell'uomo si allarga e si richiude senza intervalli e diventa un pegno di protezione insieme al senso della terra cosí vicina, ai péneri della coperta, ai piedi del letto. Certi lontanissimi ricordi di giochi infantili si svegliano con grazia e assicurano che questa rivoltella è pesante quanto inutile: buona al piú, a uno scherzo. Penosamente la donna si appoggia sulle mani, si rizza sulle ginocchia: piú in su non si leva, la sponda del letto le arriva all'altezza degli occhi. Alla fiamma della candela il viso è proprio sparuto, da morta, pure un'ombra di sorriso arriccia gli angoli delle labbra e accorda alla inclinazione del capo un significato d'innocente testardaggine. Il mento sfiora la fontanella della gola; la fronte bombata tocca le coperte, ci si appoggia quasi a contrappeso del gesto della destra che, lentamente, sollevando l'arma, con essa s'insinua sotto il materasso: proprio là dove, al di sopra, affonda il corpo del marito. Se lo sforzo del braccio non fosse troppo deliberato e profondo potrebbe passare per il gesto di chi, vegliando un infermo, si assicura che i panni sian rincalzati a dovere. Poi la mano ricompare, vuota: ed è con insistenza puerile che la sinistra indugia a massaggiarla, quasi a carezzarla, all'insaputa degli occhi, ancora coperti, come in un gioco. La spinta per alzarsi in piedi, i passetti compiuti intorno al letto per raggiungere il suo posto non incidono sulla coscienza.

Sedendo sulla sua sponda colla semplice cautela di chi è abituato a dormire in compagnia, Amina si guarda il polso con interesse, se lo stropiccia torno torno, sbadiglia. Prima di stendersi sogguarda la fiamma della sua candela, ormai a metà consumata, si sporge gonfiando le gote, soffia. Il ristoro della penombra allenta del tutto i muscoli del suo viso; un viso soltanto assonnato. Ora le sembra che una parete sia scesa a dividere il suo letto da quello del marito e a garantirla, per sempre. Qui può allungare le povere membra, prendere la posizione migliore volgendosi sul fianco destro, abbandonata. Già si addormenta, e, coll'intransigenza del sonno, registrando il fastidio di quel russare e di quel chiarore, dietro le spalle, afferra senza riguardo il cuscino, e se lo preme sulla testa, a contatto dell'orecchio.

FAUSTA CIALENTE

Interno con figure

In piedi davanti lo specchio, togliendosi il berretto col solito gesto che lo strisciava all'indietro e serviva pure a ravviarle i capelli, Anna raccolse in un solo sguardo la sua alta e robusta figura in primo piano, poi, alle sue spalle il fondo della camera, da tanti anni la stessa camera con le pareti oramai scolorite, le scialbe tendine ai vetri della finestra; e dall'uscio semiaperto un angolo della saletta da pranzo, del tinello, anzi, con le due o tre persone che si vedevano di scorcio sedute intorno alla tavola, sempre le stesse, anche quelle, Onorina, i suoi genitori, sua madre. La «cucitrice in bianco», era scritto nel cartellino inchiodato sulla porta di casa (ma chi faceva piú «cucire in bianco» in tempi di nylon bell'e confezionato, un nylon che riempiva le vetrine con quei colori da eterno carnevale?), sua madre che entrava ogni tanto nel quadro con la mossa incerta della spalla inferma o con uno dei suoi candidi polsini quando allungava il braccio. Non vedeva il marito di Onorina, invece, seduto all'altro lato della tavola, ma ne udiva la voce lenta e sonora.

Anche quel che si vedeva dalla finestra (vi s'era avvicinata, intanto, aveva sollevato una tendina) non era molto bello: una grande casa in periferia, la loro, sfuggita alle bombe nonostante la sua mole, una larga strada piuttosto fangosa quando pioveva giacché la campagna non era molto lontana, ma questo dava il vantaggio di una prospettiva piú ampia, si vedevano, lontanissimi, smilzi alberi spogli, e la luce non mancava davvero se la giornata era chiara e bella. Minacciose erano, invece, le demolizioni in corso di quelle vecchie casacce campagnole, che certamente avrebbero fatto posto a nuove costruzioni e si sarebbe quindi moltiplicato all'infinito il numero delle finestre che al tramonto si accendevano le une dopo le altre e illuminavano interni quasi sempre esigui e malinconici. «Come il nostro, dopo tutto» pensò. Sui balconcini di cemento e fuori dai davanzali pendevano eternamente i bucati tesi ad asciugare, che le notti d'inverno gelavano e l'aria sporca copriva di fuliggine.

S'allontanò dalla finestra, come sempre un po' disgustata – rattristata, forse – e si sdraiò sul letto. Tornava tardi dall'ufficio, Anna, quando gli altri erano già alla frutta, ma non gliene importava nulla giacché voleva dimagrire, quindi saltava la minestra, mangiava una bistecca asciutta con un po' d'insalata quasi senz'olio, un pezzetto di formaggio o una mela. – Ti verrà l'esaurimento, – sospirava sua madre, e nondimeno era lei a prepararle la porzione nel piatto, la copriva con un altro piatto e la teneva in caldo, e le stava seduta vicino per chiederle a bassa voce se andava bene, se era buono, se non mancava nulla. Nonostante la lunga convivenza con quei buoni parenti che dividevano con loro le spese d'alloggio e di tutto quanto, sua madre aveva sempre conservato quell'aria di sottomissione che a lei dispiaceva. Non osava dirglielo, né rammentarle che avevano sempre lavorato ambedue e non avevano mai dovuto nulla a nessuno. In realtà, la «cucitrice in bianco» guadagnava molto meno d'una volta, ma era lei che aveva progredito, invece, e riuscivano perfino a metter via un po' di soldi. – Per il corredo di Anna, – diceva con un timido sorriso la madre, che immaginava si usassero ancora i gran corredi di una volta. In verità, nessuno credeva che Anna si sarebbe sposata, e lei meno degli altri. Intendeva: un vero matrimonio, com'era stato quello di Onorina. Anche Onorina non era mai stata bella né attraente, ma aveva avuto il coraggio d'innamorarsi, lei, e di sposare Antonio – Toni, lo chiamavano tutti, anche i familiari. Per questo Anna doveva pensare che il matrimonio di sua cugina era stato un vero matrimonio.

Quando ritornava dal lavoro, prima di mangiare doveva riposare cosí sdraiata sul letto almeno un quarto d'ora, gliel'aveva consigliato il medico; e quella mattina nell'ufficio dov'era stenografa e segretaria il lavoro era stato davvero pesante. Un po' di birra, o un sorso di cognac, o magari soltanto un mezzo bicchiere di vino le avrebbero dato la spinta, o un po' di euforia, aveva aggiunto il medico, l'avrebbero aiutata a superare quel malessere che la prendeva al momento d'iniziare il pasto, e forse era soltanto disgusto – perché non c'era ragione di sentirsi scoraggiata. Ma non ne aveva voglia, e se per caso lo beveva, quel sorso di birra, di vino o di cognac, vedeva negli occhi dei parenti un lume di stupore e di biasimo in quelli di sua madre. Toni solamente le diceva: ma sí, ma sí, bevi che ti sentirai meglio. Aveva sempre il bicchiere in mano, lui, anche un'ora dopo che tutti gli altri avevano finito di pranzare.

I commensali che sedevano intorno alla tavola non badavano a lei, conoscevano le sue abitudini, l'aspettavano senza chiamarla; e come una lieve nebbia il fumo delle sigarette ondeggiava sulla soglia dell'uscio semiaperto (fumava anche Onorina, adesso, suo marito l'aveva spinta a cominciare), udiva Toni parlare e come sempre tutti lo ascoltavano in silenzio. La bambina dormiva nella camera nuziale in fondo al corridoio, fra poco si sarebbe svegliata dalla siesta con gran strilli e risate; e lei andava ripensando sempre le stesse cose che le affaticavano il cuore segretamente stanco, separata dagli altri solo da quel muro sottile – ma da tante cose separata. A che sarebbe valso un sorso di vino o di cognac...

La vita di prima, cosí banale – e se n'era sempre resa conto – ma serena, tranquilla. Tre persone anziane in buona armonia, due ragazze non giovanissime, non belle, una casa ordinata che avevano potuto mantenere anche durante la guerra (avevan dovuto fare gli «sfollati» per ben poco tempo, era stata una vera fortuna quel poter rientrare in città prima che la guerra finisse), una casa dove non mancava nulla e il tempo scorreva senza urti né gravi preoccupazioni, in un sereno egoismo familiare. Gli anziani seguivano il sole da una stanza all'altra portandosi dietro la seggiola che tenevano alzata con due mani per non rigare il parquet lustrato a cera; la cucitrice in bianco lavorava con la sua celebre finezza e a quel tempo molti venivano ancora ad ammirare. Sui davanzali fiorivano sempre gli stessi gerani, rosa corallo, rosso sangue, bianco perla, e le stagioni, a rievocarle adesso, mentre riposava sul letto la sua amara stanchezza, non le vedeva ritmare dagli avvenimenti, ma dalle luci, dalle albe e dai crepuscoli piú che dalle ore splendenti del giorno o da quelle cupe della notte, giacché le si ripresentavano alla memoria in una sequenza infinita di luci attenuate, come attraverso il verde glauco di un acquario o il pallido viola da cui sorgeva l'amabile spettro di quel tempo tranquillo e insignificante.

L'innamoramento di Onorina aveva rotto la quiete e intorbidato l'aria. Lei era stata la prima a saperlo perché a lei s'era confidata una sera, piangendo come se stesse annunciando una sventura. Che avesse conosciuto quel ragazzo, Toni, lei lo sapeva, e sapeva ch'era uscita piú volte, di sera perfino! con lui ed altri amici, giovani e ragazze, com'era diventato di moda subito dopo la guerra, quando tutti avevano avuto come un'ansia di rifarsi da tante rinunce e sofferenze; anche i vecchi l'avevano capito e avevano quindi tollerato. Ma era stata una finzione. A lei Onorina aveva confessato che usciva da un pezzo sola con Toni, e l'inevitabile era accaduto. (Questa, la sventura?) I lavori «straordinari» della sera ad altro non erano serviti se non a mascherare la sua incredibile licenza, e invece tutti le avevano creduto, anche lei che gli «straordinari» in ufficio li faceva veramente, povera scema, e non avrebbe immaginato che Onorina potesse perdere la testa fino al punto d'ingannarla. Poi tutti l'avevano disapprovato, quel matrimonio che s'era dovuto fare subito, non soltanto i familiari. Toni era giovane, aveva un anno o due meno di Onorina, era bello e povero, e che non avesse gran voglia di lavorare lo si sapeva – e anche Onorina lo sapeva. A lei era parso ch'egli si fosse sposato con l'aria di chi si toglie un bel peso dalle spalle e finalmente lo scarica su altri; ma lieto, tranquillo, benevolo con tutti, gentile, anzi, e affettuoso. Dapprima aveva potuto conservare quel suo posto in banca, poi era stato licenziato in una delle solite riduzioni di personale, perché era fra gli ultimi arrivati – come sempre si dice per giustificare un licenziamento, ma sono sempre i meno buoni a esser liquidati. S'era messo subito a dar lezioni di contabilità e disegno, con la speranza di trovare un altro posto, ma guadagnava poco e il denaro gli filava tra le dita prima ancora che la moglie potesse vederlo. Dopo tre o quattro anni di matrimonio la conclusione era che i genitori mantenevano la figlia e la bambina, Onorina parlava di cercarsi un lavoro e sperava che la riprendessero là dov'era già stata. La bambina era graziosissima, ma spesso malata, per lei tutti si crucciavano e si spendevano assai piú quattrini del previsto.

Non avrebbe voluto confessarlo, rimuginando i suoi eterni pensieri, ma non era men vero che fin dall'inizio lei si era resa conto che tutte quelle alternative e inquietudini avevano riscaldato un'atmosfera ch'era stata limpida e tranquilla, sí, ma freddolina e come disinfettata dal niente che vi accadeva; era penetrato invece un caldo d'alcova misterioso e commovente, doveva ammetterlo anche se si sforzava di emigrare da sensazioni che non la riguardavano affatto, che non dovevano nemmeno sfiorarla, e cercava d'insensibilizzarsi, di non lasciare nulla di troppo vivo a fior di pelle – per non soffrire. Di questo, in fondo, si trattava: cercava di non soffrire, e doveva avere il coraggio di dirselo.

Praticamente viveva fuori di casa, Anna, non assisteva a nulla di quel che vi accadeva, ma dai visi di tutti quanti, dalle intonazioni delle voci indovinava quasi sempre l'avvenimento del giorno: se Toni aveva domandato soldi o soltanto confessato di non averne, se era rientrato tardi la notte o aveva bevuto. Beveva assai di rado, a dire il vero, ma poco bastava per alterarlo, e forse era questa la ragione per cui teneva il bicchiere in mano tanto tempo, per far durare il piú possibile quel poco che vi ondeggiava nel fondo. Erano vissute come due sorelle, lei e Onorina, senza nascondersi mai nulla durante anni, ed ora il matrimonio le aveva separate, aveva limitato infinitamente il campo delle loro confidenze, e forse la colpa era sua, che se ne stava su una posizione di vigilante difesa, come se avesse scelto una volta per sempre quel non voler sapere. Ma il tepore d'alcova che tutti percepivano aveva investito anche lei, l'aveva forse contaminata – o stregata?

Onorina non parlava mai di sé o del marito se non per dire cose banali, quotidiane; non si rimproverava nulla e sembrava che non le fosse mai venuto in mente d'aver sbagliato, sposando Toni. Forse aveva le sue segrete vittorie e nell'intimità egli la lusingava; anzi, lei era certa che la lusingasse, altrimenti non si sarebbe spiegata quello sguardo un po' vuoto che rivelava come un lieve stato di ebbrezza, di qualcuno che desidera vivere proprio cosí, non ha niente da spartire con gli altri e il peso dei suoi crucci e delle sue gioie lo tiene per sé sola. La nascita della bambina aveva rotto il disagio dei primi tempi, quando era sembrato che nessuno osasse piú parlare, aveva dato alle conversazioni giornaliere nuovi argomenti, tutti parlavano della bambina e il giovane padre n'era veramente pazzo...

La voce di Toni calma e gradevole anche adesso veniva ininterrottamente dalla stanza vicina e la sentiva posarsi su di lei, era come s'egli la toccasse. Si agitò, sul letto, già disturbata. Al solito, parlava di politica. Aveva un'intelligenza sveglia e acuta, Toni, leggeva molto, leggeva sempre, anzi, non era affatto pigro quando si trattava delle sue letture, e molti dei suoi quattrini li spendeva per acquistare libri. Per «documentarsi», diceva. Anche questa era una delle novità che con lui erano entrate nella famiglia. Tanto i vecchi che Onorina avevano l'aria di considerarlo un capriccio, poiché nessuno si era mai occupato di politica, in casa, e dei fatti mondiali, guerra compresa, avevano accolto o respinto quel che a loro giudizio era sembrato giusto fare ed era, piú o meno, quel che aveva fatto la maggioranza degli altri. Toni, invece, aveva introdotto una frase che ripeteva ad ogni occasione: «Voi dite che non vi occupate di politica e non vi accorgete che la politica si occupa di voi!» Rideva, dicendolo, benevolmente, perché era sempre benevolo. «Quando la vita rincara, – diceva, – quando la gente non trova né casa né lavoro, non trova posto negli ospedali, e per i bambini non ci sono scuole sufficienti, cosa credete che sia? È politica, e quando protestate contro queste cose ingiuste, voi "fate" politica, anche se non vi sembra. Basta pensarci».

Con gli amici che venivano a trovarlo, la sera, parlava qualche volta fino a tarda notte e se discutevano terminava sempre con l'aver ragione lui. Anna non assisteva alle serate, era troppo stanca, di solito, e spesso anche Onorina se ne andava a letto, li lasciava nel tinello a parlare, bere e fumare. Sembrava che gli volessero molto bene, quegli amici, stavano lí a guardarlo ascoltandolo, e lui scaldava nel palmo della mano il suo mezzo bicchiere di vino, andava e veniva attraverso il tinello e pareva che lo riempisse tutto con l'alta persona, le spalle quadrate, la bella voce. In maglietta l'estate, in giacca di fustagno l'inverno. Quelle giacche che Onorina gli confezionava lavorando a maglia il collo e i polsi gli davano l'aspetto d'un attore, comunque d'un artista. Tutti lo ammiravano o avevano simpatia per lui, il male era questo, lei lo sapeva: diminuiva il numero delle bottiglie di vino in dispensa, si consumavano intere scatole di biscotti, ciambelle dolci, panettoni, e i vecchi pagavano, senza fiatare. Tutti erano stati sedotti, insomma, solo la bambina gli teneva testa con i suoi capricci, che erano terribili capricci, quasi sempre, e mettevano la casa in subbuglio.

«Dalla vita bisogna, imparare» pensa, e abbassa le palpebre per non vedere, intanto, quel che ha immediatamente vicino, i vecchi mobili, le stoffe consunte, la cui vista le sembra di non poter piú sopportare. Anche se non si vuole s'impara, e del resto le sensazioni, i ricordi sono piú forti di tutto, piú forti della sorda volontà di volerli ignorare o annientare. Insidiosamente tornano a galla come uno di quegli oggetti lungamente sepolti in mare, che affiorano ricoperti di alghe viscide e fanno un po' schifo, è vero, ma ci sono, sono presenti.

La presenza di Toni... Bisogna riconoscere che ha buone maniere con tutti, se c'è un malato da vegliare è sempre lui ad assisterlo, attento e paziente sembra quasi un infermiere. Non gl'importa nulla di fare nottata, dice, pare anzi che gli faccia piacere. Anna è stata assistita da lui, una volta, e ricorda quelle notti di febbre come un lungo sogno estenuante... Onorina che vive nel cerchio intimo e segreto di un simile incanto, come potrebbe non avere quella lucidità nello sguardo – che da ragazza non aveva? (I suoi occhi, Anna se li ricorda, erano quieti e dolci come quelli di una giovane mucca). Non sono le preoccupazioni materiali, sembra dire, mite e allucinata, il denaro si finisce per trovarlo sempre, e alla peggio, cresciuta ancora la bambina, lei potrà veramente riprendere un lavoro qualsiasi. Ma deve sentirlo, Onorina, che suo marito è fuori posto nella vita coniugale; come una silenziosa catastrofe che deve risolversi in un modo o nell'altro, ma del cui ricordo nessuno si libererà mai piú, dopo. Da molto tempo Anna soffre il segreto timore che un bel giorno Toni pianti tutto e tutti e se ne vada a fare i suoi bei discorsi chissà dove, in qualche taverna piena di gente strana e affascinante. Quante volte se l'è immaginata quella taverna malefica, lei che non ne ha mai visto nemmeno una! Le fiamme lingueggianti nei grandi caminetti, i bizzarri manifesti colorati alle pareti, le ghirlande e i festoni appesi tra una colonna e l'altra, e sugli scaffali tutt'intorno la strabiliante geometria dei bicchieri e delle bottiglie splendenti come fuochi d'artifizio; e poi donne, molte donne che salutano gli uomini alzando rotonde braccia nude, mani leggere – e Toni seduto vicino a una di esse, una donna molto giovane e molto bella, che certo non somiglierebbe a lei, e nemmeno a Onorina, povera Onorina. Difatti, quando Toni tarda a rientrare e nessuno sa dove sia, Anna le vede negli occhi pavidi un rassegnato terrore, e finché dura l'attesa la paura sostituisce l'allucinata felicità. Con l'aria di voler guardare fuori che tempo fa guarda invece nella strada allungando il collo per vedere fino all'angolo; oppure i suoi occhi corrono al quadrante dell'orologio e lei sente un'angoscia umile, oscura, quasi organica, come sono le forze della natura, sente il rifiuto disperato che si oppone alla temuta catastrofe. Invece lui ritorna, proprio come se fosse un amante fedele, che non suppone nemmeno d'essere atteso con una simile angoscia, e i suoi tre lievi colpi di campanello sembrano dire: sono qui, eccomi, vi voglio ancora bene, per questo sono ritornato... Ma fino a quando?

Non aveva desiderato un uomo nella sua esistenza, Anna, giacché la sorte glielo rifiutava, non s'era mai lasciata andare a inutili illusioni; ma ecco che un uomo un poco temuto e appena un po' apprezzato, o perlomeno tenuto in sospetto, un uomo non suo vi proiettava un'ombra insidiosa e in certo senso la invadeva. Aveva preso l'abitudine di entrare nella sua camera, Toni, senza nemmeno bussare all'uscio se questo era, come adesso, semiaperto; veniva a prendere o a restituire un libro, «non ho lasciato qui le mie sigarette», chiedeva, apriva un cassetto per cercarvi i fiammiferi o qualche altra cosa, le batteva la mano sulla spalla come a un buon camerata e, a volte, quando lei non c'era, per starsene tranquillo riposava sul suo letto e lei trovava, dopo, l'odore del suo cosmetico nel cuscino. Se durante la notte si svegliava, con i pensieri che le venivano annusando quel profumo rischiava di non riaddormentarsi piú; ma non osava dirlo, nemmeno scherzando, e questa era una delle cose che piú la infastidivano, l'impossibilità di ridere, di scherzare come *prima*... A volte, mentre tornava a casa dal lavoro veniva presa da una vertigine, si fermava sull'angolo della strada e pensava sentendosi indurire il cuore: non torno piú. Ritornava, invece, per la cucitrice in bianco, per i vecchi cugini, per Onorina; che avrebbe bisogno di lei, il giorno della catastrofe. «Siamo una razza di schiavi» pensava scoraggiata, gli occhi umidi, la bocca amara. E intanto parlava, lui, con la sua bella voce calda persuadeva tutti... Tutti? Lei no, lei non era persuasa.

– Perché non vieni a mangiare? È tardi, – la chiamò sua madre. – Vengo, – rispose, ma rimase sdraiata sul letto, abbandonata e senza forze. Quelli intanto muovevano le seggiole, si alzavano, uscivano dal tinello. Toni era rimasto, lo sentiva. Doveva entrare, adesso, affrontarlo, sopportare il suo sguardo, rispondere alle sue domande... In verità, egli le parlava sempre con gentilezza, e questo la disarmava, ma già sapeva come si sarebbe vergognata dei suoi capelli, dei suoi occhiali, della sua persona alta e pesante. Non aveva nessuna speranza di piacere, lei, come qualsiasi donna normale vorrebbe piacere, solo non avrebbe voluto vederlo, non sentirne la voce. Quelle sembianze felici, per cui sempre sorrideva, perché, vedendole, era come trascinata a dubitare che fossero i fili di un imbroglio destinato a spezzarsi e proprio lui, il sorridente! un giorno non troppo lontano avrebbe spezzato tutto, lí dentro?

In quel momento sentí il passo saltellante della bambina varcare la soglia, la sentí che correva a gettarsi nelle braccia del padre, e poi le solite esclamazioni di sorpresa, di gioia, i baci schioccanti, il ridere, le domande, le promesse: sono stata buona, ti voglio tanto bene, che cosa mi hai portato...

Anna sedette sul letto con un sospiro di sollievo. Ora poteva entrare nel tinello, nulla distraeva Toni quanto la bambina. Il suo viso prendeva un'espressione dolce e stupefatta, guardandola, come se vedesse qualcosa che apparteneva a un altro mondo, una cosa della quale non poteva ancora credere che fosse proprio sua, fatta da lui o per lui. Non era lo stesso viso di Toni quando parlava ai vecchi genitori, agli amici, a Onorina, pure – o a lei, Anna; ed erano i soli attimi in cui le sembrava veramente sincero, spogliato del personaggio che portava in giro con tanta disinvoltura, con naturalezza, anche, cortese, amichevole, un po' megalomane (con i soldi degli altri, quasi sempre), quello che passava ore a discorrere col bicchiere in mano, affascinando tutti.

Mentre, in piedi, si ravviava i capelli allo specchio sentí invece che quei due s'erano bisticciati e la bambina s'era messa a frignare. Le sembrò pure che lui cercasse di trattenerla, rimproverandola, ma lei già strillava e si dibatteva, Sulla soglia dell'uscio la vide che s'era infatti divincolata dalle mani del padre e stava lí a guardarlo con un broncio aggressivo, gli occhi pieni di collera. Era una bella bambina, sconvolgente e temeraria – non somigliava a nessuno. Chissà da chi l'aveva presa quella naturale sfrontatezza! e lui la guardava sconcertato e severo.

– Vieni qui e domanda subito scusa, – le impose con durezza.

– No, – lei rispose senza retrocedere d'un passo e levando la manina gli appioppò uno schiaffo sulla guancia. Poi scappò sul limitare dell'altra porta: – Stupido, – disse e scomparve.

Anna che stava per entrare si fermò, rimase un attimo nascosta. Dallo spiraglio dell'uscio vedeva il viso turbato di Toni, un'espressione che davvero non gli conosceva. A testa bassa andava lentamente palpando una sigaretta fra le dita. Ma adesso lei poteva entrare.

– Cos'è stato? – gli chiese con voce tranquilla e sedette alla tavola. Lui non la guardò e non rispose. Sembrava che stesse ingoiando qualcosa di molto amaro. Poi disse, rannuvolato: – Non capisco... Onorina dovrebbe cercare di correggerla, mi sembra. Non è... non è ammissibile che... – e poi tacque.

«Oh caro! – pensò Anna scoperchiando il piatto, con la sensazione d'avere sul viso una sorridente ironia. – Proprio no, guarda. Se è furba Onorina la lascerà fare e somigliarti. È come te, la bambina. Per questo ti piace». Ora vedeva sulla tavola anche le briciole di pane, le lievi macchie di vino, i tovaglioli gualciti; e Toni, laggiú, umiliato, a fronte bassa. «Lei soltanto ti lega a questi sciagurati... Forse sarà lei a vendicarci, un giorno». E si sentí all'improvviso trascinata da un cuore sollevato, arioso, finalmente tranquillo.

RENATA VIGANÒ

Le calze di lana

Silveria si avviò lungo la carreggiata pedalando sulla sua vecchia bicicletta. Era una donna bella e giovane, di quel tipo delicato della Valle di Comacchio che arieggia la snella avvenenza delle figure impresse sulle anfore etrusche di Spina, la città sommersa. Una forza impensata animava il suo corpo di pelle scura, come tutti della sua razza. Vestiva di nero, con il largo fazzoletto tirato in avanti a gronda sulla fronte, e ripiegato indietro a incorniciare stretto il liscio viso bruno. Nella bassa ferrarese molte donne anche giovani hanno vestiti neri, lei Silveria a maggior ragione perché era vedova, il marito gliel'avevano assassinato i fascisti a tradimento, una sera di maggio, mentre tornava a casa, abbattendolo contro il muro con una raffica. Era un dirigente comunista, stava organizzando le bande partigiane nella valle, e dopo morto aveva dato il suo nome alla brigata.

Da quel giorno, dopo aver pianto fino a non aver piú lacrime, Silveria era entrata a far parte della formazione. Un inverno torvo e violento aveva preso il posto dell'autunno, nel fango vischioso della palude s'incastrava la neve, e l'acqua immensa si ghiacciava argentea e brillante sotto un cielo lontano, chiaro e cupo insieme. Un paesaggio geometrico, devastato, deserto, come si vede nei sogni.

Silveria procedeva a fatica contro vento spingendo sui pedali gli zoccoli frusti. I copertoni pieni di pezze frusciavano sul fondo ineguale, e lei balzava malamente sul sellino, pareva talvolta che si dovesse rovesciare sulla riva d'erba dura e gialla punteggiata di neve sporca. «Uh, uh!» gridò una voce nel silenzio, e Silveria rispose con lo stesso grido «Uh, uh!» cosí, soffice e acuto da poter essere scambiato per il verso di un uccello di valle. S'intravedeva una casa nel nebbione, sembrava sospesa nell'aria, navigante come una nave alla deriva. Silveria si piegò sul manubrio, le mani le facevano male, rosse di freddo: allungò con uno scatto la pedalata, sbucò attraverso un'apertura nella siepe sulle pietre dell'aia.

Dentro la cucina grande e nera ardeva un fuoco di sterpi nel camino:

– Meno male che sei venuta presto, – disse una donna che stava rimestando qualcosa in una pentolina sulla brace.

– Si gela, mamma, – rispose Silveria, e stese le braccia verso il calore. Si sfregava forte le dita che le dolevano:

– Sembrano tanti aghi, – disse in dialetto. Poi si tolse il paletò, slegò il fazzoletto. Apparvero le onde lustre dei capelli, la fronte, le orecchie. Sembrò piú magra e giovane.

– Sono tutte là di sopra, – accennò la madre con un gesto verso il soffitto, e Silveria rispose: – Vado.

Aprendo la porta verso la scala, aggiunse: – Bisogna far presto. Andare e tornare prima del coprifuoco.

Nella stanza al primo piano c'erano il suo letto e pochi mobili. Sei donne stavano sedute attorno a una tavola, con il lume a petrolio nel mezzo. Facevano la calza, nella luce fioca, ma erano tanto pratiche e svelte che non guardavano il lavoro. Altre due, quasi al buio, svolgevano la lana dal filarino, imprimendo con la punta del piede il movimento regolare dell'assiccella che faceva girare la ruota: un brusio quieto, continuo, simile al cadere di una leggera pioggia. «E allora?» «Hai trovato, Silveria?» «Com'è andata?» sussurravano tutte, come se avessero paura di farsi sentire, sebbene la casa fosse chiusa, isolata in mezzo alla campagna.

– Ho trovato, – rispose Silveria. – Il pastore ci dà la lana. Ha già tosato, e ci aspetta.

– È molta? – chiese una ragazza, levando dal lavoro una bella faccia un po' grassa.

– Tre sacchi, – rispose Silveria. – Trenta chili per sacco. Non è molto lunga, ma bella. Costa poco, bisogna lavarla.

– Il mio macero è pieno, – disse un'altra. – Porterò l'acqua in casa, e faremo presto. Per asciugarla, la stenderemo nel granaio.

– Qualche chilo, – disse Silveria, – bisogna averla qui. Altrimenti domani non ce ne sarà abbastanza per lavorare.

– Sicuro, – disse una dal filarino, accennando un piccolo mucchio bianco ai suoi piedi. – Questa è l'ultima.

– Andiamo, allora, – disse Silveria. – È l'ora buona.

Si alzarono tutte, posarono sulla tavola le calze di lana. Erano grandi, sí, alcune a mezzo, altre già quasi finite. I ferri infilati nelle righe dei punti luccicarono sotto il lume.

– Per arrivare dal pastore, bastiamo in quattro, – disse una che pareva la piú anziana. – Voialtre è meglio che andiate a casa, ognuna per suo conto. E mettiamo via la roba.

Le calze sparirono in una cassa, insieme alla lana dei filarini. Le donne scesero la scala, allacciandosi scialli e fazzoletti. «Buonasera» «Addio, Vincenza» «A domani». Parlavano sottovoce, andavano a prendere le biciclette dietro il muro della stalla, sfilarono via svoltando nelle cavedagne. Il freddo le prese nella sua coltre ghiaccia, la nebbia le nascose.

Dopo poco partirono Silveria e le sue tre compagne, presero l'argine verso la valle. Pedalavano piano, ombre scure nella sera scura. La mamma Vincenza le seguí con lo sguardo, dalla porta, fin quando non si confusero nella vuota chiarità del cielo.

Il giorno seguente un sole pallido strisciò tra gli alberi, si accese sulle pietre bagnate, scintillò debole contro i vetri delle finestre.

Nella stanza della Silveria i filarini andavano forte gremiti di lana, i ferri tintinnavano nelle mani delle ragazze. Ogni tanto una intrecciava le punte, staccava il filo. La calza finita stava lí, sul tavolo, in attesa della gemella, che non tardava. Le facevano tutte uguali, tutte grandi, le appaiavano stendendole e battendole per farle piú morbide, le piegavano sul fondo della cassa, e vi mettevano sopra i pesanti lenzuoli matrimoniali. La casa era sempre silenziosa e chiusa, salvo le finestre e la porta di cucina. Di sopra, dove le ragazze lavoravano, tenevano le persiane accostate. Guardando dal di fuori pareva che non ci fosse nessuno.

Mangiarono in cucina, tutte insieme intorno alla grande tavola. Una casa di donne sole. Silveria era tornata lí, dalla madre, dopo l'uccisione del marito. Aveva organizzato il lavoro per i partigiani nascosti nella valle, i renitenti alla leva sepolti nelle terre bonificate in certi buchi di scoli asciutti dove respiravano attraverso un tubo di stufa, o dispersi in capanne di canna sui dossi nudi in mezzo all'acqua dei grandi specchi stagnanti. Una vita innaturale, dove le barche, i traini, i traghetti, le zattere erano i soli mezzi di fortuna per il rifornimento di viveri e armi. Il freddo era il nemico piú duro e impietoso, mentre, dopo il proclama di Alexander che aveva detto con incosciente semplicità «Sciogliete le bande partigiane e andate a casa fino alla primavera», gli angloamericani si crogiolavano svernando a Ravenna, e i tedeschi, occupati i paesi, si divertivano negli alloggiamenti.

La vecchia casa natale di Silveria era stata scelta perché solitaria e distante, e le donne venivano in bicicletta attraverso i campi, si radunavano a far la lana, soprattutto calze e calze di buona calda lana di pecora, ché i piedi erano sempre freddi, sia di quelli che andavano in azione a ribaltare con bombe i camion tedeschi nelle strade importanti, sia degli altri che rimanevano sottoterra, bianchi e tremanti come le piantine di grano cresciute al buio per il giorno dei sepolcri a Pasqua nelle chiese.

Avanti e indietro, nel gelo sonoro e trasparente, o morbido di penetrante nebbia bagnata, andavano le donne dai pastori a cercare la lana, vincendo a forza di insistenza, o con denaro contante, i frequenti rifiuti originati da cupidigia o da timore. Quelli erano gente di montagna, diffidenti e sconosciuti, che d'inverno portavano le greggi a pasturare nella pianura. A poco a poco si persuadevano di una necessità nuova, di un cambiamento di idee che sconvolgeva la loro vita assente e primordiale, segnata da un regime di secoli. In un modo o nell'altro, la lana finivano per darla. E le donne la lavoravano, passando dall'untuosa tosatura fino alla cedevole confezione delle calze, per giungere all'operazione pericolosa della consegna. Agivano al buio, accorte e taciturne, perché avevano soprattutto paura delle spie. Da una spiata era scaturito l'agguato al marito di Silveria, e tanti altri guai irrimediabili.

– Dove lo portate, questo? – chiese Vincenza, che aveva stipato in un sacchetto un bel mucchio di paia già pronte.

– Questo va lontano, – rispose Silveria. – Al Casone di Roma.

Una brunettina tutta riccia scattò dalla sua sedia: – Vado io, Silveria, ti prego... ti prego...

Alzava la voce sul brusio disapprovatore delle altre, tanto che Vincenza, ruvida, fece: – Sssss...

– Lo sai che da Roma c'è Gino, – insistette la ragazza, – il mio fidanzato... Mandami, Silveria...

– T'i tropa znina, – disse un'altra, in dialetto.

– Troppo piccola, – ribadí Vincenza.

Lei si mise a piangere, chinando la testa sulle mani, e allora Silveria disse: – Ha fatto la staffetta tutta l'estate per Mario. Come non lo sapete? Proprio il suo nome di battaglia è «Piccola».

L'accenno al marito caduto ebbe ragione di tutto. La «Piccola» smise di piangere, prese il sacchetto, si strinse il fazzoletto intorno al viso un poco smunto ma gaio, senza piú traccia delle lacrime recenti. Scappò fuori nel precoce calar della luce. Erano appena le cinque e pareva sera. Spiovigginava acqua sottile dentro la nebbia. La bicicletta frusciò appena sulla terra ghiacciata.

– Non dovevamo lasciarla andar via, – disse sottovoce Vincenza, sfregando sul camino il fiammifero per accendere il lume.

La «Piccola» andava col suo fagotto caldo contro la spalla, guidando con una sola mano. Conosceva la strada come la sua casa, sasso per sasso, cespuglio per cespuglio. Non incontrò nessuno fino all'angolo del mulino abbandonato. Svoltò secco per imboccare il sentiero sull'argine, si trovò dinnanzi due alte figure nere.

– Giú, – disse uno, e rovesciò la bicicletta, e l'altro le

strappò il sacco dal braccio. Abbrancarono anche lei insieme al sacco, la trascinarono tra le macerie. Nel lampo di una lampadina tascabile riconobbe due facce di tedeschi.

– Calze di lana, – disse un terzo, comparendo al chiarore, ed era un fascista del paese.

– Rifornimenti... – aggiunse, rivolto ai tedeschi, – partisan...

Fece un gesto vago verso la valle, poi mollò un ceffone alla ragazza. – Dove le porti le calze? – domandò. – Chi le fa? Dove vi radunate, sporche...

I tedeschi ridevano piano, e si urtavano nel gomito.

– Borsa nera, – balbettò la «Piccola», sfregandosi la guancia colpita.

– Ah ah, borsa nera... – disse il fascista, e i tedeschi aumentarono l'allegria.

– Bella, bella, dolce amore... – disse uno: la sua grossa mano calò sul collo di lei, le frugò i ricci.

– Aspetta, – disse il fascista. – Dobbiamo farle dire... – si aiutava coi cenni per spiegarsi, ma il tedesco insorse quasi con rabbia:

– Genug, basta, kamarad, lasciare me... – mentre l'altro rideva a crepapelle.

Urli e urli nella notte, ma non traversavano l'aria. Urli e non nomi, né di persone né di località. Nella casa di Silveria lavoravano e aspettavano, nel Casone di Roma aspettavano soltanto. Una sorda angoscia si stendeva da un luogo all'altro, per la «Piccola» che non era giunta e non era tornata. In mezzo alle macerie lei urlava e non diceva niente. Alla fine i tre furono stanchi, si dimenticarono anche di ammazzarla.

All'alba, in mezzo agli stracci bianchi della nebbia, lei barcollò insanguinata verso la casa. Aveva calze di lana infilate sulla fronte livida, nelle mani e nelle braccia. Davanti i vestiti laceri e i piccoli seni tagliati.

NATALIA GINZBURG

Io e lui

Lui ha sempre caldo; io sempre freddo. D'estate, quando è veramente caldo, non fa che lamentarsi del gran caldo che ha. Si sdegna se vede che m'infilo, la sera, un golf.

Lui sa parlare bene alcune lingue; io non ne parlo bene nessuna. Lui riesce a parlare, in qualche suo modo, anche le lingue che non sa.

Lui ha un grande senso dell'orientamento; io nessuno. Nelle città straniere, dopo un giorno, lui si muove leggero come una farfalla. Io mi sperdo nella mia propria città; devo chiedere indicazioni per ritornare alla mia propria casa. Lui odia chiedere indicazioni; quando andiamo per città sconosciute, in automobile, non vuole che chiediamo indicazioni e mi ordina di guardare la pianta topografica. Io non so guardare le piante topografiche, m'imbroglio su quei cerchiolini rossi, e si arrabbia.

Lui ama il teatro, la pittura, e la musica: soprattutto la musica. Io non capisco niente di musica, m'importa molto poco della pittura, e m'annoio a teatro. Amo e capisco una cosa sola al mondo, ed è la poesia.

Lui ama i musei, e io ci vado con sforzo, con uno spiacevole senso di dovere e fatica. Lui ama le biblioteche, e io le odio.

Lui ama i viaggi, le città straniere e sconosciute, i ristoranti. Io resterei sempre a casa, non mi muoverei mai.

Lo seguo, tuttavia, in molti viaggi. Lo seguo nei musei, nelle chiese, all'opera. Lo seguo anche ai concerti, e mi addormento.

Siccome conosce dei direttori d'orchestra, dei cantanti, gli piace andare, dopo lo spettacolo, a congratularsi con loro. Lo seguo per i lunghi corridoi che portano ai camerini dei cantanti, lo ascolto parlare con persone vestite da cardinali e da re.

Non è timido; e io sono timida. Qualche volta, però, l'ho visto timido. Coi poliziotti, quando s'avvicinano alla nostra macchina armati di taccuino e matita. Con quelli diventa timido, sentendosi in torto.

E anche non sentendosi in torto. Credo che nutra rispetto per l'autorità costituita.

Io, l'autorità costituita, la temo, e lui no. Lui ne ha rispetto. È diverso. Io, se vedo un poliziotto avvicinarsi per darci la multa, penso subito che vorrà portarmi in prigione. Lui, alla prigione, non pensa; ma diventa, per rispetto, timido e gentile.

Per questo, per il suo rispetto verso l'autorità costituita, ci siamo, al tempo del processo Montesi, litigati fino al delirio.

A lui piacciono le tagliatelle, l'abbacchio, le ciliege, il vino rosso. A me piace il minestrone, il pancotto, la frittata, gli erbaggi.

Suole dirmi che non capisco niente, nelle cose da mangiare; e che sono come certi robusti fratacchioni, che divorano zuppe di erbe nell'ombra dei loro conventi; e lui, lui è un raffinato, dal palato sensibile. Al ristorante, s'informa a lungo sui vini; se ne fa portare due o tre bottiglie, le osserva e riflette, carezzandosi la barba pian piano.

In Inghilterra, vi sono certi ristoranti dove il cameriere usa questo piccolo cerimoniale: versare al cliente qualche dito di vino nel bicchiere, perché senta se è di suo gusto. Lui odiava questo piccolo cerimoniale; e ogni volta impediva al cameriere di compierlo, togliendogli di mano la bottiglia. Io lo rimproveravo, facendogli osservare che a ognuno dev'essere consentito di assolvere alle proprie incombenze.

Cosí, al cinematografo, non vuol mai che la maschera lo accompagni al posto. Gli dà subito la mancia, ma fugge in posti sempre diversi da quelli che la maschera, col lume, gli viene indicando.

Al cinematografo, vuole stare vicinissimo allo schermo. Se andiamo con amici, e questi cercano, come la maggior parte della gente, un posto lontano dallo schermo, lui si rifugia, solo, in una delle prime file. Io ci vedo bene, indifferentemente, da vicino e da lontano; ma essendo con amici, resto insieme a loro, per gentilezza; e tuttavia soffro, perché può essere che lui, nel suo posto a due palmi dallo schermo, siccome non mi son seduta al suo fianco sia offeso con me.

Tutt'e due amiamo il cinematografo; e siamo disposti a vedere, in qualsiasi momento della giornata, qualsiasi specie di film. Ma lui conosce la storia del cinematografo in ogni minimo particolare; ricorda registi e attori, anche i piú antichi, da gran tempo dimenticati e scomparsi; ed è pronto a fare chilometri per andare a cercare, nelle piú lontane periferie, vecchissimi film del tempo del muto, dove comparirà magari per pochi secondi un attore caro alle sue piú remote memorie d'infanzia. Ricordo, a Londra, il pomeriggio d'una domenica; davano in un lontano sobborgo sui limiti della campagna un film sulla Rivoluzione francese, un film del '30, che lui aveva visto da bambino, e dove appariva per qualche attimo un'attrice famosa a quel tempo. Siamo andati in macchina alla ricerca di quella lontanissima strada; pioveva, c'era nebbia, abbiamo vagato ore e ore per sobborghi tutti uguali, tra schiere grigie di piccole case, grondaie, lampioni e cancelli; avevo sulle ginocchia la pianta topografica, non riuscivo a leggerla e lui s'arrabbiava; infine, abbiamo trovato il cinematografo, ci siamo seduti in una sala del tutto deserta. Ma dopo un quarto d'ora, lui già voleva andar via, subito dopo la breve comparsa dell'attrice che gli stava a cuore; io invece volevo, dopo tanta strada, vedere come finiva il film. Non ricordo se sia prevalsa la sua o la mia volontà; forse, la sua, e ce ne siamo andati dopo un quarto d'ora; anche perché era tardi, e benché fossimo usciti nel primo pomeriggio, ormai era venuta l'ora di cena. Ma pregandolo io di raccontarmi come si concludeva la storia, non ottenevo nessuna risposta che m'appagasse; perché, lui diceva, la storia non aveva nessuna importanza, e la sola cosa che contava erano quei pochi istanti, il profilo, il gesto, i riccioli di quell'attrice.

Io non mi ricordo mai i nomi degli attori; e siccome sono poco fisionomista, riconosco a volte con difficoltà anche i piú famosi. Questo lo irrita moltissimo; gli chiedo chi sia quello o quell'altro, suscitando il suo sdegno; «non mi dirai, – dice, – non mi dirai che non hai riconosciuto William Holden!»

Effettivamente, non ho riconosciuto William Holden. E tuttavia, amo anch'io il cinematografo; ma pur andandoci da tanti anni, non ho saputo farmene una cultura. Lui se ne è fatto, invece, una cultura: si è fatto una cultura di tutto quello che ha attratto la sua curiosità; e io non ho saputo farmi una cultura di nulla, nemmeno delle cose che ho piú amato nella mia vita: esse sono rimaste in me come immagini sparse, alimentando sí la mia vita di memorie e di commozione ma senza colmare il vuoto, il deserto della mia cultura.

Mi dice che manco di curiosità: ma non è vero. Provo curiosità di poche, pochissime cose; e quando le ho conosciute, ne conservo qualche sparsa immagine, la cadenza d'una frase o d'una parola. Ma il mio universo, dove affiorano tali cadenze ed immagini, isolate l'una dall'altra e non legate da alcuna trama se non segreta, a me stessa ignota e invisibile, è arido e malinconico. Il suo universo invece è riccamente verde, riccamente popolato e coltivato, una fertile e irrigua campagna dove sorgono boschi, pascoli, orti e villaggi.

Per me, ogni attività è sommamente difficile, faticosa, incerta. Sono molto pigra, e ho un'assoluta necessità di oziare, se voglio concludere qualcosa, lunghe ore sdraiata sui divani. Lui non sta mai in ozio, fa sempre qualcosa; scrive a macchina velocissimo, con la radio accesa; quando va a riposare il pomeriggio, ha con sé delle bozze da correggere o un libro pieno di note; vuole, nella stessa giornata, che andiamo al cinematografo, poi a un ricevimento, poi a teatro. Riesce a fare, e anche a farmi fare, nella stessa giornata, un mondo di cose diverse; a incontrarsi con le persone piú disparate; e se io son sola, e tento di fare come lui, non approdo a nulla, perché là dove intendevo trattenermi mezz'ora resto bloccata tutto il pomeriggio, o perché mi sperdo e non trovo le strade, o perché la persona piú noiosa e che meno desideravo vedere mi trascina con sé nel luogo dove meno desideravo di andare.

Se gli racconto come si è svolto un mio pomeriggio, lo trova un pomeriggio tutto sbagliato, e si diverte, mi canzona e s'arrabbia; e dice che io, senza di lui, non son buona a niente.

Io non so amministrare il tempo. Lui sa.

Gli piacciono i ricevimenti. Ci va vestito di chiaro, quando tutti son vestiti di scuro; l'idea di cambiarsi di vestito, per andare a un ricevimento, non gli passa per la testa. Ci va magari col suo vecchio impermeabile e col suo cappello sbertucciato: un cappello di lana che ha comprato a Londra, e che porta calato sugli occhi. Sta là solo mezz'ora, gli piace, per una mezz'ora, chiacchierare con un bicchiere in mano; mangia molti pasticcini, io quasi nessuno, perché vedendo lui mangiare tanto penso che io almeno, per educazione e riserbo, devo astenermi dal mangiare; dopo mezz'ora, quando comincio un poco ad ambientarmi e a star bene, si fa impaziente e mi trascina via.

Io non so ballare e lui sa.

Non so scrivere a macchina; e lui sa.

Non so guidare l'automobile. Se gli propongo di prendere anch'io la patente, non vuole. Dice che tanto non ci riuscirei mai. Credo che gli piaccia che io dipenda, per tanti aspetti, da lui.

Io non so cantare, e lui sa. È un baritono. Se avesse studiato il canto, sarebbe forse un cantante famoso.

Se avesse studiato musica, sarebbe forse diventato un direttore d'orchestra. Quando ascolta i dischi, dirige l'orchestra con una matita. Intanto scrive a macchina, e risponde al telefono. È un uomo che riesce a fare, nello stesso momento, molte cose.

Fa il professore e credo che lo faccia bene.

Avrebbe potuto fare molti mestieri. Ma non rimpiange nessuno dei mestieri che non ha fatto. Io non avrei potuto fare che un mestiere, un mestiere solo: il mestiere che ho scelto, e che faccio, quasi dall'infanzia. Neanch'io non rimpiango nessuno dei mestieri che non ho fatto: ma io tanto, non avrei saputo farne nessuno.

Io scrivo dei racconti, e ho lavorato molti anni in una casa editrice.

Non lavoravo male, ma neanche bene. Tuttavia mi rendevo conto che forse non avrei saputo lavorare in nessun altro luogo. Avevo, con i miei compagni di lavoro e col mio padrone, rapporti d'amicizia. Sentivo che, se non avessi avuto intorno a me questi rapporti d'amicizia, mi sarei spenta e non avrei saputo lavorare piú.

Ho coltivato a lungo in me l'idea di poter lavorare, un giorno, a sceneggiature per il cinema. Tuttavia non ne ho mai avuta l'occasione, o non ho saputo cercarla. Ora ho perso la speranza di lavorare mai a sceneggiature. Lui ha lavorato a sceneggiature, un tempo, quand'era piú giovane. Ha lavorato lui pure in una casa editrice. Ha scritto racconti. Ha fatto tutte le cose che ho fatto io, piú molte altre.

Rifà bene il verso alla gente, e soprattutto a una vecchia contessa. Forse riusciva a fare anche l'attore.

Una volta, a Londra, ha cantato in un teatro. Era Giobbe. Aveva dovuto noleggiare un frac; ed era là, in frac, davanti a una specie di leggío; e cantava. Cantava le parole di Giobbe; qualcosa tra la dizione e il canto. Io, in un palco, morivo di paura. Avevo paura che s'impappinasse, o che gli cadessero i calzoni del frac.

Era circondato da uomini in frac, e di signore vestite da sera, che erano gli angeli e i diavoli e gli altri personaggi di Giobbe.

È stato un grande successo, e gli hanno detto che era molto bravo.

Se io avessi amato la musica, l'avrei amata con passione.

Invece non la capisco; e ai concerti, dove a volte lui mi costringe a seguirlo, mi distraggo e penso ai casi miei. Oppure cado in un profondo sonno.

Mi piace cantare. Non so cantare, e sono stonatissima; canto tuttavia, qualche volta, pianissimo, quando son sola. Che sono cosí stonata, lo so perché me l'hanno detto gli altri; dev'essere, la mia voce, come il miagolare d'un gatto. Ma io, da me, non m'accorgo di nulla; e provo, nel cantare, un vivo piacere. Lui, se mi sente, mi rifà il verso; dice che il mio cantare è qualcosa fuori della musica; qualcosa di inventato da me.

Mugolavo, da bambina, dei motivi di musica, inventati da me. Era una lunga melopea lamentosa, che mi faceva venir le lagrime agli occhi.

Di non capire la pittura, le arti figurative, non me ne importa; ma soffro di non amare la musica, perché mi sembra che il mio spirito soffra per la privazione di questo amore. Pure non c'è niente da fare; non capirò mai la musica, non l'amerò mai. Se a volte sento una musica che mi piace, non so ricordarla; e allora come potrei amare una cosa, che non so ricordare?

Ricordo, di una canzone, le parole. Posso ripetere all'infinito le parole che amo. Ripeto anche il motivo che le accompagna, al mio modo, nel mio miagolare; e provo, cosí miagolando, una sorta di felicità.

Mi sembra di seguire, nello scrivere, una cadenza e un metro musicale. Forse la musica era vicinissima al mio universo, e il mio universo, chissà perché, non l'ha accolta.

Tutto il giorno si sente musica, in casa nostra. Lui tiene tutto il giorno la radio accesa. O fa andare dei dischi. Io protesto, ogni tanto, chiedo un po' di silenzio per poter lavorare; ma lui dice che una musica tanto bella è certo salubre per ogni lavoro.

Si è comprato un numero di dischi incredibile. Possiede, dice, una delle piú belle discoteche del mondo.

Al mattino, in accappatoio, stillante dell'acqua del bagno, accende la radio, si siede alla macchina da scrivere e comincia la sua laboriosa, tempestosa e rumorosa giornata. È in tutto sovrabbondante: riempie la vasca del bagno fino a farla straripare; riempie la teiera, e la tazza del tè, fino a farle strabordare. Ha un numero stragrande di camicie e cravatte. Raramente, invece, compra scarpe.

Era, dice sua madre, da bambino, un modello di ordine e precisione; e pare che una volta che doveva attraversare certi rigagnoli pieni di fango, in campagna, in un giorno di pioggia, con stivaletti bianchi e veste bianca, era alla fine della passeggiata immacolato e senza una chiazza di fango sull'abito e gli stivaletti. Ora non c'è in lui traccia di quell'antico, immacolato bambino. I suoi vestiti sono sempre pieni di macchie. È diventato disordinatissimo.

Conserva però, con puntiglio, tutte le ricevute del gas. Trovo nei cassetti remote ricevute del gas, di alloggi lasciati da tempo, e che lui si rifiuta di buttar via.

Trovo, anche, dei sigari toscani, vecchissimi e incartapecoriti, e bocchini di legno di ciliegio.

Io fumo sigarette Stop, lunghe, senza filtro. Lui, a volte, quei sigari toscani.

Io sono disordinatissima. Sono però diventata, invecchiando, nostalgica dell'ordine e riordino, a volte, con grande zelo gli armadi. Mi ricordo, credo, di mia madre. Riordino gli armadi della biancheria, delle coperte, e ricopro ogni cassetto, nell'estate, di teli candidi. Raramente riordino le mie carte, perché mia madre, non usando scrivere, non aveva carte. Il mio ordine, e il mio disordine, son pieni di rammarico, di rimorsi, di sentimenti complessi. Lui, il suo disordine è trionfante. Ha deciso che per una persona come lui, che studia, avere il tavolo in disordine è legittimo e giusto.

Lui non migliora, in me, l'irresolutezza, l'incertezza in ogni azione, il senso di colpa. Usa ridere e canzonarmi per ogni mia minima azione. Se vado a fare la spesa al mercato, lui a volte, non visto, mi segue e mi spia. Mi canzona poi per il modo come ho fatto la spesa, per il modo come ho soppesato gli aranci nella mano, scegliendo accuratamente, lui dice, i peggiori di tutto il mercato, mi schernisce perché ho impiegato un'ora a fare la spesa, ho comprato a un banco le cipolle, a un banco i sedani, a un altro la frutta. A volte, fa lui la spesa, per dimostrarmi come si può fare velocemente: compra tutto a un unico banco, senza nessuna incertezza; e riesce a farsi mandare il cesto a casa. Non compra sedani, perché non li può soffrire.

Cosí, io piú che mai ho il dubbio di sbagliare in ogni cosa che faccio. Ma se una volta scopro che è lui a sbagliare, glielo ripeto fino all'esasperazione. Perché io sono a volte noiosissima.

Le sue furie sono improvvise, e traboccano come spuma di birra. Le mie furie sono anche improvvise. Ma le sue svaporano subito; e le mie, invece, lasciano uno strascico lamentoso e insistente, noiosissimo credo, una specie di amaro miagolío.

Piango, a volte, nel turbine delle sue furie; e il mio pianto, invece di impietosirlo e placarlo, lo fa arrabbiare ancora di piú. Dice che il mio pianto è tutta una commedia; e forse è vero. Perché io sono, in mezzo alle mie lagrime e alla sua furia, pienamente tranquilla.

Sui miei dolori reali, non piango mai.

Usavo scagliare, un tempo, nelle mie furie, piatti e stoviglie per terra. Ma adesso non piú. Forse perché sono invecchiata, e le mie furie son meno violente; e poi non oserei ora toccare i nostri piatti, a cui sono affezionata, e che abbiamo comprato a Londra, un giorno, a Portobello road.

Il prezzo di questi piatti, e di molte altre cose che abbiamo comprato, ha subito, nella sua memoria, un forte ribasso. Perché gli piace pensare d'aver speso poco, e d'avere fatto un buon affare. Io so il prezzo di quel servizio di piatti, ed erano sedici sterline; ma lui dice dodici. Cosí per il quadro di re Lear, che sta nella nostra stanza da pranzo: un quadro che lui ha comprato pure a Portobello, e che ha pulito con cipolle e patate; e dice ora di averlo pagato una cifra, che io ricordo molto piú grande.

Ha comprato, anni fa, allo Standard, dodici scendiletti. Li ha comprati perché costavano poco, e gli sembrava di doverne fare provvista; li ha comprati per polemica, trovando che io non ero buona di comprare nulla per la casa. Questi scendiletti, di stuoia color vinaccia, sono diventati, in poco tempo, repellenti: son diventati di una rigidità cadaverica; e io li odiavo, appesi al filo di ferro del balcone di cucina. Usavo rinfacciarglieli, come esempio di una cattiva spesa; ma lui diceva che erano costati poco, pochissimo, quasi nulla. C'è voluto del tempo, prima che riuscissi a buttarli via: perché erano cosí tanti, e perché al momento di buttarli mi veniva il dubbio che potessero servire da stracci. Abbiamo, lui e io, una certa difficoltà a buttar via le cose: in me, dev'essere una forma ebraica di conservazione, e il frutto della mia grande irresolutezza; in lui, dev'essere una difesa dalla sua mancanza di parsimonia e dalla sua impulsività.

Lui usa comprare, in grande quantità, bicarbonato e aspirina.

È, qualche volta, malato, di suoi misteriosi malesseri; non sa spiegare che cosa si sente; se ne sta a letto per un giorno, tutto ravviluppato nelle lenzuola; non si vede che la sua barba, e la punta del suo naso rosso. Prende allora bicarbonato e aspirina, in dosi da cavallo; e dice che io non lo posso capire, perché io, io sto sempre bene, sono come quei fratacchioni robusti, che si espongono senza pericolo al vento e alle intemperie; e lui è invece fine e delicato, sofferente di malattie misteriose. Poi la sera è guarito, e va in cucina a cuocersi le tagliatelle.

Era, da ragazzo, bello, magro, esile, non aveva allora la barba, ma lunghi e morbidi baffi; e rassomigliava all'attore Robert Donat. Era cosí quasi vent'anni fa, quando l'ho conosciuto; e portava, ricordo, certi camiciotti scozzesi, di flanella, eleganti. Mi ha accompagnata, ricordo, una sera, alla pensione dove allora abitavo; abbiamo camminato insieme per via Nazionale. Io mi sentivo già molto vecchia, carica di esperienza e d'errori; e lui mi sembrava un ragazzo, lontano da me mille secoli. Cosa ci siamo detti quella sera, per via Nazionale, non lo so ricordare; niente d'importante, suppongo; era lontana da me mille secoli l'idea che dovessimo diventare, un giorno, marito e moglie. Poi ci siamo persi di vista; e quando ci siamo di nuovo incontrati, non rassomigliava piú a Robert Donat, ma piuttosto a Balzac. Quando ci siamo di nuovo incontrati, aveva sempre quei camiciotti scozzesi, ma ora sembravano, addosso a lui, indumenti per una spedizione polare; aveva ora la barba, e in testa lo sbertucciato cappelluccio di lana; e tutto in lui faceva pensare a una prossima partenza per il Polo Nord. Perché, pur avendo sempre tanto caldo, sovente usa vestirsi come se fosse circondato di neve, di ghiaccio e di orsi bianchi; o anche invece si veste come un piantatore di caffè nel Brasile; ma sempre si veste diverso da tutta l'altra gente.

Se gli ricordo quell'antica nostra passeggiata per via Nazionale, dice di ricordare, ma io so che mente e non ricorda nulla; e io a volte mi chiedo se eravamo noi, quelle due persone, quasi vent'anni fa per via Nazionale; due persone che hanno conversato cosí gentilmente, urbanamente, nel sole che tramontava; che hanno parlato forse un po' di tutto, e di nulla; due amabili conversatori, due giovani intellettuali a passeggio; cosí giovani, cosí educati, cosí distratti, cosí disposti a dare l'uno dell'altra un giudizio distrattamente benevolo; cosí disposti a congedarsi l'uno dall'altra per sempre, quel tramonto, a quell'angolo di strada.

FRANCA VALERI

Scritto e parole di una moglie tradita

Gentile signorina,

nel corso di un amichevole colloquio con mio marito hanno avuto piena conferma i miei sospetti circa l'esistenza di un sentimento amoroso fra lei e appunto mio marito e circa il grado di intimità cui tale sentimento vi ha portato. Le dico subito che piú che di un sospetto si trattava di una certezza e oltre che di una certezza di una speranza. Prendo appunto la penna per rassicurarla su ogni suo eventuale scrupolo perché da tempo mi auguravo che mio marito trovasse una donna capace di dargli quella comprensione e quello sfogo vitale che io non mi potevo piú permettere di concedergli e che egli tuttavia merita. Non si allarmi. Nulla di molto complicato dietro questa mia asserzione. Il nostro è stato per alcuni anni un matrimonio felicissimo. La grande giovinezza e il mistero di un sentimento spontaneo e incontrollabile mi hanno aiutato per anni a superare, meglio ancora, a non sentire proprio, l'ingombro di tutto ciò che mi differenzia radicalmente da mio marito. Ora le distanze sono ristabilite e dove l'amore colma, l'amicizia mette a fuoco. Le sarò piú chiara, si può amare molto, molto un inferiore, è impossibile esserne profondamente, elettivamente amici. Conto con questo di confidarmi a una donna come me, e a una donna che non avrà mai, per quello che so di lei, le mie stesse ragioni per smettere di amare l'uomo in questione. Non ho mai osato dirlo chiaramente a Goffredo che ne sarebbe ovviamente ferito e che ho messo dolcemente nella condizione di credersi l'arbitro giustificato della fine del nostro matrimonio. L'educazione (mi permetta di aprirle quest'orizzonte con la serenità di chi vede con simpatia i limiti altrui, forse perché conosce i propri), l'educazione è incancellabile come un tatuaggio e se esistesse per il mio reato la ghigliottina mi sarei fatta tagliare la testa piuttosto di tollerare ancora a lungo la masticazione di mio marito. Pur volendogli bene. Non mi creda una persona insensibile o troppo egoista. Forse un po' di tutto questo come tutti gli aristocratici. Se lo fossi però interamente non avrei cercato fino all'ultimo di salvare la nostra unione sforzandomi, per dovere umano verso un essere che avevo amato fino a farne il mio compagno, di assolvere ancora ai miei doveri di socia e di sposa. A questi ultimi soggiaccio ancora malinconicamente, dolendomi sinceramente di rattristare lui con la mia fatale freddezza e di sottrarre a lei tanta parte delle esuberanze dei primi tempi dell'amore. Purtroppo Goffredo mi è naturalmente attaccato e la mia collaborazione al distacco sembra ancora vana. Anche il litigio, che io credevo un buon mezzo, sembra essere per lui un'arma di difesa. Egli lo subisce con testardaggine, dandomi come l'impressione di pensare che finché io grido «è suo dovere starmi a sentire», quindi «è suo diritto starmi vicino». Provi lei a sconfiggermi, provi a scendere piú coraggiosamente in campo. Badi, io so che non c'è peggior nemico di quello che vuol perdere, ma lei sappia che lo stesso concetto vale per un alleato. L'asserzione diventa piú banale, ma sarà almeno piú a portata. Le svelerò anche dei segreti militari. Purtroppo mio marito scambia per propositi amorosi e per ripicca femminile gli argomenti realistici di una divisione legale. Non è un grido d'amore né un'invocazione di non abbandonarmi la mia serena richiesta che lui mi lasci i vantaggi pratici di quella vita che mi ha dato in cambio del mio affetto e del mio lungo sforzo di adeguarmi a lui. Badi, sembra un paradosso, ma si fa piú fatica a scendere che a salire, perlomeno è un dolore muscolare che si risente piú a lungo. E cosí affaticata come sono da dieci anni di una discesa simile a un castigo immaginato da Dante, mi perdoni gli eccessi intellettualistici e sorvoli, non intendo proprio sottopormi alla nuova fatica di una qualsiasi variazione nell'ordine della mia vita e di quella dei miei figli. Lui può cercare e trovare altrove tutte le soddisfazioni se non maschili, poiché pare che non le trovi, almeno umane, senza turbare un equilibrio pratico, finanziario e amichevole che avevamo entrambi raggiunto. Sappia che mio marito è povero perché la sua ricchezza siamo noi e quello che per noi ha edificato, e che ovviamente lei lo avrà nudo. Le sarà piú facile rivestirlo di quanto lo è stato per me. I grandi magazzini gli vanno tanto meglio delle flanelle inglesi. Ma dai discorsi di mio marito che, per spirito di parte femminile giudico ingenerosi nei suoi riguardi, pare che ora sia lei, povera signorina, a desiderare che qualcuno la rivesta, e mio marito ha ahimè cosí poco gusto, pari soltanto alla pochezza dei suoi mezzi. Il poveretto tuttavia crede in questo suo desiderio come in una assurda missione. Pensi che non oltre dieci minuti fa mi sono sentita gridare in faccia da un energumeno nel quale stentavo a riconoscere mio marito, e nel quale lei non avrà difficoltà a identificare il suo amante...

. . . .

Ma io devo star qui a fare della diplomazia con una servaccia simile...

Sette... zero... due... puttana... nove... quattro... nove... anche con la dote lo voleva... Pronto... La signorina Marisa? Comincio col dirle che lei è una puttana figlia di mignotta mascalzona e ladra... quanto a mio marito sappia...

CLARA SERENI

Anniversario

Il pianto si allarga nella notte, a macchia d'olio. Incapace di parole, disperato.

Ferita anche nel sonno lei lascia il letto, la guida la piccola luce che lascia sempre accesa per lui, con la speranza inutile che basti a tranquillizzarlo.

Nella semioscurità i passi sono sicuri nel percorso consueto: gli offre la camomilla lasciata pronta nel tegamino, anche il miele che la addolcisce è un'offerta, un tentativo.

Poi siede accanto al suo letto, stringendosi nella vestaglia perché il freddo non la invada.

Canta piano piano una canzone collaudata, la sua voce tiene i mostri alla catena: fino a domattina, forse.

La schiena le fa male quando si china per pulire via il formaggino spiaccicato sul pavimento. Strofina con furore abituale, intorno sulle mattonelle briciole e macchie e pedate, qualche colpo di scopa senza lavare con lo straccio, una volta al giorno e non di piú questo se lo è dato come regola: togliere il grosso e il resto cercare di non vederlo.

In bagno il dentifricio è sparso su tutto il lavandino, il tubetto senza forma e il tappo perso chissà dove. Riordina, risciacqua, e intanto l'orecchio è sempre teso: i rumori che arrivano dalla stanza da letto sono miti.

Raccoglie da terra un fischietto di metallo ammaccato, lo poggia su di un ripiano da tenere a mente: nel corso della giornata certamente servirà, uno degli oggetti piú amati, una certezza che suo figlio non sa ritrovare da solo, per ricordare ha bisogno della memoria degli altri.

Si affaccia sulla porta, il lettone matrimoniale è come sconvolto da una tempesta, i cuscini al posto dei piedi, la sopracoperta ricamata con altre mani che struscia sul pavimento, il merletto che la rifinisce ha perduto ogni grazia. Sotto il piumino un rigonfiamento mobile, pensa «sta giocando alla casetta» e ha un sorriso: un gioco che da bambina faceva anche lei.

Ma certamente il gioco non è lo stesso.

Dalle lenzuola sbuca un faccino arrossato, i capelli sono incollati dal sudore del gioco e delle coperte.

– Lui è cattivo? – chiede il bambino.

Si prende un tempo per rispondere, tira su una serranda e socchiude la finestra.

– Stai parlando di te? – chiede.

La pausa che gli lascia è breve, sa che non le risponderà ma bisogna tentare, ogni volta. Cerca un'inflessione che non sia automatica, spiega:

– Se non hai combinato guai no, non sei cattivo.

Il bambino non la ascolta, in ginocchio sul letto ha cominciato a svitare la lampadina dell'abat-jour. Lei lo ferma con gesti morbidi, gli prende la mano e la stringe piano, il figlio la strappa via, vuole riavvicinarsi al lume.

– Lui è cattivo? – ripete.

Le risposte vanno diversificate – lo ha imparato – perché le domande sono le stesse, quasi sempre.

– Te l'ho già detto prima, – dice, – e tu lo sai benissimo, come sei.

– È cattivo, è cattivo? – insiste lui: la voce è alterata, gli occhi sono opachi e malvagi.

Non deve dimenticarlo mai, non ha cattiveria dentro ma solo paura e difficoltà e confusione, anche i calci che le dà, i morsi sono per quei fantasmi di terrore che lo mangiano vivo, che gli pesano sulle spalle come un armadio e cosí per lui tutto è difficile, faticoso, forzato. (Lei lo sa, con un armadio sulle spalle tutto è un'impresa, anche salire tre gradini o mangiare con le posate. Parlare, pensare.

Però a volte diventa vile, disposta a tutto pur di evitare lo scontro, pur di vederlo contento, pur di sentirsi concretamente amata da suo figlio: un figlio che accetta di chiamarla mamma solo di notte, quando urla nel sonno per una sofferenza che comunque la esclude).

Rassetta il letto sapendo che probabilmente piú tardi dovrà farlo di nuovo: non accettare che tutto sia abbandonato al disordine, arginare con il caos i dubbi.

Raccoglie qualche giocattolo sparso e lo ripone nell'armadio di suo figlio, i «lui è cattivo?» la inseguono nel corridoio e nelle stanze, i gesti sono meccanici e le risposte non devono esserlo. Non distrarsi, non dimenticarsi di ragionare.

In un angolo pezzetti di cartoncino strappati, una sua fotografia di quando era ragazza, un pezzo alla volta suo figlio le sta cancellando il passato, bisogna reggere e conservarselo dentro anche quando intorno ne restano soltanto tracce imprecise, che nemmeno ti somigliano piú.

Gli occhi le cadono sull'orologio, tante ancora le ore da passare, deve evitare di pensarci.

Sente che lui sta aprendo il frigorifero, in fondo è ora di merenda pensa, mette ordine fra i cuscini del divano e spera in un momento di pausa, mangerà e farà pasticci e sporcherà ma per quel momento può considerarsi sola, sono questi i piccoli sollievi che ha imparato a far fruttare.

Quando suo figlio le compare davanti impiastricciato di burro è cosí bello – gli occhi brillanti, la bocca sottolineata e lucida –, cosí normale che lei lo abbraccia, lo stringe, solo dopo pensa ad allontanargli le mani sporche: tanto lei quando sono insieme si veste sempre di vecchie cose, è piú libera cosí benché una strega la insidi ad ogni specchio.

In bagno gli impone di lavarsi le mani, glielo lascia fare da solo anche se in maniera assai approssimativa, però gliele asciuga lei per bene cosí un po' di sudicio va via, l'asciugamano è già scuro e unto benché cambiato ieri: non importa, le cose importanti sono altre.

– Ciao ciao ciao, – urla il bambino con una sua cantilena. Ha gli occhi dilatati e lontani, forse è preso da una sua paura e allora non la libera, tiene agganciata lei con le parole per non restare da solo ad affrontarla.

– È cattivo, lui? – domanda.

Lo abbraccia, gli scompiglia i capelli: come fosse uno scherzo fra loro, un passatempo un po' sciocco.

– Vuoi sapere se ti voglio bene? – La solita pausa inutile. – Io sí, molto. E tu?

Non c'è risposta.

Per gli altri della sua età l'epoca dei pensierini – «la mia mamma è bella», «io voglio bene a mio papà» – è già trascorsa. Per lui, arriverà mai? O cos'altro, invece?

La tentazione di ordinare la spesa per telefono: si sente cosí stanca, se qualcuno potesse un momento solo sostituirla, se potesse una volta chiamarsi fuori, dimettersi da sé. Ma non può esentarsi, invece è bene che il bambino esca con lei, che facciano insieme le cose normali che tutti fanno.

Ha preparato una lista, altrimenti dimenticherebbe metà di quel che le serve. Il bambino è già vestito, ci ha pensato il padre prima di uscire, le ha risparmiato scontri e fatica: le rabbie del figlio quando non riesce a infilarsi i pantaloni, lo stretch delle scarpe che non si appiccica, e invece è importante che faccia da solo. Gli ci vuole tanto tempo, è cosí difficile per lui, viene voglia di aiutarlo, la maglietta sempre tutta storta e i calzini a bracaloni ma non bisogna farci caso, scegliere ogni volta le cose che contano e il resto lasciar perdere, non pensarci o almeno non tenerne conto. (Però talvolta con un po' di vergogna cede, lo veste lei di tutto punto, lo lava e lo pettina: è cosí bello vederlo bello).

Quando si china per agganciargli la lampo il suo odore che sta cambiando è come ogni volta un'emozione, la guancia vicina alla bocca di lui e improvvisamente un grande bacio, si sente lo schiocco e lei è tutta calda, rossa come di un incontro amoroso e altrettanto eccitata: i baci sono una conquista recente, un regalo che non smette di apprezzare.

È allegra mentre lo pettina, le sue domande imperiose

le copre con una canzone concedendosi di non rispondere, la giacca a vento ripara e omologa e cosí il soprabito che lei si butta addosso, un tocco di cipria e via, una madre come tante un figlio come gli altri anzi piú bello, non hanno stigmate visibili.

Al portone deve discutere con il portiere certi affari del condominio, tiene forte per mano il bambino che la strattona, ha fretta di andare, grida tante volte «ciao ciao ciao» e il portiere gli fa eco, genericamente bonario e sempre uguale, lo conosce e ha smesso di stupirsi.

Nel negozio di alimentari c'è tanta gente, oggi è sabato e tutti fanno provviste, pranzi di famiglia con la tovaglia del corredo e ghiottonerie da festa. (La sua domenica è solo un problema in piú. Gli agi mediocri li ha sempre detestati: scoprirsi a desiderarli vuol dire che il suo progetto è tanto cambiato davvero).

Al chiuso deve dargli autonomia, lascia la mano di suo figlio che comincia a solcare lo spazio del negozio, fa salti e tocca cose, irrequieto però sorridente e bello, urla a una signora anziana «ciao ciao ciao»: la donna risponde, si china per una carezza che viene schivata, gli chiede il suo nome e lui replica «è cattivo?», ancora e poi ancora, martellante. La donna si ritrae incerta, intuisce una stranezza ma non sa, paga il suo conto e va via. Sulla porta si volta a guardarlo, ora ha preso di mira la cassiera e chiede a lei, chiede e chiede:

– Lui è cattivo?

Un occhio alla fila, un occhio alla lista degli acquisti da ricordare. Irrequieta anche lei, ha tante cose da fare ancora, e intanto segue con lo sguardo suo figlio, che non si faccia male che non combini guai che non esca dal negozio, ogni tanto lo chiama perché sentirsi controllato gli serve per non perdersi.

Come sono lenti a servire, depenna mentalmente qualche compera meno urgente, ha fretta di uscire, anche a distanza il bambino le trasmette una premura ansiosa che via via la invade. Mentre fa le ordinazioni al commesso la voce di suo figlio squilla alta sul brusio, «lui è cattivo?» e «ciao ciao ciao», gli mette in mano un pezzo di pizza un succo di frutta ma lui non si quieta: in molti si voltano a guardare, occhi severi anche verso di lei, se pensano che sia maleducato e viziato tutto sommato va bene.

Il tratto di strada dal negozio a casa è breve e pieno di tensioni, i sacchetti pesanti della spesa e stargli dietro senza prendergli la mano, lasciarlo libero e autonomo ma tenersi pronta alla corsa: se avrà bisogno di lei, se qualcosa lo spaventerà, se per verificare la sua attenzione scatterà e attraverserà la strada.

Suo figlio fa pochi passi di corsa poi si blocca, preso da qualcosa che lui soltanto sa. Lei dietro a pochi metri, correre e poi bloccarsi come un suo doppio. I sacchetti segano il polso, una mano è meglio lasciarla sempre libera.

In casa lui rientra urlando, quelle strida e i salti (ogni volta il sollievo di abitare al primo piano, nessuno di sotto a protestare, questo la aiuta a non pensare al resto, al fastidio per sé), quelle grida cosí strane e malate, non capire cosa lo scatena a quel modo non sapere che fare per calmarlo, comunque un piccolo pensiero ai vicini, cosa penseranno di tutto il rumore, e dei pianti di notte, e della rabbia della voce quando lei stessa non ne può piú.

Cosa pensano non ha importanza, non deve avere importanza anche se lei per sé è stata sempre cosí attenta a non dare fastidio, a non disturbare, a farsi gentile e amabile.

Il figlio continua a gridare, salti e corse frenetiche su e giú per il corridoio, accende e spegne le luci, il telefono squilla e lei ha ancora la spesa in mano, poggia i sacchetti sul pavimento e il pane rotola via, prende la cornetta e intanto si sfila il soprabito, la tensione che si accumula la impaccia e la confonde. Si fotografa mentalmente, si prende in giro: sembra una comica finale, gesti convulsi ed esiti malaccorti, un'accelerazione che non sa contrastare.

Il bambino le strappa di mano la cornetta, quasi la travolge di spinte e di ansia, urla nel microfono:

– Lui è cattivo?

È una lotta vera, suo figlio è forte e vuole impedirle

di parlare, calci e strattoni e morsi, un'energia disperata e feroce e senza misura: lo scontro la sfibra ma non deve cedergli, potrebbe essere una telefonata importante, comunque non può consentirgli di decidere per tutti, deve riuscire a parlare e con voce se possibile normale.

Rassicurato dalla resistenza che lei gli ha opposto, il bambino porta la sua domanda a urlare nel corridoio: salti e porte sbattute, rumore di oggetti scagliati in terra. Ansimando appena, massaggiandosi il ginocchio colpito lei dice:

– Pronto.

– Ciao. Come va?

La voce del marito non ha stupori o preoccupazioni percepibili, certo ha riconosciuto i rumori dello scontro ma si tiene a bada, non si meraviglia e sa quanto è lunga la giornata, senza scuola come tutti i sabati e tutte le domeniche, lui in ufficio lei no e non è un privilegio.

– Bene, tutto bene, – dice, può anche permettersi di rispondere meccanicamente, lui sa e capisce e condivide. – Il ristorante l'ho prenotato, – dice lui: in gola ha un trillo intimorito di allegria, il tono è leggermente interrogativo. È stanca già ora, la sera è lontana, quanta strada per arrivarci, quante complicazioni per potersi organizzare. E poi significa tagliarlo via dalla festa, dalla torta e dalle candeline che gli piacciono tanto. Però ormai è deciso, sa di non doversi sottrarre stavolta. (Si sottrae spesso, dalle emozioni dal desiderio e dal vivere, perfino dalle speranze per paura di altro male, si sente in guerra, in trincea, impegnata in una guerra cui è indispensabile dedicare le proprie forze, tutte. Utilizzare energie per tentare una gioia, un piacere, è per lei uno sforzo crudele e inutile, e una colpa).

– Per che ora hai detto? – chiede, sforzandosi all'entusiasmo, l'orecchio teso a suo figlio.

– Le nove, va bene no? Con mammà ho già parlato, dorme da noi cosí non abbiamo problemi di orario.

Già: la nonna, l'unica soluzione possibile per una serata da soli.

– Ti ha detto quando pensa di arrivare? – chiede con voce neutra, appiattita dalle contraddizioni: cerca di tenere a bada il sollievo per l'aiuto, l'insofferenza per i giudizi che le traspariranno dagli occhi, la gelosia per gli abbracci che suo figlio ogni volta le regala. Non la prende a calci, lei.

– Verrà per le otto, o anche un po' prima: le ho detto che dobbiamo farci belli.

L'idea di una doccia è comunque piacevole, truccarsi con calma, vestirsi come si deve: cose di un'altra vita. Che forse può tornare, almeno per una sera.

– Me lo metto, il vestito di seta? – gli chiede. Lui ride attraverso il telefono, riconoscente: è l'abito delle loro occasioni, un po' invecchiato forse ma carico di emozioni.

– Per pranzo devo comprare qualcosa?

È un piccolo esame benevolo, sapere se ha avuto o no la forza.

– Siamo già usciti noi, non serve niente.

È fiera della sua energia e del coraggio, il marito ci conta come lei stessa benché le incertezze siano ammesse. Cosí può chiedere senza imbarazzi:

– Hai ancora molto?

– Torno presto, per l'una sono a casa.

L'una. Due ore ancora da passare, da sola e mai sola, tanti gesti da fare a coprire l'isolamento, a riempire la casa e dare senso ai minuti, a contenere ansie dolore e voglia di scappare.

Suo figlio ha smesso di urlare, di nuovo sta buttando all'aria il lettone ma almeno si è tolto le scarpe infangate, forse per qualche minuto l'elastico che li lega sarà piú lento.

Vorrebbe sedersi in poltrona, dare magari un'occhiata al giornale ma questo significherebbe scatenarlo di nuovo, ha orecchie lunghe suo figlio, non tollera di vederla impegnata in qualcosa di suo, qualcosa che le piace o la assorbe: per imporglielo – è giusto imporglielo, di tanto in tanto – occorrerebbe una volontà di cui lei adesso non dispone.

Raccoglie le borse della spesa, va in cucina per sistemare e preparare.

Il ripiano del frigorifero è cosparso di parmigiano grattugiato, ce n'è una striscia anche sul pavimento, automaticamente lei scrive «parmigiano» sul foglietto delle cose da comprare, per pranzo dovrà inventarsi qualcosa per condire la pasta.

Non può far finta di niente, anche se sarebbe tanto piú facile. Chiama il figlio piú volte, per nome, lui non risponde e non viene; va a prenderlo e lo fa uscire dal letto, lo tira per il braccio, lo costringe a rimirare il piccolo disastro, gli chiede:

– Chi è stato?

Come recitando, senza espressione, una lezione imparata a memoria:

– Lui è cattivo, – dice. – Il bambino non lo fa piú.

– *Tu* non devi farlo piú.

Gli punta il dito contro il petto, lo costringe a guardarla, lo tocca, deve capire che «il bambino» e lui sono una sola persona, da tanto e sempre cerca di farglielo arrivare, un lavoro che ormai non le costa nemmeno piú, cosí almeno le sembra.

Gli mette uno straccio in mano, lui le abbandona le dita e gliele lascia muovere guardando altrove, non c'è, non gliene importa niente, è preso da quello che ha dentro e tutto il resto non lo tocca.

Allora improvvisamente l'irritazione la invade, una voglia grande di urlare e di scuoterlo, prima che se ne renda conto è già successo, ha gridato e ora lui è rigido e spaventato, lo abbraccia per farsi perdonare di averlo sentito nemico, lui lascia cadere lo straccio e se ne va.

Per calmarsi stringe forte i pugni, poi rilassa le mani, la gola è indolenzita da un groppo duro. Finisce di raccogliere il parmigiano e ristabilisce un po' d'ordine nel frigorifero: prima che mammà arrivi passerà lo straccio sul pavimento, però subito prima perché non ci sia il tempo di sporcarlo di nuovo.

Decide di stirare, la biancheria ammucchiata è sempre tanta, bisogna fare una cernita delle cose piú urgenti perché al fondo della pila non arriva mai. E vuole che il marito stasera possa scegliere quale camicia mettersi, si vestiranno eleganti e saranno una coppia come tante: se faranno attenzione, se si controlleranno, la fatica che li consuma dentro forse non apparirà in modo vistoso.

Apre l'asse da stiro, accende il ferro e il bambino è nella sua stanza, prende i giochi dall'armadio facendoli cadere, suona un attimo il flauto e poi lo usa per battere ritmicamente contro qualcosa, lei non si preoccupa e stira, è finito il tempo in cui si impensieriva per le cose che si rompono o si strappano o si rovinano, la casa è sempre piena di macerie ma non bisogna pensarci, quando il figlio crescerà e guarirà ci saranno divani puliti e soprammobili senza sbreccature.

– Ciao ciao ciao, – urla suo figlio, nella voce ha un tono di allarme e di richiesta.

Appoggia il ferro, va a vedere cosa gli serve: mentre si allontana la camicia bianca stirata per metà scivola a terra, la speranza che non si ombri, che non si debba lavarla di nuovo.

Gli vede gli occhi della paura, appena entrata le sferra un calcio, lei lo schiva solo in parte e chiede:

– Cos'è che vuoi? Spiegami.

Prima che un'altra crisi si scateni lei ha già capito, prende dal ripiano il fischietto ammaccato e glielo dà, l'abilità che lei ha di stargli dentro la testa lo placa, soffia forte nella fessura e per una volta ride.

Il sibilo la ferisce: non sa dirgli di smettere. Però può tornare a stirare.

La biancheria che si impila ordinata è uno spazio di disciplina e di certezze, il profumo del detersivo con il calore si allarga come un sollievo.

Rumori non se ne sentono piú, rasserenata dalla piega perfetta di un colletto dal corridoio chiede con voce di scherzo:

– Cosa stai combinando?

Il silenzio è forte, come prima di un uragano o quando un pensiero si condensa: lentamente, con difficoltà e fatica.

Ancora silenzio. Godendosi l'attimo di pace continua a stirare, però non dimentica che lui ha bisogno di sentirla perciò dopo non molto chiede:

– Va tutto bene?

Strascicando i piedi il figlio lascia la sua stanza, sente il rumore avvicinarsi e teme che le impedisca anche di stirare, dentro le sale l'insofferenza, e una preghiera: di essere lasciata in pace, di poter continuare a fare almeno le cose necessarie e senza importanza che sta facendo ora.

Non vuole alzare gli occhi dalla camicia, non vuole farsi irretire da lui che certo ha pronta di nuovo una domanda, o una provocazione, la richiesta di un aiuto che non si sa come dargli.

I piedi di suo figlio appaiono vicino all'asse da stiro, il flauto batte sonoro e fastidioso contro il metallo dei sostegni, una fitta alle tempie, che rischio incontrare gli occhi di lui e chiedere:

«Ma insomma, cosa combini?»

Apre piano la mano, il palmo è tutto nero, sporco di pennarello. Anche la bocca è sudicia, un lungo baffo scuro gli attraversa la guancia fino all'orecchio.

Sa già cosa troverà: una macchia nuova, una macchia di pennarello sul muro appena riverniciato.

Irritata prende il figlio per il braccio, in gola la sgridata è già pronta.

Nella stanza del bambino disordine, giocattoli rotti che non si possono buttar via, il panorama di sfacelo consueto.

Si guarda intorno, lí per lí non vede, comincia a sperare, forse per questa volta il guaio è scampato.

Poi nell'angolo piú lontano, seminascosta dal paralume, la macchia nera la vede: prima di rimproverarlo, va a controllare da vicino.

Macché sgridarlo, ha voglia di metterla in cornice, la macchia sul muro è una «O», sbilenca e scombinata ma definita, una forma chiusa che è come un ritratto, l'immagine magari provvisoria di suo figlio uno unito e delimitato: non piú soltanto «il bambino» di cui parlare in terza persona, onnipotente e cattivo e irreale, ma qualcuno che sta faticosamente cercando il proprio posto nel mondo.

Il bambino si aggira perplesso per la stanza, probabilmente si aspettava che si arrabbiasse.

– Lui è cattivo? – chiede.

– No: *tu* sei bravissimo, hai fatto una cosa molto bella.

Ha una lacrima all'angolo dell'occhio, inevitabile, se l'asciuga prima di abbracciarlo. Lui si svincola, ribadisce le distanze, si riconferma uguale:

– Ciao ciao ciao ciao...

Urla la sua cantilena ma lei è cosí contenta, potrebbe riempirla di calci ora e tirarle i capelli ma non cancellerebbe la vittoria, un gesto apparentemente qualunque a indicare che qualcosa si muove, che riflessioni e terapie e attenzioni non sono inutili. Che non è inutile l'amore.

Ora ha fretta che suo marito torni, una fretta diversa, con nessun altro può condividere allo stesso modo, le cose che per altri sono ovvie scontate e normali per loro una conquista, attesa e sudata e sviscerata e grande.

Adesso attenzione a non fare castelli in aria, a non pensare che a breve disegnerà o scriverà o smetterà di avere incubi di notte e fare disastri di giorno: non costruirsi aspettative esorbitanti, non esporsi alla delusione.

Sa benissimo tutto, però per un attimo si concede di sperare.

Distratta va in bagno, si siede sulla tazza e non guarda, il bagnato sulle cosce è gelido e sgradevole, non perdere mai l'abitudine alla realtà, si asciuga le gambe e poi con la carta igienica toglie la pipí che suo figlio ha sparso sulla tavoletta, forse anche i pantaloni li avrà un po' bagnati ma non bisogna farci caso, l'importante è che faccia da solo, che sia autonomo il piú possibile.

Senza nemmeno accorgersene asciuga anche il pavimento, perché il pantano non dilaghi.

Apparecchia e prepara avvolta in una gragnuola di domande che le succhiano la testa, l'ansia del cibo e l'arrivo imminente del padre lo rendono piú inquieto e incapace di staccarsi da lei. Perciò della nonna che deve venire glielo dirà piú tardi, le attese lunghe lo stremano e diventa aggressivo.

Il profumo della mimosa si fa strada nel corridoio, il bambino reclama attenzione ma per un momento sono chiusi e soli e caldi dentro un abbraccio, gli auguri si perdono nell'urgenza del cibo, nella fretta ansiosa che il figlio sempre riesce a imporre.

Però lei riesce a soffiargli nell'orecchio:

– Dopo devo dirti una cosa.

L'interrogativo allarmato negli occhi di lui si scioglie davanti al suo sorriso aperto, c'è come una seduzione in quel portarsi dentro un segreto bello una volta tanto, si stringono le mani come succedeva prima, al tempo dei progetti e della vita piú leggera.

La mimosa da infilare nel vaso è un lavoro, un gesto in piú da fare e gratuito, i gesti gratuiti che dànno piacere sono scivolati via dalla sua vita perché le cose indispensabili da fare sono troppe, forse assolvere a tutti i doveri e obblighi servirà a renderli come tutti: un giorno, in un futuro certo e imprevedibile.

La mimosa profuma la casa, un piccolo caldo al cuore ma non sa tenerselo stretto, tenta di condividere spiegando:

– Oggi è l'anniversario di quando papà e io ci siamo sposati, – dice al figlio, tenendolo fermo perché ascolti; – eravamo molto contenti, abbiamo fatto una festa bellissima.

– Ciao ciao ciao ciao...

Il bambino le urla sopra, si tappa le orecchie e non vuole ascoltare, afferra il pane dalla tavola e lo mangia a morsi, con le posate picchia sul piatto reclamando il suo cibo.

Condisce presto la pasta, tutti e tre seduti a tavola sembrano una famiglia, la mimosa profuma ma il figlio urla, picchia con il bicchiere sul piatto forse qualcosa si romperà, lasciarsi costringere ad un universo di brutta plastica infrangibile sarebbe certo piú semplice, non è giusto non è giusto perché non possiamo mai goderci niente, c'è uno schiaffo nella sua mano ma è solo un attimo, stringe i pugni e l'abitudine l'aiuta a riprendere il controllo, i fili unti di pastasciutta sul pavimento, la tavola apparecchiata con qualche cura è tutta un disastro ma non importa, non importa. Non importa.

I piatti pieni, per qualche minuto mangiano tutti e tre in silenzio.

Dopo pochi bocconi il bambino si alza, comincia a spostare tutti i piatti, versa l'acqua sul tavolo in un gesto maldestro, bisogna consentirgli di sperimentare non di scatenarsi, tenta di prendere il cibo dal piatto del padre e non si può, c'è un corpo a corpo violento in cui quasi è il piú forte per quella rabbia priva di parole che lo spinge dentro, suo padre fatica a bloccarlo, il maglione di lana spessa lo protegge dai morsi, meglio di lei riesce ad allontanare le gambe dai calci ma qualcuno gli arriva ugualmente. Resta calmo, non si lascia trascinare, anche per lui l'allenamento è un sostegno: solo un filo di sudore sul labbro denuncia la fatica, la sofferenza degli occhi non intacca il sorriso che costruisce per lei, solo lo rende piú prezioso.

Il figlio si allontana, stremato dallo scontro, vinto, rassicurato: il meccanismo che può aiutarlo a crescere è tutto lí, dimostrare ogni volta che non si è spaventati dalla sua paura, che si è in grado di tenergli testa.

Resistere, impedire che la stanchezza diventi malattia. Arginare, farsi trincea: e intanto ricordarsi di non rinunciare a vivere.

Attraverso la tavola devastata si stringono la mano, si guardano: solidali, affettuosi, uniti, il sapore amaro dei giorni è il nucleo attorno al quale si aggrega la forza che li tiene in piedi, la capacità di ciascuno di alzarsi ogni mattina e affrontare la giornata.

La carne nella padella si è bruciata, l'odore copre la mimosa. Finiscono di mangiare in fretta e senza voglia.

Metà del tempo è già passato, verso sera il bambino farà il bagno e sarà una pausa distesa, forse di gioco.

Le ore di mezzo – il pomeriggio del sabato in cui si avrebbe voglia di riposarsi, andare per vetrine, leggere un libro o vedere un film alla televisione – sono già stabilite: lei dormirà un poco, era il suo turno stanotte e si è alzata molte volte. Perché riposi tranquilla il padre offre al bambino una giostra, una passeggiata, il pomeriggio d'inverno è luminoso e tranquillo.

Nei prati è disteso, corre senza ansia, salta le palizzate con agilità precisa e vigile. Si arrampica sui tronchi caduti, canta.

Il padre lo segue a distanza, non ci sono macchine o pericoli nel grande parco, l'elastico può allentarsi, lo tiene d'occhio ma si gode la passeggiata: indaga i germogli pronti alla primavera, respira, però suo figlio le storie delle stagioni non accetta di ascoltarle.

Accanto allo scivolo alto, attratta dall'abilità sicura di lui si avvicina una bambina in cerca di amicizia. Guarda ammirata le sue evoluzioni, padrona di molti strumenti si vanta e mostra:

– Io ho la tuta con David gnomo.

Lui non sa di cartoni animati, della televisione gli interessano soltanto le pubblicità: uguali, colorate, brevi. Però con la mano sfiora la figura sulla tuta, riflette a lungo prima di dire – una sola volta – ciao.

Pronta la bimba replica:

– Ciao, tu come ti chiami?

Lui esita, vuole amicizia anche lui e non ne è capace, sconfitto ripete il suo ciao, scappa via prima dello stupore per non vedere, per non farsi ferire.

Suo padre lo segue e non cerca di trattenerlo, neanche a lui ora le gemme interessano piú.

Le giostre, un lecca lecca. L'oscurità che gocciola giú dagli alberi lo spaventa, è ora di tornare.

Ha dormito poco: rumori dalla strada, rumori di dentro. È riposo anche la libertà di un caffè bevuto con calma, senza domande inseguimenti orecchio teso. Però la mente non si sgombra e beve in piedi, per abitudine.

La casa vuota le dà piacere, mette su un disco che con il bambino in casa non si può ascoltare, bastano i primi accordi a scatenargli un panico incontrollabile, la ragione è rimasta misteriosa come di molte altre cose.

Divide la biancheria dagli indumenti colorati, accende la lavatrice: i gesti di tutte, i gesti dell'ordine e della pulizia, i gesti della casalinga sono un conforto quando può compierli da sola, senza confondersi e senza premure. (Ma i gesti della casalinga sono anche una trappola, dovrebbe leggere il giornale invece, o un libro).

Sta pensando di rincollare la fotografia, di metterla via e salvarla. Sta pensando di sedersi a pensare.

Però il tempo sta passando e già la fretta intrica le sue mani, in mente l'elenco infinito di tutte le cose da fare assolutamente prima che rientrino, preparare la cena e riordinare e rammendare l'orlo strappato della tenda e lavare il pavimento, deve asciugarsi prima che tornino.

Mette via il disco che per paura suo figlio potrebbe rompere, la casa è di nuovo silenziosa adesso, solo il brontolio della lavatrice: di nuovo l'odore del detersivo sancisce un ordine, una pausa.

Il trillo del campanello, il pavimento per fortuna è praticamente asciutto: mammà è già qui, in anticipo. Le cose da fare si aggrovigliano. Un abbraccio, la aiuta ad appendere all'attaccapanni la pelliccia: folta, lucida, la fodera perfetta, emana profumo e tradizioni.

– Ti preparo un tè, – propone, e con il candore della porcellana potrebbe situarsi su un piano di parità. Ma i biscotti, ci sono ancora i biscotti o suo figlio li ha sbriciolati tutti?

Mammà non accetta, non vuole perdere il suo tempo, gli occhi in giro per la casa cercano qualcosa per rendersi utile, dunque magagne strappi lacerazioni (l'orlo della tenda è in ordine, lo ha cucito a lunghi punti affannati comunque non pende piú).

– Come è stato, oggi? – chiede mammà, con quel tono di solidarietà e di lamento che assume quando parla del nipote: come fosse una croce da portare, un capriccio della natura o un errore umano. (È il modo che ha di amarlo: e tutte le sere prega per lui fervidamente, in attesa del miracolo che lo farà uguale).

Ma oggi il pessimismo cupo di mammà non basta a deprimerla, oggi ha una vittoria da raccontare.

Guida mammà nella stanza di suo figlio, ha gli occhi di nuovo emozionati quando sposta il paralume e indica:

– Guarda.

Pensa che mammà condividerà il suo orgoglio, che riuscirà per una volta ad essere meno disperata, che quella vittoria innegabile scalfirà il suo muro di certezze negative.

Mammà vede il tratto di pennarello sul muro, aggrotta la fronte:

– Che peccato, la parete appena rifatta, proprio un peccato... – Ha un piccolo sorriso di disagio: – Ma non prendertela con quella creatura, lo sai com'è quando è nervoso... Dimmi: hai già provato con l'alcool?

Nervoso. Già l'orgoglio è sfiorito mentre spiega a mammà l'importanza della forma chiusa, di quella grande dichiarazione di sé che suo figlio ha fatto per la prima volta. Però l'altra non capisce e non sente, non è solo un problema di cultura, in mente forse ha l'appartamento pulito e ordinato in cui li vorrebbe installati, insieme alla paura di qualcosa che è troppo diverso e inconcepibile perché lei possa comprenderlo: come uno sgorbio, una macchia sporca su di un muro fresco di pittura.

I capelli di mammà, perfetti nella piega nel taglio e nel cachet Alexandre. I capelli suoi senza colore, senza sfumature, i bianchi già numerosi non celati né ingentiliti.

Inutile spiegare ancora, si limita a dichiarare caparbiamente che non lo cancellerà, quel segno, anzi le sembra che il muro ne risulti alla fin fine abbellito.

– Vieni, andiamo in cucina, – conclude, inerme. – Stavo preparando la cena.

Come per magia un sacchetto fra le mani di mammà: dentro barattoli, involti.

– Non preoccuparti, non c'è bisogno, ho portato un bel po' di verdura lessa cosí ne avete anche per domani; anche il cervello, gli piace tanto.

Deve evitare di guardare attraverso il vetro, tutte le interiora le fanno un po' ribrezzo.

– Gli fa bene, è tanto nutriente, – insiste mammà, forse giustificandosi.

Lei non risponde, continua a riordinare la cucina ma il filo dei gesti è perso, il cervello da dare a suo figlio è un rito propiziatorio, lei sa anche che è pieno di colesterolo ma non importa, tra le tante cose imparate e decise e capite c'è anche la scelta di non interferire piú del necessario nei rapporti tra nonna e nipote, lasciare che se li vivano e si amino a loro modo.

Stanno per tornare, adesso torneranno: una scadenza normale come una spada che ti pende sul collo. Mammà ha trovato qualcosa da fare, lava la vasca dove il bambino farà il bagno, ripiega con precisione tutti gli asciugamani, quello unto lo mette nella cesta e ne prende un altro pulito, lucida lo specchio pieno di ditate, sciacqua i portasapone, sistema le tendine.

Dovrebbe essere contenta, è sempre un aiuto e tante sono le cose da fare in casa, invece si sente invasa e schiacciata, la posizione degli asciugamani non è quella che le piace e per suo figlio la cena l'aveva preparata, lei pure è come si deve anche se un figlio come tutti non è stata capace di farlo.

Tante rabbie stanno per invaderla, allenata deve ricapitolare mentalmente le proprie abilità: nella famiglia e nella professione, quella parte pure grande di sé che appena in casa si cancella, sfugge dalle dita e lei stessa non ne conserva memoria.

Con il piede spinge un grumo di polvere sotto l'armadio, perché mammà non se ne accorga.

Padre e figlio alla porta, rossi della passeggiata, le mani fredde e gli occhi tranquilli.

Il bambino vede la nonna e le corre addosso, le braccia di lei lo serrano come un baluardo. Chiede:

– Lui è cattivo?

– È l'amore bello della nonna, – risponde lei con voce di pena. – Vieni che ti faccio vedere, la nonna ti ha portato tante cosine buone.

Per mano se ne vanno in cucina, lui chiude la porta con violenza. Si sentono le sue domande, mammà le copre con una filastrocca.

Restano un momento nel corridoio, esclusi. Poi lui le cinge le spalle con il braccio, dice:

– Cominciamo a prepararci, va'.

In bagno la sua faccia nello specchio, le borse sotto gli occhi la pelle sciupata, ci vorrebbe il parrucchiere ma i capelli li laverà sotto la doccia. Le spalle sono cadenti, di nuovo la schiena le fa male: non ha voglia di uscire, malgrado ogni apparenza le sembra di abbandonarlo, suo figlio, e in un territorio dannoso. La paura sempre che vada in pezzi, qualcosa può accadere che frantumi quello che si è costruito.

Sente il sibilo del fischietto, il solito fischietto ammaccato che stavolta ha trovato da sé. Sente la nonna che gli dice di smettere, poi la musica a tutto volume di una pubblicità televisiva.

Entra nella doccia e l'acqua calda si porta via un po' di fatica, è un piccolo piacere che la aiuta, usa il bagnoschiuma delle grandi occasioni e poi si profumerà.

Con il phon cerca di dare un verso ai capelli, si ricorda di non aver stirato il vestito di seta, ormai manca il tempo.

Il soprabito di velluto forse è fuori moda.

I dubbi di un esterno di cui ha perso il potere la assalgono compatti.

Pronti sulla porta dànno a mammà le ultime disposizioni, il figlio li spinge via e non li lascia parlare, mentre la porta sta chiudendosi la donna anziana dice:

– Divertitevi, – e nella sua voce può darsi ci sia una porzione di rimprovero: per la seta stropicciata dalla lunga permanenza nell'armadio, per un bottone dubbioso, per l'acconciatura approssimativa dei capelli. Oppure per l'aiuto che non mendicano, perché non si lamentano né cercano compassione. Oppure per la volontà che mantengono di divertirsi, di lasciarsi alle spalle per una sera problemi, preoccupazione, sofferenza.

In macchina verso il ristorante sono silenziosi, è come una camera di compensazione, quello che hanno alle spalle è tutto presente. Non possono dimenticare, non possono abdicare, non possono liberarsi: un bambino terrorizzato piange fra loro, dentro di loro.

C'è il piacere della tavola impeccabile, i fiori e le candele, il sorriso di lui si distende quando ordina il vino che preferiscono. Si guardano e sono eleganti, il reticolato delle tante piccole rughe ancora non li fa vecchi.

Quando cominciano a parlare è come sempre, c'è musica di chitarra in sottofondo e lo stupore affannoso di un tempo a disposizione. Parlano di difficoltà e di dolore, del figlio e di quello che è opportuno fare per lui, dei progressi compiuti poco a poco e della strada che c'è ancora da fare. Seri, coscienti, lucidi.

Improvvisamente lei ricorda, la comunicazione impossibile nel turbine della giornata, lui sta tracciando il quadro d'insieme, lo interrompe e annuncia:

– Dobbiamo fare un brindisi.

Lo colpisce l'intempestività, la guarda perplesso. Vorrebbe darsi solennità e si confonde, il brindisi non lo sa formulare, la contentezza del mattino le torna fresca alla gola, gioca con il filo di perle e ride: ride.

Ride anche lui al racconto e a lei – la mano macchiata e la camicia, la furtiva lacrima, la mattinata uguale a tante e cosí differente –, ridono forte e qualcuno si volta a guardare, i bicchieri tintinnano nel brindisi e loro sono giovani, leggeri.

Le parole sono diverse ora, si possono dire altre cose e pesate con meno dolore quando c'è un filo di luce: si possono fare progetti, si può riattraversare il passato senza definirlo perduto, una ricchezza che nessuno ti toglie e non soltanto rimpianti; si può mangiare con la bocca e con gli occhi, togliere via le briciole dalla tovaglia per amore di armonia e non per creare un ordine fittizio.

La fiamma delle crêpes suzette illumina qualche sogno, delle risate, un bacio, le mani strette al di sopra delle flûtes: il figlio ce l'hanno dentro ma in questo momento non fa male, dunque è possibile lasciarlo un po' in disparte.

Il sollievo ammorbidisce le ossessioni, i gesti, le labbra.

Fuori si stringono nei cappotti, il vino e il cibo fanno caldo alle guance, le spalle sono ben dritte dietro i baveri alzati. Camminano verso la macchina abbracciati, si baciano davanti allo sportello e lui è galante.

Si avviano verso casa lentamente, di tornare non hanno voglia ma di godere la pausa, essere felici ancora, in vacanza dalla sofferenza e dalle stanze piene di cose rotte, dagli incubi e dalla consapevolezza; ritrovare morbidezze perdute, lievità inutili e basilari.

C'è una strada poco illuminata, alberi dai grossi tronchi e macchine parcheggiate: si fermano per parlare ancora, del lavoro e di progetti e di un passato che può tornare e di sogni forse realizzabili. Il motore è spento, nelle macchine vicine ogni tanto la fiammella di un accendino, giornali ai vetri come tendine.

Parlano, la radio è accesa, fumano. I vetri si appannano, l'esterno si perde in una nebbia di aliti, l'interno è un rifugio segreto separato da tutto.

Come tanti anni fa, allora la macchina era una «500» e l'amore tanto scomodo, la vettura da famiglia ha invece sedili reclinabili e molleggiati.

Al fuori non pensano perché il loro letto spazioso, a casa, è insidiato, molto di piú.

Quello che fanno non è l'amore di sempre, affaticato dalla sofferenza, monotono di stima solidarietà e dolore, comunque raro perché per darsi felicità bisogna avercela dentro: è un amore ubriaco ed entusiasta, vorace, un po' incosciente. Tanto da fargli dire:

– Facciamo un figlio, voglio un figlio con te.

Come se l'altro non esistesse, o fosse stato un errore. Come se si potesse essere felici e pieni soltanto cancellandolo dalla propria vita, magari soltanto per un attimo.

Cosí lo accoglie ed è già tutta risucchiata nella realtà, la rabbia che si porta dentro è fresca e ora tutta contro di lui, pronta ad esplodere in una grandine di rimproveri e recriminazioni, rinfacciargli le incombenze maldivise e la fatica che le pesa addosso, nello sfinimento dei polsi e delle tempie.

Ha imparato anche a non cedere alla rabbia, a non sprecare le parole, un'economia di guerra: si passa la lingua sulle labbra per darsi un tempo, il corpo di lui la opprime perché gli suppone un vitalismo che la urta.

Lui le bacia la fronte, si abbandona su di lei, dice:

– I capelli per fortuna li ha presi da te. Altrimenti, come poteva essere il figlio piú bello del mondo?

Ora non ha piú bisogno di scostarlo da sé, tutto è tornato comune e condiviso, possono baciarsi ancora, anche lui ha quel figlio e non lo rifiuta, insieme possono riuscire a non farsene schiacciare: perfino ad essere felici, talvolta.

Una luce, un rumore, lo sportello di guida si apre all'improvviso:

– Polizia. I documenti, per cortesia.

L'uomo è solo una divisa dietro la torcia elettrica. Lei abbassa con le mani la gonna sentendosi gli slip attorcigliati attorno a un piede, lui cerca nella tasca della giacca la patente ma i pantaloni sono in basso, ridicoli e ingombranti. Un film di serie C, una brutta scollacciata commedia all'italiana.

Il poliziotto controlla alla luce, dietro intravvedono il collega e la jeep.

Il poliziotto non si persuade, guarda e riguarda i documenti prima di convincersi che davvero sono marito e moglie. Mentre quello indaga e riflette loro riescono ad abbottonarsi i soprabiti, hanno l'aria piú dignitosa cosí, l'imbarazzo è grande ma c'è anche un gorgoglio di riso che sale fra le costole, un riso un po' nervoso d'accordo però è tutto cosí ridicolo, atti osceni in luogo pubblico alla loro età, nella loro situazione.

– Se ci vedesse mammà, – sussurra lui: evitano di guardarsi perché non riuscirebbero a trattenersi.

Il poliziotto si consulta con il collega, che si è avvicinato per controllare a sua volta: confabulano, commentano, anche nell'ombra traspare il loro divertimento.

Le armi le tengono con aria scanzonata. Attraverso lo sportello aperto scrutano la confusione ai loro piedi, si prendono il tempo di un sorrisetto complice e un po' lubrico: quello dei due che ha i documenti li batte sulle dita con severità per tenerli in suo potere, sospesi.

– Tornatevene a casa, va'... – dice il poliziotto, con generosità pesante.

Il fremito alle costole, alla bocca dello stomaco è ormai irreprimibile, si riprendono i documenti e ringraziano debitamente, con una sgommata si allontanano per ridere, per commentare le facce dei poliziotti, per intonare a squarciagola una canzone che credevano dimenticata, una canzone che parla di sassi alla polizia, di jeeps ribaltate, di una vita lontana e presente: e chi può dire che non c'è.

Prima di scendere dalla macchina risistemano gli abiti ancora sconvolti, si aiutano, controllano a vicenda di avere un aspetto decoroso.

In ascensore, si baciano ancora.

Mammà è davanti alla televisione, entrano tenendosi per mano e lei naturalmente li ha aspettati, è rimasta alzata benché la sua ora sia passata da molto.

Il suo sguardo scorre piú severo: sulla pettinatura ora del tutto senza forma, sul naso lucido e sul rossetto sbavato, sul bottone che alla fine è saltato via. Sugli occhi troppo lucidi, sulle labbra un po' gonfie.

– Si è svegliato per bere, due volte, – dice, e nella sua voce c'è trionfo o stanchezza, chissà.

Toglie un filo invisibile dalla gonna perfetta, chiede:

– Siete stati bene?

Con la coda dell'occhio lei ha visto il fischietto spuntare fra il cuscino e lo schienale, seminascosto forse a bella posta, come per un esame che suo figlio prima o poi le rifarà.

Lo raccoglie, lo ripone sul solito ripiano:

– A meraviglia, – risponde. – Proprio un bellissimo anniversario.

SIBILLA ALERAMO

Aspirazione alla felicità

Quest'esistenza della donna, cosí multanime e cosí misteriosa. Costituisce per me un oggetto costante di meraviglia e di meditazione. Donna pure io, mi son trovata e mi trovo a specchiarmi, a volta a volta, nei mille diversi aspetti della femminilità, ed ecco, sempre mi riscontro somigliante e dissimile, sempre qualcosa del mio essere risponde profondamente all'essenza di tutte le altre creature del mio sesso, e qualcos'altro si riconosce ad esse estraneo in modo quasi assoluto, sí da farmele tutte apparire pressoché indecifrabili. Forse accade la stessa cosa a loro, nei riguardi miei. Che mai significa ciò? Che ciascuna di noi ha un suo nucleo personale, quel che forma la sua individualità, inconfondibile?

La scienza ci ha insegnato, non so piú da quando, che non vi sono sotto il cielo neppure due foglie esattamente uguali l'una all'altra. Forse il valore della vita, d'ogni manifestazione della vita, sta proprio in questa infinita *singolarità*. Ma anche è vero che c'è quel lato uniforme, quel che raggruppa i componenti di ciascuna specie, tutte le foglie d'una quercia, tutte le formiche, tutte le aquile, tutti gli uomini, tutte le donne... E per ciò che concerne l'umanità, se noi la valorizziamo nelle sue differenze, ci sentiamo però legati ad essa col cuore per quel che ha di universale, per la sua capacità d'amore, di dolore, di lavoro, di pensiero, di sogno, di fede.

Col cuore, io mi trovo legata a tutte le donne, anche a quelle che mi sembra siano le piú opposte a me, se appena mi dico che ognuna, ognuna, in qualche giorno almeno della sua esistenza, ha sofferto o soffrirà, ha nutrito un sentimento d'affetto, ha provato la gioia d'un sorriso ricambiato o l'angoscia d'una solitudine intima, la desolazione di non poter mai confidarsi interamente con nessuno.

Tutte, anche le piú vane, anche le piú egoiste, anche le piú insulse, e perfino quelle cui la fatica troppo greve e una lunga, estrema miseria, ha reso quasi bestiali (ve ne sono, ve ne sono, ed è un'onta per le altre!), tutte sono nate con possibilità di gioia, di opere serene, di speranza, son nate *virtuose*, nell'antico significato della parola. E molte la attuano, questa virtú congenita, sebben spesso oscuramente, umilmente, e sebben poche ne traggano conforto. È quasi sempre virtú d'abnegazione, di sacrificio, talora giunge sino al piú puro eroismo, ma quasi mai si risolve in felicità, in luce d'anima, quasi mai.

Aspirazione alla felicità. Non è cosa anch'essa di tutta la specie femminea? Piú ancor che nell'uomo, v'ha nella donna l'anelito al paradiso terrestre. Non a quello perduto. Ma ad uno interamente da creare, per questa stirpe d'Eva che si è cosí moltiplicata attraverso i millenni.

Forse l'anelito è stato finora troppo individuale, sempre. Voglio dire troppo intento a mire personali immediate. Forse il paradiso si realizzerà sulla superficie terrestre – non piú guerre, mai, né odio né fame – quando tutte le donne lo vorranno fermamente, non per il loro presente, ma per un prossimo avvenire del genere umano: compiendo con il loro spirito una proiezione fervente della propria sete d'amore, di bontà, di letizia, di grazia, nell'avvenire dell'umanità tutta quanta.

Nota sulle autrici e sui testi

Sibilla Aleramo, pseudonimo di Rina Faccio (Alessandria 1876 - Roma 1960), è stata la piú importante scrittrice italiana a impegnarsi nel movimento di liberazione delle donne, sia con l'esempio della propria vita, sia attraverso scritti giornalisti, racconti e romanzi, tra cui il famoso *Una donna*. Ebbe una tempestosa relazione con Dino Campana. I due testi inclusi in questa antologia sono tratti da *Il mondo è adolescente*, Milano Sera editrice, Milano 1949. © Fondazione Istituto Gramsci.

Anna Banti, pseudonimo di Lucia Lopresti (Firenze 1895 - Ronchi di Massa 1985), fu scrittrice, giornalista e saggista molto attenta alla condizione femminile. Direttrice della rivista letteraria «Paragone», pubblicò biografie (*Artemisia*), studi (*Monet, Manzoni*), romanzi storici (*Noi credevamo*) e il capolavoro *Le donne muoiono*. Il racconto incluso in questa raccolta è tratto da *Il coraggio delle donne*, La tartaruga, Milano 1983. © Fondazione di Studi di Storia dell'Arte Roberto Longhi.

Fausta Cialente (Cagliari 1898 - Pangbourne 1994) visse a lungo all'estero, frequentando la società mondana internazionale che avrebbe descritto con grande dettaglio e capacità introspettiva in fortunati romanzi (*Ballata levantina*, *Un inverno freddissimo*, *Le quattro ragazze Wieselberger*). Il racconto incluso in questa raccolta è tratto da *Interno con figure*, Editori Riuniti, Roma 1976. © Diritti dell'autrice.

Contessa Lara è lo pseudonimo della poetessa, scrittrice e giornalista Evelina Cattermole (Firenze 1849 - Roma 1896). Donna dalla bellezza leggendaria, ebbe vita scandalosa e morí per mano di un amante a soli quarantasei anni. Celebre all'epoca per i versi e i testi musicati, oggi è ricordata per le sue novelle. Il racconto incluso in questa raccolta è tratto da *Storie d'amore e di dolore*, Galli, Milano 1893.

Grazia Deledda (Nuoro 1871 - Roma 1936), premio Nobel per la letteratura, studiò da autodidatta ed esordí come giornalista su riviste di moda. Incrociando influssi veristi e dannunziani, scrisse romanzi e racconti dalla vena etica in cui è descritta la dura vita quotidiana dei compaesani sardi (*Canne al vento*, *Elias Portolu*, *Marianna Sirca*). Il testo incluso in questa raccolta è tratto da *Bestiario*, Demos, Cagliari 1994.

Natalia Ginzburg (Palermo 1916 - Roma 1991), nata Natalia Levi, ebbe una vita segnata dalle persecuzioni razziali e politiche del fascismo, che portarono in carcere prima il padre, noto scienziato ebreo e antifascista, poi i fratelli, quindi il marito Leone Ginzburg, morto in prigionia nel 1944. Dopo la guerra pubblicò romanzi (*Lessico famigliare*), saggi (*Le piccole virtú*) e commedie (*Ti ho sposato per allegria*), facendosi al tempo conoscere come notevole traduttrice (*La strada di Swann*) e consulente editoriale. Il testo incluso in questa raccolta è tratto da *Le piccole virtú*, © 1998 Giulio Einaudi editore, Torino.

Amalia Guglielminetti (Torino 1881-1941) fu scrittrice versatile e intensa, capace di passare dalla poesia al romanzo, dalla fiaba per bambini al dramma. Celebri le sue figure femminili appassionate e indipendenti, che al tempo diedero scandalo. Il racconto incluso in questa raccolta è tratto da Gisella Padovani e Rita Verdirame (a cura di), *Tra letti e salotti*, Sellerio editore, Palermo 2001.

Carolina Invernizio (Voghera 1858 - Cuneo 1916) fu la prima best-sellerista dell'Italia unita. Criticata a lungo per lo stile semplice, le vicende al limite dell'inverosimile e l'uso di titoli a effetto (*Il bacio di una morta*, *La sepolta viva*), di recente ha conosciuto un ritorno di interesse da parte di lettori e critica. Il racconto incluso in questa raccolta è tratto da *Pallida bruna*, Editori Riuniti, Roma 1987.

Jolanda, pseudonimo di Maria Majocchi (Cento 1864-1917), fu giornalista e scrittrice tra le piú lette del suo tempo. Tra i suoi numerosi saggi, volumi di novelle e romanzi si ricorda il celebre *Le tre Marie*, che superò le dodici edizioni vendendo oltre centomila copie. Il racconto incluso in questa raccolta è tratto da Patrizia Zambon (a cura di), *Novelle d'autrice tra Otto e Novecento*, Bulzoni, Roma 1998.

Grazia Pierantoni Mancini (Napoli 1842 - Roma 1915) pubblicò commedie (*L'ultima recita*), raccolte di novelle (*Dalla finestra*) e libri di versi (*Poesie*) che le diedero in vita una buona fama. Viene oggi ricordata soprattutto per il diario giovanile, pubblicato nel 1908 con il titolo *Impressioni e ricordi*. Il racconto incluso in questa raccolta è tratto da *Novelle umili*, Giannotta, Catania 1904.

Marchesa Colombi, pseudonimo di Maria Antonietta Torriani (Novara 1846 - Milano 1920), fu attivista politica, giornalista e scrittrice di fama europea. Sposata al fondatore del «Corriere della Sera», conobbe un vasto successo di pubblico grazie ai numerosi romanzi e racconti (*In risaia*, *Serate d'inverno*). Il testo incluso in questa raccolta è tratto da *Giornate piovose*, Hoepli, Milano 1894.

Maria Messina (Palermo 1887 - Pistoia 1944) fu corrispondente e amica di Giovanni Verga, che seguí amorevolmente i suoi primi passi di novellista. Isolata per il resto dal mondo letterario, pubblicò in sordina numerosi volumi di racconti (*Casa paterna*) e cinque romanzi (*Il fiore che non fiorí*, *L'amore negato*). Il racconto incluso in questa raccolta è tratto da *Gente che passa*, © 1989 Sellerio editore, Palermo.

Neera, pseudonimo di Anna Zuccari (Milano 1846-1918), amica dei veristi Luigi Capuana e Giovanni Verga, conobbe in vita larga fama grazie ai numerosi romanzi, racconti e libri di versi. Famosa l'autobiografia composta in tarda età *Una giovinezza del XIX secolo*. Il testo incluso in questa raccolta è tratto da *Monastero e altri racconti*, Scheiwiller, Milano 1987.

Caterina Percoto (San Lorenzo di Soleschiano 1812-87) fu celebre nell'Ottocento come cantrice della realtà contadina friulana, che raccontò in numerosi volumi di novelle ispirate alla prosa manzoniana e molto amati da Ippolito Nievo e dai veristi. Il testo incluso in questa raccolta è tratto da *Racconti*, Salerno Editrice, Roma 2011.

Regina di Luanto, pseudonimo della contessa Anna Roti (Terni 1862-Milano 1914), denunciò l'ambiguità e l'ipocrisia dell'alta società attraverso racconti (*Acque forti*) e romanzi (*Il martirio*) baciati all'epoca da un «successo morboso», come è stato definito. Il testo incluso in questa raccolta è tratto da Gisella Padovani e Rita Verdirame (a cura di), *Tra letti e salotti*, Sellerio editore, Palermo 2001.

Maria Savi-Lopez (Napoli 1846-1940) fu nella sua lunga vita insegnante, poetessa, musicista, studiosa di folklore e scrittrice per l'infanzia e l'adolescenza. Oltre a biografie (*S. Caterina da Siena*) e raccolte di storie popolari (*Leggende del mare*), ha lasciato volumi di racconti pedagogici e versi. Il testo incluso in questa raccolta è tratto da *Racconti per le giovanette*, Le Monnier, Firenze 1894.

Matilde Serao (Patrasso 1856-Napoli 1927) fu una figura di spicco nel giornalismo e nella scena letteraria italiane a cavallo tra Otto e Novecento. Fondatrice e direttrice di diversi quotidiani (tra cui «Il Mattino» e «Il Giorno»), trovò comunque il tempo per pubblicare decine di romanzi e centinaia di racconti, i piú celebri dei quali riuniti ne *Il ventre di Napoli*. Il testo incluso in questa raccolta è tratto da *Fior di passione*, Madella, Sesto S. Giovanni 1916.

Clara Sereni (Roma 1946) è una scrittrice, traduttrice e giornalista nota anche per l'attività politica e associazionistica. Dopo esordi romanzeschi (*Sigma Epsilon*) ha pubblicato con successo racconti e traduzioni dal francese. È stata a lungo presidente della Fondazione Città del Sole, impegnata in prima linea sulle tematiche della salute mentale. Il testo incluso in questa raccolta è tratto da *Manicomio primavera*, Giunti, Firenze 1989. © 2009 RCS Libri S.p.A., Milano.

Franca Valeri, pseudonimo di Franca Norsa (Milano 1920), è un'attrice e sceneggiatrice tra le piú iconiche nella storia della televisione e del cinema italiani. Autrice di testi teatrali e sceneggiature, ha negli anni pubblicato diversi libri, tra cui il famoso *Diario della signorina snob* e l'autobiografia *Bugiarda no, reticente*. Il racconto incluso in questa raccolta è tratto da *Donne*, © 2012 Giulio Einaudi editore, Torino.

Renata Viganò (Bologna 1900-76) non potendo terminare gli studi di medicina per difficoltà economiche lavorò a lungo come infermiera, dedicando il tempo libero alla stesura di poesie e racconti. L'esperienza partigiana, vissuta in prima linea assieme al marito, le ispirò il romanzo per cui è divenuta celebre nel mondo: *L'Agnese va a morire*. Il testo incluso in questa raccolta è tratto da *Matrimonio in brigata*, Vangelista, Milano 1976. © Diritti dell'autrice.

Indice

Quello che le donne

Stampato per conto della Casa editrice Einaudi
presso Mondadori Printing S. p. A., Stabilimento N. S. M., Cles (Trento)
nel mese di febbraio 2012

C.L. 21119

Edizione | Anno

1 2 3 4 5 6 7 | 2012 2013 2014 2015